(Conserver la Couverture)

HISTOIRE

1887

MARITIME

DE

FÉCAMP

PAR

Adolphe BELLET ✠ C. ◉ A

Licencié en Droit

Président de la Chambre de Commerce de Fécamp

Armateur à la Grande-Pêche à Terre-Neuve.

FÉCAMP

Imprimerie et Librairie L. Monmarché, Place Thiers

—

1897

LA LETTRE DE CHANGE. – LES PROTÊTS
LE CAUTIONNEMENT

Derenne. — Paris 1888

LE CINQUANTENAIRE
de la
CHAMBRE DE COMMERCE DE FÉCAMP
1844-1894

L. Blairet et Cie. — Fécamp 1894

NOTES
sur
LA CAISSE DU COMMERCE DE FÉCAMP
1825-1844

L. Blairet et Cie. — Fécamp 1895

HISTOIRE MARITIME

DE

FÉCAMP

OUVRAGE

Offert par l'Auteur

A LA

CHAMBRE DE COMMERCE

Et tiré par ses soins

à 150 Exemplaires.

HISTOIRE

MARITIME

DE

FÉCAMP

PAR

Adolphe BELLET ✠ O. ● A

LICENCIÉ EN DROIT

PRÉSIDENT DE LA CHAMBRE DE COMMERCE DE FÉCAMP

Armateur à la Grande-Pêche à Terre-Neuve.

Tome II

FÉCAMP

Imprimerie et Librairie L. Monmarché, Place Thiers

1896

AVANT-PROPOS

———

Dans la première partie de l'Histoire Maritime *de Fécamp, nous nous sommes occupé exclusivement des Grandes Pêches du Hareng et du Maquereau que nous avons suivies depuis leur origine pour montrer l'influence qu'elles n'ont cessé d'exercer pendant les dix derniers siècles, sur le développement de la richesse maritime et industrielle de notre ville. Nous voulons aujourd'hui, dans cette seconde partie, nous occuper des autres Grandes Pêches, principalement de celle de la morue, dont l'influence a été non moins considérable; en outre, nous esquisserons, à grands traits, le rôle joué dans notre ville par les armements au long cours et au cabotage.*

———

HISTOIRE MARITIME DE FÉCAMP

DEUXIÈME PARTIE

LES

GRANDES PÊCHES

DE LA BALEINE

DU CACHALOT, DU MARSOUIN

ET DE

LA MORUE

A FÉCAMP

SUIVIES DES

ORDONNANCES, ARRÊTS, LOIS, DÉCRETS, etc.,

Concernant ces pêches

LES GRANDES PÊCHES

Tous les auteurs qui se sont occupés de questions maritimes et de pêcheries ont divisé la pêche qui se fait en mer en deux branches principales :

1º Celle qui, exigeant une navigation plus longue, emploie des navires d'un fort tonnage sur lesquels les produits de la pêche sont conservés, préparés ou fabriqués à bord même, avant d'être livrés au commerce à leur retour.

C'est la branche des *Grandes Pêches*.

2º Celle qui se fait sur les côtes au moyen de petits bâtiments et même sans aucune espèce de navigation, et qui fournit à la consommation et au commerce le poisson frais, les crustacés et les coquillages qui affluent sur tous nos marchés.

On lui donne le nom de *Pêche fraîche* ou mieux de *Pêche côtière* ou *Petite Pêche*.

Bien que les statistiques officielles aient aujourd'hui à peu près abandonné cette classification, la

législation l'a consacrée dans la question des primes;
aussi la conserverons-nous dans cet ouvrage où
l'étude de la législation des primes prendra une large
part.

Il est bien évident que, telles qu'elles sont définies
plus haut, et nous avons suivi en cela l'opinion très
autorisée de M. L.-B. Hautefeuille (1), les Grandes
Pêches maritimes devraient, comme nous le deman-
dions dans la première partie de cet ouvrage, comprendre celles du Hareng et du Maquereau, avec
salaison à bord; mais l'usage, ou plutôt la routine, en
a décidé autrement, et, par Grandes Pêches on n'a
jamais compris que la pêche de la baleine, du cachalot et du marsouin, celle de la morue et celle de la
tortue.

On y a joint également celle du corail, bien
qu'elle se pratique dans des embarcations beaucoup
plus légères que celles qui servent au hareng et au
maquereau, et sur des côtes exclusivement françaises.

Nous ne dirons que quelques mots sur la pêche
de la baleine, du cachalot et du marsouin qui est
aujourd'hui complètement disparue et qui, à l'exception toutefois de celle du marsouin, n'a jamais acquis
chez nous une bien grande importance; nous ne

(1) CODE DE LA PÊCHE MARITIME, par M. L. B. Hautefeuille,
avocat á la Cour de Cassation. — 1 vol., Paris 1844.

ferons que mentionner au passage l'essai qui a été fait de la pêche de la tortue, pour nous occuper tout spécialement de la Morue dont l'importance s'accroît de jour en jour.

Quant à la pêche du corail, nous la passerons sous silence, car elle ne fut jamais pratiquée ni même tentée par les pêcheurs normands.

CHAPITRE Ier

PÊCHES
DE LA BALEINE ET DU CACHALOT

I. — La Baleine

L'animal qui fait l'objet de la première de ces pêches est un mammifère dont la forme extérieure du corps et le genre de vie feraient confondre avec les poissons si son mode de respiration, son genre de reproduction et tant d'autres caractères essentiels ne l'en séparaient. Il appartient à l'ordre des *Cétacés*, dont il est le type du sous-ordre de mysticètes ou *Cétacés à fanons*.

Comme tous les êtres de la classe des mammifères, la baleine a le sang chaud et un cœur à quatre cavités; elle respire, au moyen de poumons intérieurs, l'air atmosphérique qu'elle vient chercher à la surface de l'eau, de sorte qu'elle ne peut rester plus de quinze à vingt minutes au sein de l'élément liquide; elle est vivipare, c'est-à-dire qu'elle donne naissance

à des petits vivants qu'elle allaite au moyen de ma-
melles placées à la partie inférieure du corps et qui
secrètent un lait ayant beaucoup d'analogie avec
celui de la vache. Sa peau, très épaisse, porte au lieu
d'écailles quelques poils très clair-semés. Mais elle
possède avec cela une organisation complètement
appropriée à la vie aquatique et qui la distingue des
autres mammifères : c'est d'abord l'absence des
membres inférieurs, lesquels sont remplacés par une
sorte de large nageoire cartilagineuse; mais cette
nageoire, au lieu d'être verticale comme celle des
poissons, présente une disposition horizontale.

Les membres supérieurs sont également transfor-
més en deux larges nageoires dans lesquelles on
retrouve toutes les parties osseuses des membres
antérieurs des autres mammifères. Il résulte de cette
conformation que les cétacés ne peuvent jamais
sortir de l'eau et que ceux qui se trouvent échoués
sur les côtes, à la suite d'un gros temps, ne peuvent
d'eux-mêmes rentrer dans leur élément.

La Baleine est le plus grand représentant du règne
animal, laissant bien loin, derrière elle, l'éléphant et
l'hippopotame; son corps elliptique, n'a pas moins
de 25 à 30 mètres, quelquefois même 40 mètres de
longueur dans l'âge adulte, avec une circonférence de
18 à 20 mètres; son poids peut atteindre 150.000
kilog.

Sa tête a une longueur démesurée qui atteint presque le tiers de la longueur totale, et elle n'est séparée du reste du corps que par un rétrécissement à peine sensible. La bouche énorme dont les mâchoires mesurent jusqu'à 6 mètres, est dépourvue de dents ; ces organes sont remplacés à la mâchoire supérieure par de grandes lames cornées, minces, transversales et serrées les unes contre les autres, au nombre de 8 à 900 de chaque côté, et longues de 3 mètres environ ; c'est ce que l'on appelle les *fanons*. Quant à la mâchoire inférieure, elle est entièrement nue.

Cette organisation dentaire fait que la baleine, malgré son énorme masse, ne se nourrit que de vers, de petits mollusques, de zoophytes ou de tout petits poissons qu'elle engloutit en quantités considérables dans son immense gueule.

Pour se débarrasser de l'eau de mer qu'elle avale en même temps, elle se sert de deux ouvertures placées directement au-dessus de sa tête et communiquant avec l'arrière-bouche : ce sont les *évents*. Par la pression de sa langue, de ses muscles pharyngiens et d'un appareil musculaire spécial, l'animal lance à une hauteur de 10 à 12 mètres, deux colonnes d'eau qui suffisent souvent pour submerger des embarcations assez grandes.

Cette particularité a fait donner à la baleine et aux

animaux de la même famille qui sont comme elle, pourvus d'évents, le nom de *souffleurs*.

La baleine a une langue énorme, charnue, très épaisse et surtout très grasse ; elle peut, à elle seule, fournir 8 à 10 tonneaux d'huile.

Ses yeux très petits, — ils ne sont guère plus gros que ceux du bœuf,— sont placés à la base de la tête ; elle a, par contre, l'ouïe extrêmement fine.

Mais, ce qui fait surtout la valeur industrielle de la baleine en dehors des fanons qui garnissent sa bouche et que l'industrie emploie sous le nom de *baleine*, c'est l'énorme couche de tissu adipeux ou de lard qui se trouve entre sa peau et ses muscles et qui sert à la fabrication de l'*huile de baleine*. Ce lard peut atteindre, chez certains individus, une épaisseur de plus d'un demi-mètre, et fournir jusqu'à 120 à 150 tonneaux d'huile.

Autrefois, on rencontrait la baleine dans toutes les mers et elle était surtout nombreuse dans le golfe de Gascogne et jusque dans la Manche ; mais la poursuite acharnée qu'on lui a faite pendant près de dix siècles, l'ont fait déserter nos mers, en même temps que son nombre a considérablement diminué à la surface du globe. C'est que cet énorme cétacé ne jouit pas de la fécondition exceptionnelle que nous avons pu admirer chez le hareng et le maquereau dont les femelles pondent, chaque année, des vingtaines de milliers d'œufs pouvant donner naissance chacun à un nouvel individu. Chez la baleine, au contraire, la femelle ne donne naissance, après neuf ou dix mois de gestation, qu'à un, rarement deux baleineaux que la femelle allaite pendant un an ou deux.

Aussi ne trouve-t-on plus guère aujourd'hui ces animaux que dans les mers glacées des pôles où leur chasse est devenue plus dangereuse en même temps que moins lucrative.

En dehors de la *baleine franche,* dont nous venons de faire la description, qui a les plus grands fanons et dont le corps fournit la plus grande quantité d'huile, il existe plusieurs variétés de *cétacés à fanons* auxquelles les hardis pêcheurs font indifféremment la guerre pour s'emparer de leur lard et de leurs fanons.

Citons en premier lieu la *baleine de Biscaye,* genre à peu près disparu aujourd'hui, qui pullulait au XIIᵉ siècle sur toute l'étendue des côtes françaises, depuis l'embouchure de la Bidassoa jusqu'à celle de la Somme, et sur laquelle s'exerça d'abord l'industrie des pêcheurs basques. Elle était au moins aussi longue, quelquefois même plus longue, mais beaucoup moins grosse que la précédente ; ses fanons étaient aussi beaucoup plus courts, de sorte qu'elle était moins recherchée que la baleine franche quand cette dernière fut connue. S'il faut en croire les descriptions qui nous en ont été laissées par les pêcheurs

2

et les anciens naturalistes, cette baleine se nourrissait principalement de sardines, de harengs, de merlans et de maquereaux dont elle suivait et absorbait les énormes bancs qui sillonnaient alors les côtes françaises pendant une grande partie de l'année. Son corps étant plus allongé, plus fusiforme que celui de la baleine franche, ses mouvements étaient aussi plus rapides, ce qui rendait sa pêche plus dangereuse encore; mais nos compatriotes avaient la réputation de pouvoir les approcher jusqu'à les toucher sans les effrayer, de manière à les harponner presque toujours à coup sûr. Certains auteurs affirment que ce genre de cétacé était pourvu d'une sorte de nageoire dorsale qui n'existe pas dans la baleine franche et qui ferait ranger cette baleine de Biscaye dans la famille des *baleinoptères* de Lacépède.

Puis, parmi celles qui se montrèrent le plus fréquemment sur nos côtes, vient en second lieu le *Rorqual*, un autre baleinoptère à nageoire dorsale, qui se tient beaucoup plus fréquemment que les autres cétacés dans les mers tempérées de l'hémisphère septentrional et se montre encore dans la Manche et la Méditerranée où il se nourrit également de sardines, d'anchois, de harengs et de merlans. C'est à ce genre qu'appartiennent les baleines qui viennent de temps en temps s'échouer sur nos côtes : nous pouvons citer à l'appui, celle qui s'échoua il y a trois ans, sur la plage de Courseulles. La taille de cette dernière variété de baleinoptère peut aller jusqu'à 25 à 30 mètres ; sa circonférence est de 12 à 13 mètres ; ses fanons, très courts, n'atteignent guère plus de 1 mètre à 1 m. 50 de longueur ; la couche de graisse qui enveloppe ses muscles, ne dépasse jamais une épaisseur de 0 m. 30 sur la tête et le cou. Aussi, est-il rare qu'un de ces animaux puisse donner plus de 50 tonneaux d'huile.

C'est à cette variété du rorqual qu'il faut certainement rapporter la *Jubarte* dont les pêcheurs basques nous ont laissé la description, et dont le ventre présentait des sinuosités longitudinales analogues à celles du rorqual commun. D'après nos compatriotes, ce genre de baleine était si sensible aux blessures que lui faisaient les pêcheurs, qu'elle survivait rarement aux atteintes du harpon, mais sa locomotion était si rapide qu'elle allait expirer bien loin et hors de l'atteinte des pêcheurs qui lui avaient lancé le trait funeste.

Il est d'ailleurs bien difficile aux naturalistes de se reconnaître au milieu des descriptions très imagées et peu précises au fond, des baleines ou baleinoptères que les pêcheurs leur ont laissées. Des espèces entières de cétacés, des genres peut-être ont disparu de la surface des mers, sous les coups funestes que leur ont portés les hommes et les autres espèces ani-

males qui peuplent les eaux qu'elles fréquentent et
parmi lesquelles nous citerons une espèce de *squale*,
connu sous le nom de *Vivelle* ou *Poisson-scie* dont le
museau se prolonge en une lame solide, plate, garnie
de chaque côté de fortes dents et d'une longueur de
0 m. 50 à 0 m. 80 ; puis le *Marsouin épaulard* des
Saintongeois, long de 7 à 8 mètres, qui attaque la
baleine en bande et la harcèle jusqu'à ce qu'elle
ouvre la gueule de façon à ce que l'un d'entre les
agresseurs, s'y enfonçant hardiment, se mette à
dévorer sa langue charnue. Le lieutenant J. Layre,
dans son Rapport sur les Grandes Pêches dans les
mers polaires, cite encore l'*Espadon* qu'il proclame
comme l'ennemi le plus acharné de la baleine ;
Lacépède y ajoute le *Narval* et l'*Ours blanc* ; mais ces
assertions sont combattues par les naturalistes mo-
dernes au nombre desquels se range M. Paul Gervais.

Cependant, parmi les genres encore représentés
et auxquels les hommes ne cessent de faire la guerre
pour s'emparer de leur huile et de leurs fanons,
nous devons encore citer la *Baleine Nordcaper* qui a
la plus grande analogie avec la baleine franche, mais
dont les mouvements sont plus vifs, la locomotion
plus rapide et la pêche par suite beaucoup plus
difficile. On la trouve dans les glaces du pôle avec
deux genres de baleinoptères aussi grands qu'elle,
nommés par les Anglais et les Américains : *Fan-Back*

et *Hunch-Back*, et dont la capture est encore plus dangereuse. Leur ventre est ridé et très blanc, comme celui du rorqual noueux, ce qui fait supposer qu'ils appartiennent à la même espèce. Quoique de taille égale et quelquefois même supérieure à celle du Nordcaper et de la Baleine franche, le Fan-Back donne beaucoup moins d'huile que ces dernières ; son lard est en effet beaucoup moins épais, ses fanons sont aussi moins longs mais plus larges.

Citons enfin, pour terminer, la *Baleine australe* que les derniers baleiniers français allaient chasser dans les mers du Sud et qui ne différait que très peu de la Baleine franche.

II. — Le Cachalot

Comme la baleine, dont il atteint presque la taille gigantesque, le *Cachalot* est un mammifère de l'ordre des *cétacés souffleurs*, n'ayant du poisson, que la forme et le genre de vie. Comme elle, il a une tête démesurément grande, plus grande même en proportion, puisque, chez certaines espèces, elle atteint près de la moitié du corps. Mais le grand caractère distinctif du cachalot consiste dans la forme et l'organisation même de cette tête.

Il paraît comme une grosse masse tronquée en avant, presque cubique, et terminée à l'extrémité du museau par une surface très étendue, presque carrée et presque verticale.

C'est à la partie inférieure de cette masse quasi cubique et par-dessous, pour ainsi dire, que s'ouvre la gueule du monstre, une énorme gueule que la mâchoire inférieure, plus courte et plus étroite que la mâchoire supérieure, vient fermer à la façon d'une soupape ou d'un couvercle.

La mâchoire supérieure n'a point de fanons comme celle de la baleine, et la mâchoire inférieure, au lieu d'être nue et unie, est armée de chaque côté, d'une rangée de fortes dents cylindriques ou coniques qui entrent dans des cavités correspondantes de la mâchoire supérieure quand la bouche se ferme.

Suivant Anderson, ce sont ces dents qui ont fait donner le nom de cachalot à ce cétacé par les pêcheurs basques qui le rencontraient communément dans le golfe de Gascogne où il faisait aux baleines, une guerre acharnée. D'après cet auteur, le nom de *cachalot* aurait signifié à l'origine *animal à dents.*

Cette organisation dentaire du cachalot indique suffisamment que cet animal est essentiellement carnassier et sa taille le rend terrible à tous les autres habitants des mers, voire même à la baleine qu'il ne craint pas d'attaquer. Il est aussi très dangereux pour l'homme dans la chasse que ce dernier lui fait.

La taille du cachalot peut atteindre une longueur de 25 à 30 mètres, — certains auteurs vont même jusqu'à 40 mètres comme pour la baleine franche et le rorqual, — et la circonférence de son corps à l'endroit le plus gros va jusqu'à 17 mètres.

Il n'a qu'un *évent* ou plutôt les deux conduits qui partent de l'arrière bouche pour faire évacuer l'eau introduite dans la bouche avec la nourriture, se réunissent pour déboucher en une seule ouverture à la partie supérieure de la tête.

La pêche des cachalots n'offre pas autant d'avan-

tages que celle des baleines; ils ne fournissent qu'une
assez faible quantité d'huile, et leur lard, qui n'a
guère plus de 15 centimètres d'épaisseur, est tout
rempli de tendons et de filaments qui en rendent la
fonte plus difficile.

Mais, pour compenser cette infériorité dans le
rendement en huile, le cachalot offre au pêcheur
deux autres produits qu'il ne trouve pas dans la
baleine et les autres cétacés. Ces deux produits spéciaux sont le *Spermaceti* ou *Blanc de Baleine* et
l'*Ambre gris*.

L'énorme boîte crânienne de l'animal, dont la
capacité égale près du quart du volume total, est en
effet divisée en deux parties inégales dont la plus
petite, placée à la partie inférieure, renferme le
cerveau, et la plus grande, située au sommet, est
remplie d'une matière huileuse qui, refroidie et puri-
fiée, donne cette substance blanche nacrée et friable,
connue dans le commerce et l'industrie, sous le nom
de *Blanc de Baleine* ou *Spermaceti*. On rencontre
encore cette même substance dans des sortes de
petites poches disséminées dans la masse graisseuse
du corps et qui communiquent avec la cavité crânienne supérieure, au moyen de vaisseaux spéciaux
qui parcourent toute la masse du tissu adipeux. Un
cachalot adulte, de taille moyenne, peut ainsi fournir
environ 20 barils de blanc de baleine,

L'*Ambre gris* est une substance odorante que l'on trouve en plus ou moins grande quantité dans les intestins du cachalot, à un mètre ou deux de l'anus, et qui paraît être une variété d'excréments provenant de la digestion incomplète des calmars ou encornets absorbés par le cétacé.

A côté de ces produits principaux, l'industrie humaine tire encore de la pêche du cachalot, de l'ivoire et des os presque aussi durs que cette dernière substance; les pêcheurs utilisent, pour leur nourriture, la langue du cétacé qu'ils regardent comme un mets très délicat.

En dehors du *Cachalot macrocephale* ou *Cachalot à grosse tête* dont nous avons parlé jusqu'ici et qui est le plus gros de l'espèce, il existe encore plusieurs autres variétés de ce genre, lesquelles sont pêchées à l'égal du premier, bien qu'avec moins de profit.

Citons d'abord le *Cachalot trumpo*, de Lacépède, dont la tête, sans être aussi grosse que celle du macrocéphale, est beaucoup plus longue que celle de ce dernier, puisqu'elle atteint plus de la moitié de la longueur totale de l'animal; l'huile qu'il fournit est supérieure même à celle de la baleine franche. Lacépède cite l'exemple d'un trumpo qui vint s'échouer, en 1741, près de la barre de Bayonne, à l'embouchure de l'Adour; il avait plus de 16 mètres de longueur totale; c'était donc un des plus petits

individus du genre ; sa tête mesurait environ 9 mètres
de longueur et sa circonférence, à l'endroit le plus
gros du corps, était également de 9 mètres. On tira
de sa tête 10 tonneaux de blanc de baleine d'une
qualité supérieure à celui du macrocéphale. On
trouva aussi, dans son intérieur, une boule d'ambre
gris du poids de six kilogrammes et demi.

On peut encore mentionner le *Cachalot cylindrique*
appelé par Lacépède *Physale cylindrique,* ayant toute
l'apparence d'un énorme tronc d'arbre roulant sur
l'Océan et dont l'évent unique, au lieu d'être placé à
l'extrémité du museau, vient déboucher vers le milieu
de la tête. La longueur de ce dernier genre ne
dépasse guère 20 mètres et les produits qu'on en
retire sont considérés comme inférieurs, mais sa
chasse est plus facile et moins périlleuse que celle
de tous les autres cachalots.

Ajoutons enfin à cette rapide énumération, les
Hypéroodons qui se rapprochent davantage des dauphins par leur bec corné, mais que les cachalotiers
recherchent cependant à cause de leur taille qui va
jusqu'à 10 à 12 mètres ; il n'est pas rare de voir des
individus de cette espèce s'échouer sur les côtes de la
Manche où ils poursuivent souvent les bancs de
harengs ; mais ils sont beaucoup plus communs dans
les mers du Nord et l'on en fait toujours une pêche
très active aux Féroë.

Les diverses espèces de cachalots depuis le macrocéphale qui en est le plus grand représentant jusqu'à
l'hypéroodon furent autrefois très communes dans
toutes les mers du globe et surtout sur nos côtes si
poissonneuses ; mais, sans qu'il ait été possible, jusqu'aujourd'hui, d'en établir les causes exactes, il est
indéniable que les grandes espèces animales semblent
fuir et disparaître au fur et à mesure que la civilisation élargit son cercle d'action. Les cachalots ,
comme les baleines, ont donc disparu progressivement
de nos mers pour aller chercher un refuge dans les
eaux glacées qui avoisinent les deux pôles. De plus,
on dirait vraiment qu'une dégénérescence s'est attaquée à ces races monstrueuses en même temps qu'elle
se manifestait parmi les représentants de la race
humaine. En effet, les cétacés pêchés de nos jours
sont loin d'atteindre les dimensions gigantesques que
les auteurs des siècles passés se plaisaient à attribuer
aux individus rencontrés par les pêcheurs il y a
quelques siècles seulement.

Nous ne pouvons cependant pas dire que les
cachalots aient entièrement disparu de nos parages,
car il s'en rencontre encore à des intervalles plus ou
moins éloignés et quelquefois même les vagues en
rejettent sur les côtes. Le 6 mai dernier, les pêcheurs
de Banyuls-sur-Mer firent même la chasse à l'un de
ces monstres, long d'une vingtaine de mètres, qui

s'était aventuré jusqu'en vue des côtes françaises ;
un harpon fut lancé avec succès sur le monstre, mais
la ligne ne fut pas déroulée assez vite, et l'animal put
s'échapper. La blessure faite par le harpon avait été
telle, que le lendemain, on trouva le corps du cachalot mort, échoué sur les côtes d'Espagne.

III.— Origines de la pêche de la Baleine et du Cachalot.

Il est impossible de ne pas réunir en un même chapitre la pêche de ces deux poissons que les anciens confondaient d'ailleurs l'un avec l'autre et qu'ils chassaient indifféremment. C'est même à cette confusion qui a duré très longtemps, que l'on doit le nom de *blanc de baleine* donné à un produit tiré exclusivement du cachalot.

Et, bien que la loi de 1841, sur les primes, ait cherché à établir une distinction entre les navires baleiniers et cachalotiers, nous réunirons les deux pêches dans ce qui va suivre, sous la seule dénomination de Pêche de la Baleine.

Suivant M. Hautefeuille que nous avons déjà cité, et qui résume dans son livre l'opinion de plusieurs savants tant français qu'étrangers, la pêche de la baleine fut découverte ou inventée par les Basques. De temps immémorial, écrit-il, ces peuples se livraient avec ardeur à la recherche de ce cétacé qui, dans les siècles reculés, fréquentait le golfe de Gascogne et particulièrement les côtes de Bayonne.

Les Basques commencèrent d'abord à tirer parti des individus que la mer rejetait fréquemment sur leurs côtes, où ils s'échouaient, de telle sorte qu'ils ne pouvaient s'en retirer, et où il était si facile de les approcher pour les tuer ; puis, ils s'enhardirent jusqu'à poursuivre sur les flots dans de légères barques, ceux qui s'approchaient très près des terres. Les baleines capturées étaient aussitôt conduites à terre pour y être dépecées. Peu à peu, ils agrandirent leurs barques pour leur permettre de pousser plus loin la poursuite de la proie convoitée.

Puis, quand ces énormes animaux, diminuant en nombre par les vides que chaque année le harpon faisait parmi eux, et fatigués aussi très probablement par la guerre acharnée qu'on leur faisait, s'éloignèrent des parages qu'ils affectionnaient autrefois et qu'ils ne quittèrent qu'avec regret, les Basques cherchèrent la nouvelle retraite qu'ils s'étaient choisie et se lancèrent alors, à travers les mers, à la poursuite de la riche proie qui fuyait devant eux. C'est alors que les Bretons, les Normands et tous ceux du littoral français de l'Océan et de la Manche, commencèrent à suivre l'exemple des Basques et à apprendre l'art difficile de pêcher la baleine.

Pendant très longtemps, les Français restèrent en possession exclusive de cette pêche beaucoup moins dangereuse et beaucoup plus rémunératrice qu'elle ne l'est aujourd'hui, car l'énorme gibier qu'ils chassaient était toujours rencontré dans les régions tempérées de l'Océan Atlantique, loin des glaces qui brisèrent, depuis, tant de bâtiments baleiniers, les cétacés étaient beaucoup plus facilement abordables qu'ils ne le sont aujourd'hui, et les individus capturés étaient généralement plus gros et plus gras.

Mais, ainsi qu'il arrive de toutes les inventions humaines, de tous les secrets de fabrication que l'on croit bien gardés, l'industrie baleinière, née en France comme tant d'autres, dont nous pouvons nous énorgueillir à juste titre, finit cependant par être connue de nos voisins et être exploitée à notre détriment.

Parmi les étrangers, les Hollandais furent les premiers à appliquer pour leur propre compte les méthodes qu'ils étaient venus apprendre comme matelots salariés sur les baleiniers français. A force de promesses, ils s'assurèrent même au début le concours de quelques capitaines baleiniers français qui commandèrent leurs premières expéditions et instruisirent leurs équipages.

Les Anglais suivirent de près l'exemple des Hollandais, et sous le règne d'Elisabeth qui fonda la puissance maritime de son pays, on expédia d'Angleterre pour la pêche de la baleine, quelques bâtiments dont l'équipage était composé presque exclusivement de marins basques.

A partir de ce moment, la décadence se fit sentir dans l'industrie baleinière française, et nos marins qui en avaient été les créateurs et qui, plus tard, avaient même inventé l'art de fondre le lard et de fabriquer l'huile à bord de leurs bateaux, passèrent bientôt du premier rang au dernier.

C'est alors que le Gouvernement pensa à accorder des encouragements aux pêcheurs étrangers qui consentirent à venir se fixer en France pour y faire revivre une industrie qui n'existait bientôt plus qu'à l'état de souvenir.

Ces premiers encouragements dont bénéficièrent d'abord des Nantukois établis à Dunkerque, fut l'origine des primes sur lesquelles nous reviendrons plus loin.

Ce ne fut qu'en 1792 que les Français furent admis au bénéfice de ces mêmes primes, mais les guerres de la Révolution, et l'insécurité des mers qui en fut la conséquence, n'étaient pas faites pour relever une industrie déjà très hasardeuse par elle-même.

IV.— Les Normands à la Pêche
de la Baleine

Nous ne sommes pas fixés exactement sur l'époque précise à laquelle les Normands commencèrent à faire la chasse aux grands cétacés, baleines et cachalots qui, pendant le moyen-âge, se montraient fréquemment dans la Manche. Les premiers documents qui nous en parlent d'une façon certaine, ne remontent pas au-delà de 1680; mais il y avait alors déjà plus d'un demi-siècle que les Hollandais s'y étaient fait initier par les Basques, et il est de toute vraisemblance que les pêcheurs du littoral de la Manche qui exploitaient avec ces derniers les morues de Terre-Neuve depuis le milieu du xvıe siècle durent aussi participer de bonne heure à la pêche de la baleine alors si abondante dans les parages de Terre-Neuve et du Canada.

D'après les documents que nous avons compulsés, il semble établi que les principaux ports normands qui armèrent pour cette pêche au xvııe siècle furent Honfleur, Le Havre, Dieppe et Rouen.

Nous n'avons retrouvé aucune trace de ce genre d'industrie à Fécamp; cependant, il est certain que notre ville y participa, au moins indirectement, car les armateurs dieppois et havrais recrutaient une grande partie de leurs équipages parmi les marins de Saint-Valery-en-Caux et de Fécamp.

La pêche se fit d'abord dans la zone tempérée de l'Océan Atlantique du Nord, et nos baleiniers ne dépassaient jamais à l'origine le 50° parallèle Nord; mais quand pourchassées par les Français, les Hollandais, les Anglais et les Hambourgeois qui entrèrent successivement en ligne, les baleines abandonnèrent les mers libres pour se réfugier dans les glaces polaires où elles trouvaient un abri plus sûr, les baleiniers durent modifier leurs armements et leurs procédés de pêche, afin d'aller chercher leur gibier dans ces régions éloignées que les glaces flottantes rendent si dangereuses.

Il y eut alors deux sortes de pêches, nécessitant chacune un armement particulier :

1° La *Pêche du Nord*, qui se fit d'abord au-delà du 50° parallèle Nord sur les côtes du Labrador, du Groenland et de l'Islande, à l'île Jean-Mayen et au Spitzberg; plus tard, les baleiniers se hasardèrent à pénétrer dans le détroit de Davis et la baie de Baffin, où cette pêche est encore pratiquée aujourd'hui avec succès par les Américains qui, arrivés les derniers

dans la lice, ont fini par détrôner tous leurs concurrents et s'emparer du monopole de cette industrie.

2º La *Pêche du Sud*, qui se pratiqua au-dessous
du 30º parallèle Sud sur les bancs du Brésil, les côtes
de la Patagonie et le cap Horn, pour de là s'étendre
soit dans les mers glacées du Sud jusqu'au 62e degré
de latitude sous les îles New-Shetland, soit à l'Ouest
du cap, sur les côtes du Chili et du Pérou, à travers
l'Océan Pacifique, d'où les pêcheurs remontaient
quelquefois jusqu'au Kamtchatka, dans les mers de
Behring et d'Okhotsk. D'autres pêcheurs se diri-
geaient sur les côtes de l'Afrique australe jusqu'au
cap de Bonne-Espérance et pénétraient dans l'Océan
Indien jusqu'à Madagascar. Les voyages duraient
quelquefois de trente-six à quarante mois.

Notons en passant que c'est aux baleiniers du Sud
que l'on doit les premières connaissances géogra-
phiques précises sur la Polynésie qu'ils parcouraient
dans tous les sens, en poursuivant un gibier aussi
rapide que la baleine ou le cachalot.

En ce qui concerne spécialement les pêcheries de
l'Afrique australe, nous emprunterons les renseignements suivants au rapport publié, en 1835, par
M. Ferrin, capitaine de frégate, commandant la
corvette *Circé*, chargé d'une mission spéciale dans
les mers du Sud.

Les points les plus favorables pour cette pêche

sur la côte occidentale d'Afrique sont, dit M. Ferrin, Elisabeth-Bay, Angra-Péquena, aujourd'hui colonie allemande et qui était, à cette époque, la plus fréquentée par les grands cétacés, La Conception, Walfish-Bay, le cap Cross et toute la côte qui entoure ce point et s'étend au Nord jusqu'à Tigre-Bay.

Sur toute cette côte, la pêche s'y exerce et y est très fructueuse du 1er Mai au 1er Octobre.

Au cap de Bonne-Espérance et sur tout le littoral méridional de la colonie anglaise du cap elle s'y pratique en Octobre, entre le 33e et le 35e degrés de latitude Sud et depuis 12º jusqu'à 6º de longitude Est.

Au mois de Novembre, elle se pratique sur les mêmes latitudes, mais entre les 6º et 0º de longitude Est.

Enfin, pendant le mois de Décembre la zone qui est passée de 35º à 37º de latitude Sud, s'est élargie du méridien de Paris à 7º de longitude Est.

Au mois de Janvier ou de Février au plus tard, les pêcheurs quittent ces parages et descendent plus au Sud, entre les 40e et 42e parallèles, vers 3º et 5º de longitude Ouest.

En Mars, ils s'écartent encore des côtes africaines pour fouiller les parages des îles Malouines d'où ils reviennent en France, à moins que la saison n'ait été mauvaise, auquel cas les baleiniers malheureux doublaient le cap Horn pour exploiter l'Océan Pacifique.

Pour pratiquer la pêche du Nord, les baleiniers quittaient leurs ports d'attache vers le mois de Mars, pour s'y rencontrer vers la fin d'Octobre ; ils allaient reconnaître le cap Farewell pour se diriger de là soit sur les côtes septentrionales du Groenland, soit dans le détroit de Davis pour en tenter le passage au milieu des glaces flottantes qui menacent à chaque instant de les briser, les enserrant, parfois même les bloquant, de manière à leur couper toute retraite, sans leur livrer de passage, pour avancer vers la mer de Baffin où ils allaient chercher la baleine.

Au mois de Juillet 1830, on comptait dans ce détroit soixante-dix baleiniers cherchant inutilement à percer la barrière de glace qui les séparait de leurs endroits de pêche. Pris par les glaces vers le 75e parallèle, ils restèrent trois semaines bloqués à la distance de 10 milles en moyenne l'un de l'autre. Au bout de trois semaines, malgré toutes les précautions prises par les équipages, vingt et un de ces bâtiments étaient écrasés entre les montagnes de glace ; leurs équipages avaient heureusement réussi, au prix de fatigues inouïes, à se réfugier à bord des autres baleiniers.

Deux baleiniers français seulement, appartenant au port de Dunkerque, se trouvaient parmi ces soixante-dix bâtiments bloqués par les glaces, l'un d'eux fut victime du désastre.

Sur les côtes du Groenland, le danger n'est guère moindre, quoique se présentant sous une autre forme, car de Mai en Octobre il existe du Spitzberg au cap Farewell un courant continu qui longe les côtes groenlandaises, charriant *ice-bergs* et *flow-ice* dont les chocs enfoncent les flancs des navires qui n'ont pu s'en garer à temps.

Les pêcheurs du Nord rapportaient généralement dans leurs cales, pour être fondu à terre à leur arrivée, le lard des baleines qu'ils avaient prises et dépecées ; les navires employés à la pêche du Sud préparaient l'huile à bord ; la durée de leur campagne, les températures élevées qu'ils traversaient ne leur permettaient pas de conserver le lard en nature. A l'origine, les Basques fondaient à terre dans des établissements passagers analogues à ceux qui leur servaient pour sécher leur morue à la côte de Terre-Neuve, et qu'ils élevaient sur la côte la plus voisine du lieu où ils avaient capturé leur proie ; le plus souvent même ils amenaient à terre la baleine qu'ils avaient prise, afin de la dépecer plus facilement. Mais pendant les nombreuses hostilités qui éclatèrent entre la France et les Pays-Bas et la Grande-Bretagne et même en pleine paix, les Hollandais et les Anglais firent à nos pêcheurs une guerre acharnée détruisant et saccageant leurs établissements pour les empêcher de se livrer à leur industrie. Ils auraient été forcés de l'abandonner si leur ingéniosité ne leur eût fait inventer l'art de fondre le lard et de fabriquer l'huile à bord même de leurs bâtiments.

Les navires qui servaient à la pêche de la baleine devaient être construits de façon à pouvoir résister au choc et à la pression des glaces au milieu desquelles ils devaient s'engager pour poursuivre et atteindre le gibier ; chaque bâtiment était pourvu de six à sept chaloupes et portait de quarante à cinquante hommes d'équipage. Les chaloupes avaient de 8 à 9 mètres de longueur sur 2 de largeur et 1 de profondeur ; elles étaient montées par quatre rameurs, un harponneur et un patron ; leur armement se composait de sept pièces de ligne ou cordage de chanvre non goudronné, afin de lui conserver toute son élasticité et sa mobilité, trois harpons en fer destinés à être lancés sur l'animal, six lances pour l'achever, un pieu de fer, un épiloir, un hachot à marteau, une boussole et un pavillon.

Aussitôt que la baleine était signalée, l'équipage se répartissait dans les chaloupes, laissant à bord le nombre d'hommes strictement nécessaire pour la manœuvre et les signaux, et l'on faisait force de rames pour arriver près de l'animal sans l'effrayer. Lorsque la première chaloupe n'en était plus qu'à une faible distance, le harponneur, debout à l'avant, lui lançait avec force un harpon auquel il avait préalablement attaché une des lignes. Le harpon, lancé d'un bras vigoureux, s'enfonçait profondément dans les chairs de la baleine qui, sous l'influence de la douleur, plongeait aussitôt, entraînant avec elle le harpon et la ligne, au bout de laquelle on attachait successivement les autres lignes, de manière à éviter d'être entraînés et submergés. En même temps, le pavillon était hissé pour appeler les autres chaloupes dont l'une lui fournissait ses lignes quand celles de la première étaient toutes filées, et dont les autres, suivant le sillage laissé par la baleine qui s'enfuyait, guettaient le monstre pour l'achever à coups de lance aussitôt qu'il sortait de l'eau pour venir respirer à sa surface. Toutes ces manœuvres, très dangereuses, devaient être exécutées avec la plus grande célérité. En effet, si les matelots qui montaient la chaloupe du harponneur ne filaient pas la ligne avec assez de vivacité, le frêle esquif pouvait être entraîné au sein des ondes avec les six hommes qui le montaient, et ceux-ci n'auraient sauvé leur vie qu'en laissant échapper leur proie. Le danger n'était pas moindre pour les marins qui allaient achever l'animal s'ils s'exposaient aux coups terribles de la queue et des nageoires dont il frappe l'eau avec violence et dont un seul suffit pour mettre une chaloupe en pièces.

Une fois la baleine tuée, on lui passait un croc dans la gueule, on l'amarrait solidement, la queue

en avant, entre deux chaloupes qui, naviguant de
conserve, la remorquaient ainsi jusqu'au bâtiment
où l'on procédait aussitôt à son dépeçage, à moins,
comme nous l'avons dit, qu'on ne préférât la dépecer
à terre.

Le harpon a été, pour ainsi dire, la seule arme
employée pour chasser la baleine jusque vers le milieu de notre xixe siècle; en tout cas, ce fut la seule
dont se servirent nos compatriotes ; mais on a successivement amélioré la manière de lancer ce harpon.
A l'origine, le harpon était, comme nous l'avons vu,
lancé avec la main, par le hardi harponneur debout
à l'avant de la chaloupe; mais on dut bientôt abandonner ce procédé lorsque les baleines, rendues plus
sauvages par une chasse ininterrompue, ne se laissè-
rent plus approcher d'assez près. Alors, on s'est servi
d'une sorte de mousquet, puis d'un canon.

Les Américains de nos jours ont remplacé le
harpon par des balles explosives qui font, dans le
corps de l'animal, des ravages considérables et tuent
presque toujours infailliblement les individus qu'elles
atteignent.

V. — Les Pêcheurs Hollandais

Avant de passer en revue les encouragements que le Gouvernement français accoi da à cette branche de nos pêcheries, et de voir comment s'éteignit en France une industrie qui y était née et y avait prospéré pendant plusieurs siècles, il n'est peut-être pas sans intérêt de jeter un coup d'œil sur nos plus grands et nos plus terribles rivaux en matière de pêche, les Hollandais qui, après avoir appris chez nous l'art de chasser la baleine et d'en tirer parti, mirent tout en œuvre, même la force et la déloyauté, pour nous supplanter dans les mers que les baleiniers français avaient seuls sillonnées pendant un si long temps.

Les renseignements qui vont suivre et qui nous montrent, sous son véritable jour, l'exclusivisme hollandais en matière de pêche, sont, en grande partie, tirés de l'ouvrage publié par M. de Ségur-Dupeyron, sur les conséquences du *Traité d'Utrecht* (1) convention qui fut si particulièrement funeste à nos

(1) Histoire d'un Traité de Paix et d'un Traité de Commerce conclus entre la France et l'Angleterre, par M. de Ségur-Dupeyron. —1 vol., Paris 1842.

pêcheries de baleines et de morues du Nord de l'Amérique et de Terre-Neuve en particulier.

Nous avons déjà montré comment les Hollandais étaient venus chez nous apprendre le dur métier de pêcheurs de baleines, et comment ils étaient parvenus à implanter cette industrie chez eux en enrôlant à prix d'or des matelots français rompus à l'exercice de cette industrie. Ces premiers débuts datent de 1610; ils ne furent pas heureux, mais ces déboires n'étaient pas faits pour décourager des gens aussi opiniâtres, et ils persévérèrent jusqu'à ce que le succès s'en suivît.

C'est en Islande et au Groenland qu'ils allèrent d'abord chercher la baleine; mais ils abandonnèrent bientôt ces parages pour se porter au Spitzberg, dont la côte s'étend, Nord et Sud, depuis le 76°40' jusqu'à 80° de latitude Nord. L'étendue Est et Ouest des côtes de ce pays pouvant être évaluée à soixante-dix lieues, c'était donc sur une étendue de cent quarante lieues de côtes environ que s'exerçait cette pêche.

Oubliant alors qu'ils devaient leur fortune aux Français, ils firent à nos nationaux une guerre acharnée, pourchassant les navires isolés qu'ils rencontraient, détruisant les établissements et huileries à terre, en même temps qu'ils entouraient leurs pêcheries d'un réseau de réglementations basées sur le plus parfait chauvinisme et tendant à ne point laisser pénétrer par les étrangers et principalement par les Français les secrets de leur nouvelle industrie.

C'est ainsi qu'il est enjoint aux navires baleiniers de revenir directement en Hollande, avec leur cargaison, sous peine de confiscation de la cargaison et d'une amende de 1,000 florins.

Il est défendu, d'un autre côté, aux armateurs des Provinces-Unies de fréter des navires à des étrangers, de leur vendre des chaloupes, des futailles, des voiles, des harpons et autres objets nécessaires pour prendre les baleines, les dépecer et fondre leur lard.

Puis viennent des règlements qui sont admirables de précautions, et qu'on peut regarder comme des modèles d'assurances mutuelles entre gens qui vont tenter la même industrie et courir les mêmes dangers.

Voici, d'ailleurs, comment M. de Ségur-Dupeyron expose les précautions prises par les armateurs hollandais pour engager leurs équipages.

Les particuliers qui voulaient envoyer un vaisseau à la pêche de la baleine choisissaient un capitaine expérimenté, et, après que le vaisseau avait été mis en état, les Commissaires des villes et des corps de la pêche de la baleine examinaient la capacité du capitaine et l'état où se trouvait tout le corps du vaisseau, avec les agrès et rechanges nécessaires pour la sûreté de la navigation.

Ils faisaient ensuite promettre au propriétaire et

au capitaine d'observer le règlement qu'ils leur remettaient entre les mains. Après quoi, les propriétaires et les capitaines formaient leurs équipages, et, dès qu'ils étaient prêts, ils se rendaient à Texel où les Commissaires, députés à cet effet, examinaient de nouveau les vaisseaux, et ensuite faisaient la revue des équipages de chacun, en particulier, pour voir si toutes les choses se trouvaient en bon état.

La revue terminée, il était procédé à la lecture des prescriptions spéciales aux baleiniers, concernant les naufrages. Voici le texte de ce document que nous croyons intéressant de publier ici, malgré sa longueur relative :

RÈGLEMENT

FAIT EN L'ANNÉE 1677, PAR LES COMMISSAIRES, DÉPUTÉS DES CORPS DE LA *Pêche de la Baleine,* ET DONT LES PROPRIÉTAIRES DES VAISSEAUX, DESTINÉS A CETTE PÊCHE, ET CEUX A QUI ILS EN DONNENT LE COMMANDEMENT SONT OBLIGÉS TOUS LES ANS DE PROMETTRE L'EXÉCUTION.

Premièrement.— Lorsqu'un vaisseau aura fait naufrage, et le capitaine et l'équipage venant à sauver leurs personnes, le premier navire qu'ils rencontreront sera obligé de les prendre, et, rencontrant ensuite un autre vaisseau, celui-ci sera tenu de prendre la moitié de l'équipage sauvé, et cette moitié d'équipage sera obligée d'y passer, à moins que ce vaisseau ne soit déjà occupé par d'autres gens naufragés, auquel cas le partage des hommes sera fait au prorata, c'est-à-dire par chacun des deux vaisseaux également; et si ces deux vaisseaux en trouvent d'autres, ils leur en donneront, en sorte que chacun en ait une égale quantité.

Deuxièmement. —Les victuailles que les équipages naufragés porteront à bord des vaisseaux où ils se sauveront sont consommés par eux-mêmes, et partagés à proportion, lorsque partie des équipages naufragés passera dans d'autres vaisseaux; mais si ces équipages ne portaient aucuns vivres, ils ne laisseraient pas d'être nourris, par charité, à bord des vaisseaux, où ils seraient réfugiés, et où ils travailleraient comme les matelots de l'équipage.

Troisièmement. — Si un vaisseau se perd ou s'échoue avec sa charge, le capitaine du vaisseau, le pilote ou autre qui le représentera en cette occasion, étant présent, pourra faire sauver les effets naufragés, et traiter avec qui il lui plaira pour les sauver et les charger. Comme aussi, il sera au choix des capitaines qui se trouveront dans ce cas de se charger desdits vaisseaux et effets sauvés ou de les refuser.

Quatrièmement. — Si quelque capitaine de vaisseau

vient, ou se rencontre en un lieu où il se soit fait quelque naufrage, et que les effets naufragés soient abandonnés, sans qu'il y soit resté personne de l'équipage, il pourra s'emparer de tout ou partie de ce qu'il y trouvera, soit agrès, ustensiles, lard, fanons, etc., et, étant arrivé dans les ports de Hollande, il sera obligé d'en délivrer la moitié aux propriétaires du navire naufragé, quitte de fret et autres frais quels qu'ils soient.

Cinquièmement. — Si un navire fait naufrage et est abandonné par l'équipage, comme aussi ses agrès et effets, ledit équipage ne pourra rien prétendre des choses sauvées, qu'il soit engagé à la part ou au mois, mais ce qui en reviendra appartiendra uniquement aux armateurs.

Sixièmement. — Toutefois, si l'équipage du vaisseau et effets naufragés sont présents lorsque quelque autre les a sauvés, et ont aidé eux-mêmes à les sauver, cet équipage aura sa part des choses sauvées, savoir :

Les gens naufragés engagés par mois, leurs gages, ainsi qu'ils ont été convenus ;

Les gens engagés à la part recevront pour leur travail, à raison de 20 florins par mois jusqu'au jour de la perte du vaisseau, étant, les gens engagés à la part, considérés et payés en cette rencontre comme s'ils étaient loués par mois, à compter le temps du jour de l'échéance du mois d'avance donné à ceux qui l'ont reçu étant engagés par mois;

Mais si la quatrième partie des effets ne peut s'étendre ni satisfaire à cette manière de paiement, chacun de ceux dudit équipage, tant les gens engagés à la part que les autres qui le seront par mois, perdront à proportion de ce qui s'en manquera; mais s'il y a du surplus, ou excédent dans la valeur du quart des effets sauvés, il demeurera aux armateurs.

Septièmement. — Le capitaine du vaisseau qui sauvera quelques effets, en aura sa portion avec les gens de son équipage accordés à la part, ainsi qu'il sera convenu entre les armateurs, c'est-à-dire que la somme qui se retirera des choses sauvées, sera réputée comme capital à leur égard, comme l'huile et les fanons des baleines qu'ils auraient pêchées, en comptant cinquante quartauts d'huile et mille six cents livres pesant de fanons pour un poisson, qui seront estimés au prix courant; mais ceux de l'équipage qui seront accordés au mois, n'auront aucune part dans les choses sauvées.

Huitièmement. — Les marchandises et effets sauvés qui seront chargés dans quelques vaisseaux, seront sujets aux avaries, pertes et dommages, comme les propres effets du vaisseau.

Neuvièmement. — Celui qui, ayant tué un poisson dans les glaces, ne peut le conduire à bord du navire,

en demeurera néanmoins propriétaire aussi longtemps qu'il le fera garder par quelqu'un de ses gens ;
mais, s'il n'y laisse personne, celui qui viendra pourra
s'en emparer et l'amener, quoique ce poisson soit
attaché à une pièce de glace.

Dixièmement. — Si celui qui a pris un poisson est
près de terre, il pourra l'attacher sur une ancre ou à
une corde qui tienne à terre et y laisser une marque
ou bouée et, quoiqu'il n'y laisse personne, il lui
appartiendra et ne pourra être pris par un autre.

Onzièmement. — Si, en allant à la pêche, ou en
revenant en flotte, quelqu'un est blessé ou estropié
en se défendant contre les ennemis, MM. les Commissaires de la pêche de la baleine lui feront donner
une récompense raisonnable à laquelle toute la flotte
contribuera.

Douzièmement. — Enfin, s'il arrivait quelque chose
dont il n'eût pas été fait mention dans ces règlements,
on la fera régler par des arbitres.

On procédait, après la lecture de ce document, à
l'embarquement des munitions, vivres et ustensiles
de pêche nécessaires à la campagne, puis le contrat
ou charte-partie était lu à tout l'équipage assemblé.

Voici la formule de ce contrat :

CHARTE-PARTIE

ENTRE LE CAPITAINE ET SES ÉQUIPAGES POUR LE VOYAGE DE LA *Pêche de la Baleine.*

Nous, soussignés, officiers et matelots, nous sommes loués au capitaine N..., commandant le navire N..., pour aller cette année 16.., à la pêche de la baleine pour le prix auquel chacun de nous est convenu, promettant d'obéir en toute chose audit capitaine, tant en mer qu'à terre, et à celui qui lui succèdera s'il vient à mourir.

Premièrement. — Nous promettons de nous rendre le matin et le soir aux prières, et d'écouter avec dévotion et modestie, à peine de payer telle amende que le capitaine ordonnera.

Deuxièmement. — Promettons de ne pas boire jusqu'à s'enivrer; de ne faire ni querelle ni mutinerie; de ne lancer rien sur quelqu'un, ni frapper, ni tirer le couteau, à peine de perdre la moitié des gages.

Troisièmement. — Si quelqu'un a querelle et vient à se battre, et en blesse un autre, il perdra tous ses gages, sera mis à terre et entre les mains des magistrats, selon l'exigence du cas.

Quatrièmement. — Aucune personne ne pourra faire de gageure sur la bonne ou la mauvaise pêche, ni acheter ni vendre à ces sortes de conditions, si on prend un ou plusieurs poissons ou non, à peine de 25 florins.

Cinquièmement. — Si le capitaine trouve à propos de faire société avec quelqu'autre, pour pêcher de compagnie, l'équipage promet d'aider celui avec qui il sera entré en société, comme si c'était leur propre capitaine, à peine de 25 florins d'amende.

Sixièmement. — L'équipage promet de se contenter des victuailles qui seront distribuées par le maître-valet, par ordre du capitaine, à peine de 25 florins.

Septièmement. — Si, par la longueur du voyage, ou à cause qu'on aurait sauvé quelques naufragés, les vivres se trouvaient fort diminués, l'équipage promet de se contenter de la ration que le capitaine ordonnera, selon qu'il trouvera expédient, à peine de 25 florins.

Huitièmement. — Promet l'équipage de ne point allumer de feu ni de chandelle, ni de mèche, soit de jour, soit de nuit, sans la permission du capitaine, à peine de 25 florins, etc.

Après la lecture des règlements, et la signature de la charte-partie, le capitaine et le commissaire député, descendaient dans la Chambre où les gens de l'équipage venaient les uns après les autres pour recevoir leurs avances.

Voici, toujours d'après M. de Ségur-Lapeyron, comment se répartissaient ces avances :

Au capitaine, pour pot-de-vin, 100, 125 et jusqu'à 150 florins, et quelquefois plus, selon sa réputation, sans comprendre ce qu'il est convenu qu'il devrait avoir au retour pour chaque quartaut de lard, qui est de 20, 25 ou 30 sols.

Au pilote, 40, 50 ou 60 florins sans préjudice de ce qui lui reviendra pour chaque quartaut de lard, qui est de 13, 14 ou 15 sols.

A chaque harponneur, 40 ou 50 florins, sans préjudice, des 12 ou 14 sols par quartaut.

Le charpentier qui va au mois reçoit 36 florins ; le chirurgien 28, le contre-maître 26, le maitre valet qui a soin des vivres 26 ; chaque matelot expérimenté 18 à 19 ; chaque matelot peu expérimenté 12 à 13.

Ceux des matelots qui gouvernent des chaloupes ont, outre leurs gages, 2 ou 3 florins par chaque baleine qu'on prend. Quelquefois, ils sont accordés par six, sept ou huit quartauts de lard, et, en ce cas, ils reçoivent pour pot-de-vin comptant, 16, 18 à 20 florins ; mais alors ils ne sont pas au mois.

Les matelots qui ont soin de la ligne dans la chaloupe, reçoivent comptant pour pot-de-vin depuis 6 jusqu'à 15 florins, et au retour, pour chaque baleine, 15 ou 16 florins.

Il est un autre détail non moins curieux à noter dans l'organisation des pêcheries hollandaises ; c'est le caractère militaire et essentiellement belliqueux de leurs armements. Nous avons déjà, dans la première partie de cette histoire, parlé des pêcheurs du moyen-âge, qui s'armaient en guerre pour aller exercer leur industrie dans la Manche et la mer du Nord; mais nulle part cet appareil militaire ne prit un aussi large développement que dans les armements à la pêche de la baleine chez nos rivaux. Ces précautions étaient prises en temps de paix comme en temps de guerre, et il est bon de remarquer que, à la fin du xviie siècle, lorsque Guillaume d'Orange occupait le trône d'Angleterre et que l'accord le plus complet existait entre les Pays-Bas et la Grande-Bretagne, toutes ces précautions étaient prises uniquement contre les pêcheurs français.

Il s'était même formé, à cette époque, une sorte de confédération des ports de la mer du Nord : les Hollandais ayant pris sous leur protection les baleiniers de Hambourg, de Lubeck, de Brême, de Suède et de Danemark. Hambourg, à cause du grand nombre de ses baleiniers, fournissait même sa part de protection.

Voici d'ailleurs les détails que nous fournit M. de Ségur-Lapeyron sur la campagne de 1697 :

La flotte expédiée cette année-là à la pêche de la

baleine, comprenait exactement 200 bâtiments dont 128 hollandais, 51 hambourgeois, 12 brêmois, 4 danois, 2 suédois, 2 d'Embden et 1 de Lubeck.

L'escorte se composait de 11 navires de guerre armés de 518 canons et montés par 2,228 hommes d'équipage. Hambourg n'avait fourni pour sa part que deux navires armés de 108 canons et montés par 461 hommes d'équipage.

C'était, comme on le voit, une force respectable bien faite pour assurer aux Hollandais l'empire des mers du Nord où les baleiniers français se rendaient isolément et sans escorte, n'ayant, pour se défendre, que quelques canons ou pierriers dont ils armaient leurs bâtiments de pêche.

De leur côté, les Anglais s'organisèrent en sociétés formant, vers cette même époque, la *Compagnie des Marchands de Londres commerçant au Groenland*. La reine Anne, pour favoriser ceux de ses sujets qui voulaient se livrer à cette pêche, dispensa les matelots harponneurs de tout service sur les navires de guerre de l'Etat; elle alla plus loin encore dans la voie de la protection : elle défendit de brûler, dans toute l'Angleterre, d'autre huile ou d'autres substances grasses que celles qui provenaient de la baleine.

Le nombre total de baleines capturées par l'expédition hollandaise de 1697, dont nous donnons le détail plus haut, avait été de 1,868.

En 1736, il en fut pris 857 par les Hollandais seuls qui avaient armé cette année-là 191 bâtiments.

En 1771, les marins hollandais ne prirent plus que 500 baleines, quoique le nombre des bâtiments armés pour cette pêche eût été porté à 254.

Depuis cette époque, les produits n'ont pas cessé de décroître, ce qui a nécessairement influé sur le nombre et la destination des armements.

VI. — Encouragements à l'Industrie Baleinière

Avec une pareille organisation, les Hollandais purent, à la faveur des guerres malheureuses qui marquèrent la fin du règne de Louis XIV, pourchasser nos baleiniers dans toutes les mers où ils exerçaient leur industrie et ruiner leurs établissements qu'à plusieurs reprises ils détruisirent de fond en comble. Le traité d'Utrecht en 1713 leur porta le dernier coup et jamais, depuis cette époque, les pêcheries françaises ne purent se relever.

Dès 1783, le mal était si grand, que le gouvernement crut devoir faire appel aux étrangers pour essayer de faire revivre chez nous les anciennes traditions de la chasse aux grands cétacés.

Une colonie de Nantukais vint s'établir à Dunkerque. En outre de diverses immunités qui leur furent accordées pour les fixer dans le pays, le gouvernement de Louis XV créa, en leur faveur, une prime de 50 francs par tonneau de jauge des navires expédiés à la pêche. Ces premières primes n'étaient accordées qu'aux étrangers seulement, ce ne fut qu'en

1792, qu'un décret de la Convention nationale les étendit aux Français ; mais les guerres de la Révolution avaient alors arrêté tous les armements baleiniers. Les Nantukais eux-mêmes, ne pouvant se livrer à leur industrie habituelle, s'étaient dispersés.

La paix d'Amiens fit naître l'espoir d'un calme qui fut malheureusement de trop courte durée ; deux arrêtés des 22 Nivôse et 17 Prairial an X vinrent renouveler les encouragements de la loi de 1792, et, à leur faveur, plusieurs baleiniers français furent armés, mais tous furent confisqués par les Anglais dès la rupture de la paix.

Ce fut la cessation complète de l'industrie baleinière en France.

Elle ne reprit qu'en 1816 ou plutôt en 1817, tant à la faveur du rétablissement définitif de la paix européenne qu'à celle d'une législation nouvelle qui, outre le remaniement des primes basées sur le tonnage du navire, permit l'armement, sous pavillon national, de bâtiments de construction étrangère qu'elle admit à une francisation provisoire. L'Ordonnance du 8 Février 1816 alla même beaucoup plus loin : comme la France était alors totalement dépourvue de marins pêcheurs et surtout de capitaines expérimentés dans l'art de cette pêche spéciale, les armateurs furent autorisés à employer dans les équipages et même dans les états-majors, deux tiers de marins étrangers et le commandement du navire français, ou naviguant sous pavillon français, put être confié à un capitaine étranger.

Les primes étaient de deux natures :

Une première prime ou prime d'armement proprement dite, et fixée à 50 francs par tonneau de jauge, était accordée indifféremment à tous ceux qui armaient pour la pêche de la baleine ou du cachalot, quelle que fut d'ailleurs la destination du bâtiment.

Une seconde prime ou prime supplémentaire à l'armement, également fixée à 50 francs par tonneau de jauge, était accordée au retour à tout navire qui avait doublé le cap Horn ou franchi le détroit de Magellan et qui rapportait en France les produits de sa pêche, après une navigation de seize mois au moins et de vingt-six mois au plus.

Cette législation porta d'abord d'excellents fruits : sous son empire, on forma quelques marins nationaux; plusieurs navires et bateaux propres à la pêche de la baleine sortirent de nos chantiers de constructions. L'essor était donné et une nouvelle ère de prospérité semblait s'ouvrir pour l'industrie baleinière française.

Dès 1831, le nombre des baleiniers sortis des ports français s'éleva à 16; il était de 21 en 1832, 34 en 1833; il s'éleva même à 44 en 1837; la moyenne des campagnes étant de seize à vingt-quatre mois, on peut, sans être taxé d'exagération, évaluer à soixante au moins, le nombre des baleiniers français, tenant la mer pendant cette même année 1837 qui marqua l'apogée de cette seconde période de notre industrie baleinière.

Les 44 bâtiments expédiés cette année-là se décomposaient ainsi :

Marseille	1 navire	394 Tx	34 hommes
Bordeaux	3 —	1,378 —	123 —
Nantes.	3 —	1,094 —	102 —
Dunkerque . . .	2 —	790 —	70 —
Le Havre	35 —	15,774 —	1,142 —

A cette même époque, les Américains du Nord, qui commençaient déjà à remplacer les Anglais et les Hollandais, et cherchaient à s'emparer du monopole de cette pêche, armaient 518 baleiniers et exportaient des huiles de baleine et de cachalot jusque dans le Royaume-Uni de Grande-Bretagne et d'Irlande, malgré les droits énormes dont les huiles étrangères étaient frappées à leur entrée dans ce pays. L'Angleterre n'armait plus, à cette époque, que 142 baleiniers; le Danemark, par contre, en avait 80, mais d'un très faible tonnage.

Cette nouvelle concurrence, venue d'Amérique, ne fit que grandir d'année en année, en même temps que les difficultés et les dangers de la pêche, qui augmentaient au fur et à mesure que les cétacés se faisaient plus rares et s'enfonçaient davantage dans les glaces des mers polaires américaines, décourage-rent à nouveau les baleiniers français, et, à partir de 1840, une nouvelle décadence commença.

On eut beau remanier le système des primes en 1819, 1825, 1828, 1829, 1832, 1836 et 1841, Calais et Dunkerque cessèrent les premiers d'armer pour cette pêche. Le Havre résista jusqu'en 1868 ; son dernier baleinier, le *Winslow*, armateurs MM. Winslow et Cie, fut définitivement désarmé le 15 Juillet 1868 ; c'est à ce port qu'appartient l'honneur d'avoir armé le der-nier baleinier français.

La dernière loi sur les primes qui date de 1851 tomba ainsi d'elle-même en désuétude.

CHAPITRE II.

PÊCHES

DU MARSOUIN ET DE LA TORTUE

I. — Le Marsouin

Le *Marsouin*, que les anciens appelaient *Pourceau*
ou *Cochon de mer* d'où lui vient d'ailleurs son nom
actuel (en allemand *meer schwein*, en provençal
mar-suin) est encore un mammifère marin de l'ordre
des *Cétacés*. Il appartient à la famille des *Dauphins*,
qui est caractérisée par deux machoires garnies de
dents très fortes, tandis que les baleines n'ont point
de dents et que les cachalots n'en ont qu'à la mâchoire inférieure seulement; comme les rorquals, ils
ont de plus une nageoire dorsale, organe de locomotion dont sont dépourvus les baleines franches et les
cachalots dont nous avons donné la description dans
le chapitre précédent. Comme chez le cachalot, les
orifices des deux *évents* sont réunis et situés très près
du sommet de la tête.

Les marsouins ont le museau court, uniformément bombé et non pas en forme de bec comme celui des dauphins ordinaires à la famille desquels ils appartiennent. Leurs dents sont irrégulièrement placées sur chaque mâchoire; leur peau est dépourvue de poils.

C'est le plus petit des cétacés et il ne dépasse guère 1 m. 60 de longueur; son corps est fusiforme et sa plus grande circonférence, mesurée à la hauteur de la nageoire dorsale, a une longueur moyenne de 1 mètre chez le marsouin adulte; il en est qui atteignent le poids de 100 kilogrammes.

Sa nageoire caudale, horizontale comme celle de tous les cétacés, est très développée et peut atteindre près du quart de la longueur totale de l'animal. Cette conformation est la principale cause de cette rapidité de locomotion que tous les voyageurs ont pu constater et admirer en même temps lorsque, même pendant les plus gros temps, les bandes de marsouins qui accompagnent presque tous les bâtiments traversant l'Atlantique, prennent leurs ébats sur les flancs du navire et sautent sur les lames, d'une crête à l'autre, sans qu'aucune fatigue semble jamais se manifester chez eux.

Le marsouin vit en bandes plus ou moins nombreuses qui parcourent presque toutes les mers du globe; on l'a en effet rencontré jusque dans la mer

Noire et il est commun dans la Baltique. Il semble affectionner les côtes et principalement l'embouchure des grands fleuves qu'il remonte souvent très loin ; on en a vu à Bordeaux, à Nantes, à Rouen et même jusqu'à Paris.

Ce cétacé se nourrit de poissons et plus spécialement de ceux qui voyagent par bancs, comme le hareng, la sardine, l'anchois et le sprat. Quand une bande de marsouins vient à rencontrer un banc de ces clupes, on les voit faire dans l'air des bonds considérables pour retomber comme une massue au milieu du banc où ils peuvent alors saisir et engloutir à leur aise leurs victimes assommées ou engourdies par le choc et la stupeur qu'elles en ressentent.

Comme tous les cétacés, le marsouin présente, entre la peau et les muscles, une couche assez épaisse de lard qui fournit, à la fonte, une huile assez renommée ; les muscles, qui constituent sa chair proprement dite, offrent un goût assez prononcé d'huile de poisson.

II. — La Pêche du Marsouin à Fécamp

S'il n'y a plus guère aujourd'hui que les Esquimaux et les Groenlandais qui pêchent encore le
marsouin pour en faire la base principale de leur
nourriture, la répugnance que nous manifestons de
nos jours pour la chair de cet animal était loin d'être
partagée par nos pères ; les Normands du moyen-
âge, les Saintongeois, les Bordelais, la population de
la Grande-Bretagne et celle de l'intérieur de la France,
sans en excepter Paris, lui trouvaient au contraire
un goût exquis. Un plat de marsouin était un véritable régal qui ne déparait pas une table royale.
C'est ainsi que nous le voyons figurer dans un grand
nombre de festins princiers et notamment dans ceux
du roi Henri VIII d'Angleterre et de la reine
Elisabeth.

Aussi, les rois et les grands seigneurs féodaux se
le réservaient-ils expressément dans tous leurs do-
maines dont les terres touchaient à la mer ; et de
longues querelles, qui dégénérèrent parfois en véritables guerres particulières, naquirent-elles souvent
entre riverains dont les droits n'étaient pas toujours
bien définis.

Les riches abbayes, qui couvraient alors le sol de notre Normandie, appréciaient surtout ce merveilleux poisson, long de cinq à six pieds, qui leur fournissait une chair si délicate pour la nourriture des moines, et une huile si bonne pour entretenir les lampes qui brûlaient devant l'autel (1).

En récompense des services que les bénédictins de l'abbaye de Fécamp avaient rendus au duc de Normandie, soit à l'occasion de la conquête de l'Angleterre par Guillaume le Bâtard, soit même avant cet événement, diverses chartes avaient mis cette importante abbaye en possession de tous les marsouins qui venaient s'échouer sur les terres des fiefs baignés par la mer qu'elle possédait, tant en Angleterre (2) qu'en France, et qui avaient le titre de baronnies.

Ce privilège, que les ducs de Normandie possédaient d'abord seuls, à l'origine, sur toute l'étendue des côtes et dans les estuaires des fleuves et rivières compris entre la Bresle et le Couesnon, et que les rois d'Angleterre acquirent ensuite par héritage sur les côtes de Guyenne, fut ainsi successivement aliéné par eux, au profit de ceux de leurs feudataires qu'ils

(1) Chroniques bénédictines de l'Abbaye de Jumiéges.

(2) Lorsqu'après la bataille d'Hastings qui lui assura la possession de l'Angleterre, Guillaume fit le partage des terres entre ses compagnons, les moines de Fécamp reçurent aussi leur part de butin et devinrent ainsi propriétaires de nombreux fiefs de l'autre côté de la Manche.

5

voulaient honorer ou favoriser d'une façon quelconque; mais les chartes qui les conféraient n'étaient
pas toujours suffisamment explicites, et l'exercice de
ce droit était quelquefois incertain, soit entre le roi et
ses vassaux, soit entre les vassaux eux-mêmes.

En 1098, l'abbaye de Caen fit une convention avec
celle de Fécamp pour régler leurs prétentions respec-
tives sur la pêche du marsouin qu'on prenait à Dives,
et dont Guillaume-le-Conquérant avait fait l'entière
concession à la première de ces maisons religieuses
dès 1066 (1). Le conflit valait d'ailleurs la peine qu'on
s'en occupât, si l'on considère tous les profits que les
moines tiraient de cet animal. Il était alors si nombreux sur les côtes de la Manche et à l'embouchure
des rivières où il s'enfonçait quelquefois très loin dans
l'intérieur qu'en différents endroits, et à Dives notamment, les pêcheurs s'étaient formés en compagnies.

Il faudrait, croyons-nous, remonter bien haut dans
l'histoire de nos contrées pour y retrouver l'origine
de cette pêche qui constitua pendant longtemps l'une
des plus importantes industries de notre région et
donna lieu à un grand commerce, tant avec les provinces de l'intérieur de la France qu'avec les royaumes
anglo-saxons du sud de l'Angleterre et notamment
avec la ville de Londres.

(1) Noël de la Marinière : HISTOIRE DES PÊCHES.

Dans les lois d'Ethelred, roi de toute l'heptarchie anglo-saxonne de 978 à 1016, c'est-à-dire près d'un siècle avant la conquête du pays par Guillaume (1), nous voyons que les marchands de Rouen portaient à Londres du marsouin sec ou salé dont il se faisait déjà un grand commerce avec cette ville.

En France, la chair du marsouin était reçue sur les marchés sous les diverses dénominations de *Craspois* et de *Pourpois* ou *Pourpris*. M. Noël de la Marinière, dans son *Histoire des Pêches* que nous avons déjà citée, pense que ces deux noms de craspois et de pourpois devaient désigner deux marchandises distinctes dont l'une, le pourpois était probablement la chair fraîche de l'animal, et l'autre, le craspois n'était que du marsouin salé.

Une ordonnance de Louis X le Hutin, en 1315, parle du craspois *vieil* et *salé*.

Une autre ordonnance, datée de 1261, règlemente la vente de ce produit à Paris où il était apporté depuis très longtemps déjà des divers ports de Normandie et probablement aussi de Fécamp, car on sait que notre port faisait alors, à Paris, des expéditions régulières des produits de sa pêche, et le marsouin en était alors un des plus importants après le hareng.

---

(1) Cette loi d'Ethelred, qui dispense les marchands de Rouen de certains droits d'entrée dans Londres, porte la date de 979.

Afin de la conserver plus longtemps, on faisait subir à la chair de ce cétacé les mêmes préparations qu'à celle des morues : on la salait, on la faisait sécher et on la fumait.

Bien que le domaine de la mer ait toujours été regardé dans l'antiquité comme commun à tous les hommes, et que le droit de pêcher dans ses eaux ait été considéré comme inaliénable dans toute sa plénitude, l'importance qu'avait su acquérir le marsouin et la valeur de la capture d'un seul de ces animaux furent cause de nombreuses et flagrantes violations de ces lois naturelles, par ceux-là mêmes qui s'étaient attribué la mission de les faire respecter.

Chacun aurait voulu conserver, par devers soi, tous les bénéfices et tous les avantages que pouvaient offrir les plages fréquentées par les marsouins et qui se trouvaient sous leur juridiction plus ou moins directe.

C'est ainsi que le roi, le duc et tout seigneur de fief avaient seuls la plénitude du droit de pêcher ce cétacé sur les limites maritimes de leur territoire.

Quelques barons seulement, ecclésiastiques ou séculiers, avaient en Normandie le privilège d'établir une *vasce* ou madrague pour la capture ordinaire des marsouins ; encore ce privilège ne pouvait être accordé que par charte spéciale.

Telles furent les chartes que nous avons déjà signalées au profit des abbayes de Fécamp et de Caen.

Dès 1036, Robert, comte d'Eu, avait accordé aux religieux du Tréport la moitié des marsouins qui seraient pêchés par leurs hommes de main-morte.

Henri II, duc de Normandie, confirmant au monastère de Jumièges la donation de Quillebeuf, accorde à cette abbaye les marsouins qui seraient pêchés sur les bancs de l'embouchure de la Seine voisins de ce port.

Après cela, et nous ne citons ici que les plus importantes chartes intéressant notre région, on comprendra aisément qu'il ne restait guère de place pour les droits des pêcheurs; c'est à peine si, comme on le verra plus loin, on leur laissait la faculté d'exploiter le large.

Le marsouin n'étant pas migrateur, ne quittait jamais la Manche qu'il semblait affectionner tout particulièrement, de sorte que les pêcheurs n'y connaissaient pas de saisons exclusives de pêche, comme cela a lieu pour le hareng, le maquereau et la morue. On pouvait donc la pratiquer toute l'année. Si on s'y livrait de préférence pendant l'été, à cause des loisirs que laissaient les autres pêches, elle était cependant beaucoup plus abondante pendant l'automne et l'hiver, alors que des troupes nombreuses de ces cétacés venant de la mer du Nord et de l'Océan Atlantique semblaient y être attirées par les bancs de harengs stationnant à cette époque sur nos côtes, et dont ils faisaient leur principale nourriture.

Pour capturer ces énormes poissons, puisque c'est sous cette dénomination que nos pères les désignaient, la plupart des seigneurs privilégiés dont il a été parlé plus haut, avaient fait établir à demeure dans la mer, et à peu de distance des rivages soumis à leur juridiction, de grandes *vasces* ou *madragues* analogues à celles dont on se servait en Méditerranée pour prendre les thons.

Ces madragues étaient de vastes parcs ou pêcheries couvrant près d'un mille carré de superficie et divisés en plusieurs compartiments ou chambres. Les filets ou cloisons qui formaient ces chambres étaient soutenus par des flottes de liège, étendus par un lest de pierre et maintenus par des cordes dont une extrémité était attachée à la tête du filet, et l'autre amarrée à une ancre; l'ouverture de ces madragues était tournée du côté du rivage, et les marsouins s'y engageaient quand ils voulaient gagner la haute mer. Une fois entré dans la première chambre, l'animal s'enfonçait de plus en plus dans le piège dont il ne pouvait plus sortir, et où on le capturait avec la plus grande facilité.

Mais cette méthode si facile n'était pas à la portée des pêcheurs à qui il était interdit, sous les peines les plus sévères, d'établir des madragues ou autres parcs propres à capturer les gros poissons.

Force leur était donc d'avoir recours à des méthodes moins perfectionnées c'est vrai, mais qui, avec l'abondance de ce genre de cétacés, ne laissaient pas que d'être très rémunératrices. Nous ne dirons que quelques mots ici des principales de ces méthodes.

La première, celle qui fut très probablement pratiquée dès l'origine, consistait à cerner une bande de marsouins qui s'étaient approchés près des côtes au moyen de plusieurs barques, formant d'abord un grand demi-cercle s'ouvrant vers la terre et se resserrant graduellement de manière à forcer le gibier de se *mettre au plein*, c'est-à-dire de s'échouer sur le rivage où les pêcheurs le tuaient alors à coups de lance, ou les assommaient à coups de massue.

Nous verrons un peu plus loin, à propos du *droit du varech*, quelles difficultés les seigneurs riverains suscitèrent alors aux pêcheurs, relativement à la propriété des animaux ainsi amenés et capturés sur le rivage et comment, à force de tracasseries, ces derniers furent contraints d'abandonner ce genre de chasse.

Le second procédé, qui est encore usité aujourd'hui chez les rares peuplades du nord qui ont conservé la tradition de la pêche du marsouin, consiste à harponner l'animal comme on fait de la baleine pour le tuer en mer et le ramener mort dans les barques.

Ce n'était pas seulement pour sa chair que nos pères pêchaient le marsouin et que les Esquimaux continuent à le pêcher de nos jours ; on tire de son lard une huile qui vaut bien celle de la baleine et qui jouissait chez nous, pendant le moyen-âge, de nombreuses qualités thérapeutiques, ce qui la faisait employer dans un grand nombre de maladies.

III. — Le droit de Varech en Normandie

L'ancienne *Coutume de Normandie* entendait par *varech* et *choses gayves*, non-seulement les herbes marines, varech, goémon, sart, etc., mais encore « *toutes choses que l'eau jette à terre par tourmente et fortune de mer, ou qui arrivent si près de terre, qu'un homme à cheval y puisse toucher avec sa lance* »

Or, lorsqu'après le traité de Sainte-Claire-sur-Epte qui concéda la Neustrie aux Normands en 912, Rollon partagea le pays entre ses compagnons, il attribua à tous les propriétaires de fiefs touchant à la mer, le privilège de la possession du *varech* venant s'échouer sur le littoral faisant partie de leurs fiefs.

Il est possible, comme on l'a prétendu plus tard, quand on discuta aux Normands un privilège aussi exclusif, que le *droit de varech* ne comprenait, à l'origine, que les herbes marines et épaves brutes ; mais, à la faveur des troubles qui suivirent l'établissement des hommes du nord, ceux-ci l'étendirent bientôt à toutes les choses, même animées, poissons, embarcations et hommes que les hasards rejetaient sur leurs côtes où les y amenaient assez près pour qu'un homme à cheval pût les toucher de sa lance.

C'est ce droit de varech ainsi entendu, que fixa la *Coutume de Normandie* et qui prévalut jusqu'à la Révolution française. L'ordonnance de la marine du mois d'Août 1681, qui régla minutieusement le droit d'épaves sur toutes les côtes françaises, confirma le privilège des seigneurs normands (1).

Déjà, quelques siècles auparavant, le même droit de varech que s'étaient attribué les seigneurs bretons, avait fait abandonner à nos marins la pêche du hareng, et surtout celle du maquereau sur les côtes de Bretagne où leurs barques étaient capturées, et eux-mêmes, rançonnés et dépouillés chaque fois qu'un vent contraire ou une avarie les portait à la côte ; la même cause se prolongeant en Normandie, leur fit abandonner la pêche du marsouin, ou modifier, tout au moins, la manière de la pratiquer.

En effet, chaque fois qu'un de ces animaux blessé par le harpon ou la lance, ou cerné du côté de la mer par les barques des pêcheurs, venait à s'échouer sur le rivage ou s'en approcher d'assez près, le propriétaire du fief riverain venait aussitôt s'en emparer au détriment des malheureux pêcheurs qui en étaient pour leurs frais et leurs peines.

(1) Ordonnance de la Marine, livre IV, titre IX, article XXXVI.

Vainement on força les bénéficiaires de ce droit de varech à désintéresser les pêcheurs des frais qu'ils avaient faits, à les rémunérer de la peine qu'ils avaient prise en chassant et poursuivant le poisson échoué, vainement, on les appela devant la justice du roi qui établit tardivement une distinction entre le poisson échoué naturellement sur les côtes, par fortune ou par aventure de mer, et réputé *varech*, et les poissons pourchassés, tués ou blessés en mer « *qui seront conduits et chassés sur les grèves par l'industrie des pêcheurs* » lesquels, ne pouvant être considérés comme *varech*, appartiennent de droit à celui qui les a chassés; les difficultés journalières que rencontraient les pêcheurs de marsouins dans l'exercice de leur industrie, l'impossibilité presque absolue dans laquelle ils étaient de pouvoir se faire rendre justice, jointes à l'abandon que ce cétacé faisait progressivement de nos côtes, finirent par lasser nos compatriotes.

La pêche du marsouin fut abandonnée à Fécamp comme dans tous les ports de Normandie.

IV. — La Pêche de la Tortue

Avant de commencer l'étude de la pêche de la morue qui est l'objet principal de cette seconde partie de notre histoire, il n'est peut-être pas sans intérêt de dire quelques mots d'une autre grande pêche maritime qui fut sinon pratiquée, mais au moins tentée par les Normands vers la fin du XVIIe siècle.

Dans un port qui, comme celui de Fécamp, doit la majeure partie de son développement et de sa fortune actuelle à l'industrie de la pêche en mer, nous ne saurions nous désintéresser d'aucune des entreprises de ce genre qui furent tentées, soit par nos pêcheurs eux-mêmes, soit par leurs voisins de Dieppe ou du Havre, car, malgré la diversité, et quelquefois même l'opposition des intérêts qui existait entre ces ports, Fécamp marcha souvent, soit avec l'un, soit avec l'autre.

Cette fois, la proie convoitée par les pêcheurs de Dieppe et qu'ils allèrent chercher jusqu'aux Indes occidentales, ainsi qu'on nommait alors les Antilles, n'était ni un poisson proprement dit, ni même un de ces mammifères marins que l'on a si longtemps confondu avec les poissons ; il s'agissait d'un reptile marin de l'ordre des *Chéloniens* connu sous le nom de *Tortue de mer*.

Nous trouvons, en effet, en faisant nos recherches, que des mariniers de Dieppe quittèrent ce port en 1699 pour aller faire la pêche de la tortue aux Antilles. Il semble que l'expérience ne donna pas les résultats qu'on en espérait, car la tentative de l'armateur dieppois ne fut pas renouvelée, et il ne paraît pas que Fécamp y ait participé le moins du monde.

Les détails manquent d'ailleurs absolument sur l'expédition en elle-même et le but qu'elle se proposait.

Il existe, sur tous les rivages baignés par les mers chaudes des contrées intertropicales, et principalement aux Antilles et sur les côtes septentrionales de l'Amérique du Sud, d'énormes tortues marines qui s'y réunissent par véritables troupeaux, pour chercher leur nourriture parmi les algues qui tapissent ces plages, ou déposer leurs œufs dans les sables brûlants de ces mêmes plages. Les Caraïbes et les Indiens, bien avant que les Européens ne parussent, faisaient la chasse à ces grands chéloniens pour s'emparer de leur chair à laquelle ils attribuaient des propriétés merveilleuses. Après l'occupation du pays par les Espagnols et les autres peuples du vieux monde, les nouveaux venus ne tardèrent pas à apprécier ces qualités tant vantées, et marchèrent bientôt sur les traces des indigènes. La tortue qui, prétendait-on, guérissait du scorbut et de toutes les maladies spéciales aux gens de mer, fit partie intégrante de l'avitaillement des bateaux fréquentant ces parages, et c'est indubitablement à cet engouement du moment pour la chair de la tortue, qu'il faut attribuer l'expédition dieppoise de 1699.

Les pêcheurs trouvèrent aux Antilles deux genres bien différents de grandes tortues de mer qu'ils chassèrent avec autant d'ardeur, les unes pour s'emparer de leur chair et de leur graisse qui étaient ensuite introduites dans le grand commerce de l'alimentation, les autres pour l'écaille fine qui orne leur carapace et que l'industrie transforme ensuite en bijoux et autres objets d'art.

L'espèce la plus répandue et la plus importante en même temps, celle que l'on chassa la première est la *Tortue franche* ou *Tortue verte*, ainsi nommée à cause de la couleur de sa chair; on en a cependant vu dont la chair était d'un blanc rosé comme celle du veau, et d'autres dans lesquelles elle était noire. Cette chair est très délicate et donne d'excellent bouillon que l'on recommande aux personnes atteintes d'affections de poitrine; on la mange aussi soit bouillie, soit en ragoût, soit même rôtie. La carapace de la tortue franche est très grossière et n'a reçu jusqu'à ce jour aucune application industrielle. Les naturels qui se livrent à cette pêche, l'emploient quelquefois pour couvrir leurs huttes ; d'autres se servent des petites comme d'un bouclier pour se défendre dans leurs combats ; à l'origine, les grandes écailles furent les premiers canots dans lesquels ils montèrent pour affronter l'Océan et se rendre d'une île dans une autre.

La tortue franche est le plus grand représentant de l'ordre des chéloniens : sa taille peut atteindre une longueur de six à sept pieds du bout du museau à l'extrémité de la queue, sur trois à quatre pieds de large et environ quatre d'épaisseur dans l'endroit le plus gros du corps. Son poids total peut aller jusqu'à 400 kilogrammes dont la moitié, soit environ 200 kilogrammes sont utilisés pour la nourriture des équipages ou sont salés pour être livrés au commerce.

Bien que la tortue franche s'éloigne des côtes à une distance souvent très considérable et qu'elle traverse quelquefois des mers très étendues, elle ne quitte jamais les mers chaudes, de sorte qu'on ne l'a jamais vue sur nos côtes qu'accidentellement et très rarement.

Lacépède raconte, dans son *Histoire Naturelle* (1),

(1) HISTOIRE NATURELLE des quadrupèdes ovipares, tome 1er, page 91.

qu'un de ces chéloniens fut pris dans le port même de Dieppe en 1752; il pesait de huit à neuf cents livres. C'était à la suite d'une violente tempête. Deux ans plus tard, une autre tortue franche était capturée par les pêcheurs dans le Pertuis d'Antioche : sa longueur atteignait huit pieds et son poids dépassait huit cents livres.

A côté de ce principal genre on peut encore citer, dans la section des tortues de mer comestibles, la *couanne* que l'on trouve jusque dans la Méditerranée et qui fut bien connue des anciens. Sa chair est beaucoup moins estimée, et quelquefois même, sous l'influence de la nourriture qu'elle prend et qui consiste en poissons, mollusques, crustacés, etc., elle devient tout-à-fait repoussante. Dans les mers des Antilles, on en a cependant fait la pêche pendant très longtemps pour nourrir les esclaves nègres qui lui trouvaient d'autant plus de saveur qu'elle sentait plus mauvais. L'huile, qu'on en retirait en grande abondance, avait une odeur si nauséabonde qu'elle ne pouvait servir qu'à l'éclairage et à la préparation des cuirs.

Il est encore une autre espèce de tortue de mer comestible qui habite surtout les côtes occidentales d'Afrique, et dont quelques représentants viennent de temps en temps s'échouer sur les côtes françaises de la Bretagne et principalement à l'embouchure de la

Loire ; c'est la *Tortue Luth,* ainsi nommée à cause de sa forme qui rappelle vaguement celle de l'instrument de musique de ce nom.

Elle est un peu plus petite que les précédentes ; la dernière que les pêcheurs de Concarneau trouvèrent dans leurs filets, au printemps dernier, pesait environ 250 kilog.

La *Tortue imbriquée,* appelée encore *Caret* ou plus communément *Tortue à écaille*, est celle qui fournit à l'industrie ces belles plaques cornées, translucides et brillantes que l'on emploie dans la tabletterie et la bijouterie sous le nom d'écaille. Comme les grandes tortues comestibles dont nous avons parlé plus haut, le Caret habite les rivages des mers chaudes de l'Amérique et de l'Asie d'où les anciens le faisaient venir à grands frais. Comme la chair de ce dernier genre de chéloniens est désagréable au goût et même nuisible à la santé, on ne le chasse que pour les plaques d'écaille qui garnissent sa carapace. Aussi, quelques pêcheurs se contentent-ils de retirer ces écailles par une exposition prolongée de l'animal aux rayons brûlants du soleil de ces contrées, et ils le rejettent ensuite à la mer où ils prétendent que de nouvelles écailles ne tardent pas à remplacer les anciennes.

Il nous semble superflu d'entrer dans de plus longs détails sur ces animaux et sur la pêche à laquelle ils ont donné lieu, d'autant plus que si cette pêche se pratique encore de nos jours, elle a bien perdu de son ancienne importance.

Les procédés employés d'ailleurs pour se rendre maître de ces énormes animaux ont varié suivant les temps, suivant les peuples et aussi suivant les espèces chassées, et il serait trop long de les énumérer ici. Le plus simple et le plus répandu de tous, mais qui ne pouvait être pratiqué que pendant la saison de la ponte, consistait à guetter les tortues, la nuit, sur les plages de sable où elles avaient coutume d'aller déposer leurs œufs; puis, quand l'animal reprenait le chemin de la mer, cinq ou six hommes se précipitaient sur lui et le retournaient sur le dos afin de le priver de tous ses moyens d'action et l'empêcher ainsi de se sauver. Le jour venu, ils assommaient leurs prisonniers et brisaient leur carapace à coups de hache pour en séparer le plastron et découper la chair qu'ils salaient à demeure dans des barriques.

CHAPITRE III.

LA MORUE

Avec la morue, nous rentrons dans la classe des poissons proprement dits que la baleine, le cachalot et le marsouin nous avaient fait quitter malgré le terme générique de *poissons à lard* (1) sous lequel on désignait autrefois ces mammifères marins.

La morue, en effet, baptisée par Linnée du nom de *Gadus morrhua*, à l'époque où ce savant naturaliste donna des noms latins à tous les êtres connus de la création, afin de faire prévaloir et adopter par tout le monde la nomenclature ou classification dont la science lui est redevable, est un poisson osseux de l'ordre des *Malacoptérygiens subbrachiens*, famille des *Gadoïdes*, genre des *Gades* dont elle est le représentant

---

(1) On désignait autrefois sous le nom de **poissons à lard** tous les gros animaux marins dont on faisait la chasse pour en extraire de l'huile ; cette expression était d'ailleurs assez vague et variait souvent avec les auteurs. Le plus généralement, on comprenait sous cette désignation les cétacés, les phoques, les morses et quelques grands poissons comme le thon, le requin, etc.

qui atteint les plus grandes dimensions, et le premier qui ait reçu les honneurs de la grande-pêche avec salaison à bord.

C'est à ce même genre de *Gades* qui ne le cède certainement pas par le nombre, l'importance et la fécondité au genre *Clupe* (hareng, sardine, anchois, etc.) et qui, d'après Lacépède (1), ne compte pas moins de vingt-deux espèces différentes que nous devons, en outre, des nombreuses variétés de morues dont il sera parlé plus loin, le *merlan* (2), le *grelin* (3), la *lotte* (4), le *capelan* (5), etc. dont la pêche côtière tire un si grand parti, et que nous voyons figurer avec honneur sur nos tables à l'état de poisson frais.

(1) Lacépède : HISTOIRE NATURELLE DES POISSONS, tome III, p. 226.

(2) **Gadus merlangus**, poisson de mer très connu sur nos côtes où il fait l'objet d'une pêche active, en hiver surtout, époque où sa chair est la plus grasse et la plus succulente. Sa longueur ne dépasse guère 0 m. 35, et il se distingue de la morue par l'absence de barbillons à la mâchoire inférieure. Il se nourrit de vers et de petits crabes qu'il trouve sur nos côtes; mais il recherche surtout le frai des autres poissons, et notamment les œufs et le fretin du hareng; il a le dos gris verdâtre et le reste du corps gris argenté.

(3) Ce poisson, qui appartient au sous genre merlan, se rapproche beaucoup plus de la morue par sa taille qui peut aller jusqu'à près d'un mètre et par sa couleur très foncée; on le confond souvent avec le colin que nous verrons plus loin.

(4) La **lotte** commune (**Gadus lota**) est un poisson de rivière dont la longueur varie entre 0 m. 35 et 0 m. 60, couleur jaune marbrée de brun; elle n'a qu'un barbillon à la mâchoire inférieure; mais sa mâchoire supérieure en présente plusieurs.

(5) Nous reparlerons plus loin de ce poisson qui est employé comme appât dans la pêche de la morue sur le Grand-Banc de Terre-Neuve.

Depuis sa disparition presque complète de nos côtes où elle était autrefois un des principaux habitants, la *Morue franche*, que nous prendrons ici comme type du genre *Gade*, est très peu connue dans sa forme naturelle en dehors du monde des pêcheurs ; car, préparée et *habillée* sur les lieux de pêche et à bord des bateaux qui se livrent à cette industrie, elle se présente dans le commerce sous un aspect qui ne rappelle en rien la forme primitive du poisson au moment où il s'est laissé prendre à l'hameçon.

On peut cependant s'en faire une idée à peu près exacte en examinant un poisson bien connu de la même famille, le merlan, qui, quoique beaucoup plus petit de taille, n'en diffère que par quelques détails tout-à-fait secondaires. L'aspect extérieur et la conformation intérieure du corps sont à peu près les mêmes chez les deux espèces sœurs, avec cette différence que la morue franche est au moins cinq fois plus longue et dix fois plus grosse que le merlan.

La morue a la tête comprimée avec une longueur proportionnée à celle de l'animal ; les yeux, très gros, sont placés sur les côtés de la tête et peu rapprochés l'un de l'autre ; ils sont voilés par une membrane transparente qui a pour résultat certain d'affaiblir le sens de la vue chez ces poissons ; mais ce désavantage leur permet de vivre et de se diriger avec plus de facilité au milieu des glaces des mers polaires, de supporter sans fatigues les irisations de la lumière qui les traverse, et de nager à la surface des eaux qui baignent les rivages couverts de neiges congelées, sans être éblouis par la grande quantité de lumière réfléchie sur ces plages boréales.

Ce même voile naturel doit encore lui faciliter la recherche de sa nourriture sur les sables brûlants du golfe de Guinée et des autres contrées équinoxiales que le soleil des tropiques rend plus éblouissants encore que les neiges polaires, et où on les rencontre en aussi grande abondance que dans les mers glaciales.

Mais, dans les mers tempérées où les glaces ne descendent plus et où les rayons du soleil présentent moins d'ardeur, il est certain que la morue distingue les objets avec moins de facilité que les autres poissons dont les yeux ne sont pas couverts de cette membrane transparente, et c'est cette imperfection naturelle de l'organe de la vue, plutôt encore que sa voracité, qui la fait se prendre à des appâts tout-à-fait grossiers et quelquefois même à des hameçons dépourvus d'appât. De là est venue cette expression d'*yeux de morue* dont on s'est servi pour désigner des yeux grands, à fleur de tête et cependant mauvais (1).

Le museau de la morue est gros et obtus, et un

---

1) Lacépède : HISTOIRE NATURELLE DES POISSONS, tome III, p. 233.

barbillon charnu pend à l'extrémité de sa mâchoire
inférieure : c'est ce caractère anatomique qui sépare
surtout la morue du sous-genre merlan, car on sait
que ce dernier poisson est entièrement dépourvu de
barbillon.

Ses mâchoires sont inégales en longueur ; la mâchoire supérieure étant plus avancée que l'inférieure.
Toutes deux sont armées de plusieurs rangées de
dents fortes et aiguës, mais inégales en longueur et
qui ne sont pas toutes articulées avec les os maxil-
laires ; quelques-unes sont fixées à des muscles très
mobiles et peuvent être, comme celles des requins,
couchées ou relevées sous différents angles, de manière à être appropriées à la nature, au volume et à
la résistance de la proie qu'elles cherchent à dévorer.

Aussi les morues sont-elles très voraces et s'atta-
quent-elles à toutes les proies qui se présentent à
elles ; elles vont même, dit-on, jusqu'à se dévorer
entre elles lorsqu'elles ne rencontrent pas d'autre
nourriture ; il est d'ailleurs prouvé que les grandes
espèces de gades font une guerre acharnée aux
espèces plus petites : vers, mollusques, crustacés,
poissons, tout leur est bon ; elles s'attaquent à tout
et dévorent tout.

Elles sont facilitées en cela par un estomac très
volumineux dans lequel se fait une production très
rapide de sucs digestifs, d'une action si prompte que,

en moins de six heures, un petit poisson peut être digéré en entier dans son canal intestinal. D'après Anderson, dans son *Histoire d'Islande*, l'action digestive de ces sucs gastriques est si puissante que de gros crabes absorbés par le poisson avec leur carapace dont chacun connaît la dureté voient cette carapace s'altérer, rougir comme le têt de l'écrevisse qu'on a mise dans l'eau bouillante et devenir très molle avant même que la chair intérieure du crustacé ne soit réduite en chyle.

Il résulte de cette grande facilité d'assimilation jointe à la voracité naturelle du poisson, que la morue peut varier sa nourriture pour l'accommoder aux différents genres d'animaux qui s'offrent à elle suivant les saisons et les fonds qu'elle visite ; ici, c'est le hareng, le merlan et le capelan qui font ses délices ; là, c'est un mollusque, l'encornet ou le bulot, qui lui sert de pâture ; ailleurs, ce sont des petits crabes ou même des vers de mer dont elle fait une consommation considérable, sans qu'il soit possible de déterminer ses préférences.

D'après cela, il est facile de comprendre que la pêche d'un tel poisson se fasse naturellement à la ligne, au moyen d'appâts convenablement choisis et cependant très variés, comme nous le verrons plus tard.

Revenons maintenant à sa description. La langue

de la morue est large, arrondie par devant, molle et
lisse ; elle constitue un mets très délicat, surtout
quand elle est fraîche ; elle est aussi très bonne, salée,
aussi nos pêcheurs ne la laissent-ils pas perdre avec
les têtes qu'on jette à la mer, et la rapportent-ils
salée en tonnes pour être livrée au commerce à leur
retour. Le prix de ces langues salées est presque
toujours double de celui de la morue salée.

Le corps du poisson est allongé, légèrement com-
primé et peu écailleux ; les écailles sont, d'ailleurs,
petites et molles, de sorte qu'elles passent souvent
inaperçues. La couleur de son dos, qui est d'un gris
foncé tirant sur le roux, lui avait fait donner, par les
Latins, le nom d'*Asellus* (âne de mer) qui est même
resté à une variété de morue, l'*ânon*, dont nous parlerons plus loin, qui est très commun dans les mers
du Nord et que l'on rencontre quelquefois sur le
banc de Terre-Neuve. Quant au ventre, il est uniformément blanc.

Le trait le plus caractéristique de la morue consiste
dans trois nageoires dorsales, caractère qui n'est présenté par aucun autre poisson en dehors du genre
Gade.

La chair de la morue est savoureuse et délicate ;
on la mange fraîche, salée, séchée et même fumée.

Comme dans la plupart des poissons, le foie de la
morue est considérable et proportionné, d'ailleurs,

aux dimensions de l'animal ; il est aussi très gras et fournit une huile spéciale dont l'industrie se sert concurremment avec les autres huiles de poisson et que la médecine utilise dans le traitement des affections de poitrine, à cause des iodures et bromures qu'elle contient. Ce foie est aussi, paraît-il, très bon à manger et quelques-uns le considèrent comme un mets très délicat.

La vessie natatoire peut aussi être utilisée dans la fabrication de la colle de poisson.

Quant à la grosseur de l'animal et à ses dimensions, il est assez difficile de les préciser, car elles varient considérablement suivant les mers, suivant les variétés et suivant l'âge de l'individu. Tout ce qu'il est permis d'affirmer, c'est que la morue franche peut atteindre des dimensions et un poids considérables ; d'après certains pêcheurs, on en aurait pêché, sur le Grand-Banc de Terre-Neuve, qui avaient près de 2 mètres de long et pesaient au moins 100 kilog.

Lacépède, dans son *Histoire Naturelle des Poissons*, parle des morues grises qui pesaient de 40 à 50 kilog. et mesuraient 1 m. 50 à 2 mètres de longueur et 1 m. 60 de circonférence à l'endroit le plus gros du corps. Mais il s'en faut, et il s'en est toujours fallu, que ces gigantesques représentants du genre *Gade* soient communément rencontrés par nos pêcheurs. Au siècle dernier, quand le commerce de ce poisson se faisait encore à Nantes, les poissons mis en vente dans cette place étaient divisés en quatre catégories ou quatre choix. Ils portaient les noms de *grandes morues* lorsque le *cent* de ces animaux habillés et salés atteignaient le poids de 450 kilog.; or, comme on en donnait communément 128 p. 100, cet usage supposait un poids moyen de 4 kilog. seulement pour une grande morue. Celles qui donnaient un poids de 300 kilog. pour 128 poissons représentant ainsi un poids moyen de 2 kilog. 1/2 par individu étaient appelées *morues moyennes,* et il y avait encore deux autres catégories de poissons suivant leurs poids moyens qui allaient diminuant progressivement en passant d'une sorte à l'autre.

Ces chiffres fixeront certainement mieux les idées que les descriptions des êtres fantastiques qu'on a pu rencontrer, par exception, à de rares intervalles. Si, d'un autre côté, nous avons choisi les chiffres du siècle passé, c'est que, depuis un certain nombre d'années, nos pêcheurs ne nous rapportent guère que de tout petits poissons dont le plus grand nombre ne dépasse pas le poids de 1 kilog.; les grosses morues semblent avoir déserté les bancs qu'elles fréquentaient autrefois pour rester dans des profondeurs trop grandes pour nos lignes ; à moins qu'elles ne se soient dirigées vers d'autres parages où il leur est fait une guerre moins acharnée.

Car il n'est pas possible d'admettre qu'elles aient entièrement disparu, détruites par l'hameçon du pêcheur, tant est grande leur fécondité qui surpasse celle de tous les autres poissons ; une femelle de taille moyenne pondant chaque année près d'un million d'œufs. Ascagne parle même d'une morue de 1 m. 30 de longueur et pesant 25 kilog. dont l'ovaire pesait, à lui seul, 7 kilog. et renfermait neuf millions d'œufs. Lacépède ajoute qu'on en a compté 9,344,000 dans une autre morue.

Les pêcheurs ne laissent point perdre ces œufs qu'ils nomment rogue ; ils les salent pour les conserver et les rapporter en France où ils sont vendus pour servir d'appât dans la pêche de la sardine.

La morue habite toutes les mers du globe, se retirant dans leurs profondeurs d'où elle sort périodiquement, soit pour aller déposer ses œufs le long de certaines côtes ou sur des plateaux sous-marins connus sous le nom de Bancs, soit pour suivre des bandes de poissons migrateurs, comme le hareng, le capelan, des mollusques comme le calmar ou encornet, etc., dont elles font leur nourriture habituelle. C'est ce moment qu'on choisit pour les pêcher.

En dehors de la morue franche (*gadus morrhua*) qui est le type du genre *Gade*, et dont nous nous sommes exclusivement occupé dans ce qui précède, les principales variétés de morues dont on fait la pêche concurremment avec celle de la morue franche, sont :

1° L'*Anon*, appelé *Eglefin* ou *Egrefin* (*gadus aglefinus*), qui a le plus de rapports avec la morue franche, mais dont la taille n'atteint jamais plus de 50 à 60 centimètres. Sa chair, très savoureuse et très recherchée, s'enlève très facilement par feuillets comme celle de la morue franche. L'anon voyage par troupes nombreuses qui couvrent quelquefois plusieurs kilomètres carrés. Chaque année, il s'approche des côtes pour frayer, et un grand nombre y reste même pendant l'hiver, de sorte que sa pêche est possible en toute saison. Ce genre de morue est très commun dans la mer du Nord, sur les côtes de Norwège, de Danemark, d'Allemagne et de Hollande où il est plutôt vendu comme poisson frais que préparé en klipfish ou stockfish.

2° Le *Dorsch* ou *petite morue* (*gadus callarias*) qui est encore plus petit que le précédent, car sa taille ne dépasse guère 30 centimètres et son poids 1 kilog. Sa chair est tendre et d'un goût très agréable. A Paris où il est vendu comme poisson frais, on lui donne généralement le nom de *faux-merlan*. Il est surtout nombreux sur les côtes de Norwège, aux Loffoden et en Finmark où on en fait une pêche très abondante.

3° Le *Colin* (*gadus carbonarius*) qui a toutes les

apparences de la morue avec ses trois nageoires dorsales, mais dont la mâchoire inférieure est dépourvue de barbillon. Il a la tête étroite, le museau pointu avec la mâchoire inférieure plus avancée que la supérieure, et la bouche entièrement noire, ce qui fait ressortir encore la blancheur de sa langue. Son dos est également noir ou d'une teinte grise foncée, avec des bandes plus foncées encore. Sa taille peut aller jusqu'à un mètre, mais sa chair n'est pas aussi estimée que celle des autres gades. On le rencontre surtout dans la mer du Nord, sur les côtes anglaises où nos marins le prennent à leur premier voyage de la pêche du hareng aux Orcades et en Ecosse.

Une variété de ce colin, connue sous le nom de *Sey*, se montre très nombreuse en Norwège où sa pêche y est très lucrative.

4⁰ La *Merluche* (*gadus merluccius*) qui se rapproche beaucoup de la morue franche par la saveur de sa chair; elle s'en distingue cependant par l'absence de barbillons et par deux nageoires dorsales seulement au lieu de trois. Sa taille peut atteindre 1 mètre; on la rencontre surtout dans la Méditerranée où la morue franche ne s'est paraît-il jamais montrée. C'est la merluche dont Pline, Aristote et les autres naturalistes de l'antiquité nous ont laissé la description et qu'ils avaient nommée *Asellus*. Dans beaucoup

d'endroits on lui a même conservé le nom d'*Anon*
que, dans d'autres pays, on a attribué à l'eglefin.

Notons en passant que le poisson nommé *merluche*
par les pêcheurs de Fécamp et de tout le littoral
normand n'a aucun rapport avec la merluche de la
Méditerranée; il s'agit chez nous d'une variété de la
morue franche, tenant le milieu entre cette dernière
et la morue rouge du nord de l'Ecosse.

On pêche aussi la *Lingue* ou *Lotte de mer* et la
Brosme qui sont cependant réputées de qualité inférieure.

CHAPITRE IV

PRINCIPAUX LIEUX DE PÊCHE
DE LA MORUE

Les quatre grandes Pêcheries Françaises

Sous les différentes variétés que nous venons de passer rapidement en revue, et que l'on confond généralement dans le commerce et la grande consommation une fois que la chair a subi ses différentes préparations, on peut dire, sans crainte d'être taxé d'inexactitude ou d'exagération, que ce poisson aussi utile habite toutes les mers sans exception; mais ses habitudes et son genre de vie le dérobent souvent à nos investigations trop superficielles, et le mettent hors de l'atteinte des pêcheurs dont les moyens d'action sont nécessairement limités.

Tous les genres de morue, en effet, forment leur nourriture principale et préférée de polypes, de vers, de mollusques et de crustacés qui pullulent dans le fond de toutes les mers, de sorte qu'elle se tient généralement dans ces fonds où l'on pourrait la pêcher partout et en toute saison si les filets et les lignes pouvaient descendre jusqu'à elle.

D'un autre côté, sans être un poisson migrateur que les variations de température poussent d'une région dans une autre en suivant des routes immuables pour le ramener au point de départ quand les conditions climatologiques qui lui conviennent s'y sont reproduites à nouveau, la morue aime à se déplacer. Elle voyage par bandes innombrables qui quittent un fond pour un autre chaque fois qu'elles ne trouvent plus dans le premier la qualité et la quantité de nourriture qui conviennent à leurs goûts ou que nécessitent leurs besoins. Or, nous avons déjà dit que la morue est un poisson très vorace, de sorte qu'elle ne tarde pas à dépeupler de leurs mollusques les fonds qu'elle visite et qu'elle est forcée de quitter bientôt après les avoir envahis.

Il résulte de ces habitudes ambulatoires et de cette réunion en énormes bandes de poissons affamés et voraces, en quête continuelle de nouvelles proies, que tous les fonds des mers sont alternativement visités par ces bandes qui s'enfoncent ou s'élèvent, s'écartant ainsi ou se rapprochant de la surface, suivant les accidents de terrain qu'elles rencontrent sur leur chemin ; et que ces visites, qui coïncident généralement avec les périodes d'apparition sur ces fonds de certains mollusques comme l'encornet et le bulot dont elles sont très friandes, ou le passage dans leurs eaux de bandes de petits poissons migrateurs comme le hareng, le sprat, le capelan, etc., dont elles font une énorme consommation, deviennent elles-mêmes à peu près périodiques : les dates d'apparition dans les mêmes parages variant au plus de quinze jours à trois semaines.

Dans ce mouvement continuel et presque régulier de la morue, les plateaux sous-marins ou *Bancs* possèdent aussi leurs époques de visite, et ce sont ces époques que l'on choisit pour y faire la pêche, car c'est là seulement que le poisson se trouve à la portée de la ligne du pêcheur.

Ces considérations, basées à la fois sur la logique et les observations cent fois répétées des pêcheurs et des naturalistes, limitent déjà considérablement le champ d'action de l'industrie de la pêche de la morue, laquelle ne peut évidemment s'exercer avec succès que dans les mers peu profondes comme la Manche, les nombreux bancs sous-marins sur lesquels les eaux n'atteignent pas une profondeur supérieure à 100 mètres, comme sur le Grand-Banc de Terre-Neuve, près de l'île du même nom, dans l'Océan Atlantique du Nord, ainsi que dans les parages relevés qui joignent certaines côtes, comme celles d'Ecosse et de Norwège.

D'ailleurs, pour ce qui concerne la présence des morues dans les parages peu profonds qui bordent ces dernières côtes, il faut tenir compte d'une autre considération non moins importante que la première et qui concerne les périodes de frai, périodes variables avec les espèces et les mers qu'elles habitent, mais pendant lesquelles le poisson s'approche à une plus ou moins grande distance des côtes pour déposer ses œufs au milieu des rochers et des herbes marines qui garnissent ces parages.

Tout cela laisse encore, comme on peut s'en rendre compte, un vaste champ où peut s'exercer l'industrie du pêcheur de morue. Mais, de tous les parages où les morues pullulent à certaines époques, se montrant assez près du niveau des eaux pour être atteintes par le haim du pêcheur, il faut en retrancher d'une part tous ceux où les glaces polaires en rendent le séjour dangereux et troublent sans cesse l'exercice de cette industrie, et d'autre part la région non moins étendue et non moins poissonneuse des bancs et rivages baignés par les eaux équatoriales et où une chaleur torride qui y règne d'un bout de l'année à l'autre, forme à elle-seule une cause de décomposition telle, que le poisson qui vient d'être pêché se corrompt avant même qu'on ait le temps de lui faire subir les préparations nécessaires à sa conservation.

En résumé, la pêche industrielle de la morue ne peut être pratiquée dans un lieu, que si le poisson s'y trouve en assez grand nombre et y séjourne assez longtemps pour que les produits de l'expédition puissent non-seulement couvrir les frais considérables de l'armement, mais encore rapporter à l'armateur et aux marins pêcheurs un bénéfice qui est la juste rémunération des peines de ces derniers et des risques et avances du premier. En second lieu, il faut que l'exercice de la pêche ne soit pas troublé par des tempêtes trop fréquentes ou par des glaces plus dangereuses encore qui rendraient illusoires tous les avantages de parages très poissonneux. Il faut enfin que le poisson pêché puisse être préparé sur les lieux de pêche, de manière à acquérir une conservation parfaite qui le rende marchand au retour du bateau dans son port d'attache ou dans tout autre ou puisse se faire le commerce de la morue.

Dans ces conditions, les lieux de pêche se trouvent considérablement réduits.

Nous ne trouvons en effet, en Europe, que les côtes d'Islande, les côtes de Norwège et celles d'Ecosse et différents bancs de la mer du Nord où la pratique de la pêche se soit élevée à l'état de grande industrie et soit pratiquée par d'autres que les riverains.

L'Amérique septentrionale, beaucoup plus riche sous ce rapport que la vieille Europe, nous offre, à l'ouest, dans l'Océan Atlantique, les grandes pêcheries du Banc de Terre-Neuve et des Banquereaux, qui fournissent à elles seules près de la moitié de l'énorme quantité de morue salée et séchée consommée dans tout le monde, puis les pêcheries de la côte de Terre-Neuve, celles du golfe Saint-Laurent et des côtes d'Acadie et du Canada. A l'ouest, dans l'Océan Pacifique, on trouve les pêcheries de Vancouver, des îles Aléoutiennes et de la mer de Behring, bien moins importantes que celles de la côte orientale.

L'Asie, sans être aussi poissonneuse que l'Amérique, nous offre cependant les riches pêcheries de la mer d'Okhotsk que son peu de profondeur fait ressembler à un immense banc, presque continuellement couvert de morues, et celles non moins riches des mers et côtes japonaises dont nous avons déjà eu l'occasion de parler dans la première partie de cet ouvrage.

Enfin, l'Afrique elle-même nous offre des pêcheries exploitées sur sa côte nord-ouest, notamment celles du Banc d'Arguin, près du cap Blanc et celles des îles du cap Vert.

On remarquera que toutes ces pêcheries sont établies dans l'hémisphère boréal; il n'en existe en effet aucune, à notre connaissance du moins, qui soit exploitée dans l'hémisphère austral.

Or, de tous ces lieux de pêche, les marins français n'en ont jamais fréquenté que quatre principaux que nous étudierons successivement sous les noms de :

Pêcheries sur les côtes de l'Ile de Terre-Neuve;

Pêcheries sur le Grand-Banc de Terre-Neuve et les bancs adjacents;

Pêcheries sur les côtes d'Islande;

Pêcheries de la mer du Nord.

Ce sont les quatre grandes pêcheries françaises, les quatre points entre lesquels se répartissent les nombreux bâtiments que la France envoie chaque année à la pêche de la morue.

Nous y ajouterons les pêcheries de la Manche aujourd'hui disparues, mais qui ont occupé de nombreux bras pendant près de six siècles, et qui furent même, jusqu'à la fin du xvie siècle, l'unique source des morues livrées à la consommation française.

Nous dirons également quelques mots sur une tentative de pêche en Norwège, qui fut faite par un armateur de Fécamp, de 1874 à 1877.

CHAPITRE V

LA PÊCHE DE LA MORUE
DANS LA MANCHE

On peut dire de la pêche de la morue ce que nous avons déjà dit de la pêche du maquereau dans la première partie de ce travail, que cette industrie est aussi vieille que la société humaine, et qu'il serait oiseux de chercher à en établir les origines ou d'en attribuer l'invention à tel peuple plutôt qu'à tel autre.

La morue appartient, en effet, à toutes les mers, et elle est citée par tous les écrivains anciens qui se sont occupés de l'histoire de la nature; elle était, non-seulement connue à ces époques reculées, mais encore très appréciée. Et cela se comprend d'autant mieux que les dimensions de l'animal et l'épaisseur de sa chair se prêtaient admirablement au seul procédé de conservation que l'on connût alors, c'est-à-dire au séchage qui pouvait s'effectuer sur presque tous les rivages et ne nécessitait ni salage préliminaire ni embarrillage. C'est d'ailleurs ce procédé primitif qui est encore le seul employé par les peuplades chez lesquelles notre civilisation n'a pu chasser les vieilles coutumes. Les Indiens de l'Amérique du Sud, comme les nègres des Antilles et des côtes d'Afrique, font sécher au soleil, sur de grosses pierres, la viande et le poisson qu'ils veulent conserver après les avoir préalablement lavés, salés et frottés d'orange sûre, de citron, de piment et autres ingrédients destinés à les préserver de l'atteinte des fourmis, des mouches et autres insectes.

Or, nous avons déjà dit, et nous sommes obligé de le répéter pour chaque pêche différente dont nous nous sommes proposé la description, la Manche est une des mers les plus poissonneuses qui, il y a quelques siècles, ne le cédait ni sous le rapport de la quantité ni sous celui de la variété, à nulle autre mer d'Europe ni même du monde entier.

En outre du hareng et du maquereau, si abondants en certaines époques et qui font vivre toute une population, on y trouve la morue franche, la merluche, le grelin, le colin et le merlan, le harenguet ou sprat, la sardine et l'allache, le bar, le mulet et toutes les espèces de chiens de mer et de raies, l'anguille, le congre, l'équille et l'orphie, le turbot, la sole, la barbue, le carrelet, la limande et le flet, toutes les

espèces de rougets, presque tous les crustacés et les
testacés, homards, langoustes, crabes et tourteaux,
crevettes, huîtres, moules, vignots, coques, etc., sans
oublier les aloses, les saumons, les éperlans et les
truites qui, pour aller frayer, remontent fleuves et
rivières.

Les grands cétacés, baleines, cachalots, etc., y faisaient jadis des apparitions fréquentes et le marsouin
s'y montrait en bandes nombreuses qui donnaient
lieu, comme on l'a vu, à une pêche très active.

La morue, qu'on n'y voit plus aujourd'hui qu'en
très petite quantité, trop petite même pour pouvoir
donner lieu à une industrie suivie, s'y montrait
autrefois en bandes aussi nombreuses que celles qu'on
ne trouve plus que sur le Grand-Banc de Terre-Neuve
ou sur les côtes d'Islande.

Que de changements profonds se sont d'ailleurs
produits dans la Manche depuis un millier d'années!
changements géologiques, chimiques et climatologiques qui, par leur continuité, sont passés pour
ainsi dire inaperçus pour chaque génération, mais
qui n'en ont pas moins bouleversé les conditions
générales de la vie des êtres qui peuplent ses eaux,
comme ils ont modifié la nature des espèces végétales
qui croissent sur ses bords.

Si l'on compulse avec soin les publications, les
descriptions, les études qui ont été faites sur notre

littoral et les eaux qui le baignent, si l'on en compare les détails, on est effrayé du travail gigantesque accompli dans l'espace de quelques siècles par les seules forces de la nature.

Ici, la terre s'est relevée et les alluvions se sont accumulées au point que des villes qui furent des ports de mer de première importance pour l'époque, sont aujourd'hui éloignées de plusieurs lieues des côtes; tels sont, dans les environs de Fécamp, les anciens ports de Montivilliers et de Harfleur. Dans d'autres, comme à Etretat et Veulettes, le *hable* ou port intérieur a été seul comblé; l'emplacement même en a disparu sous les constructions que les pêcheurs y élevaient pour se rapprocher d'un rivage qui semblait s'éloigner d'eux. A Etretat même, un ruisseau assez important, presque une rivière, a totalement disparu de la surface du sol pour se creuser un lit souterrain auquel on n'accède que par des puits assez profonds.

Ailleurs, la mer a étendu son empire, faisant disparaître des îles entières, rongeant les hautes falaises sur des étendues considérables qu'on peut évaluer à plus d'un kilomètre pour certains points de la côte normande. Pour Fécamp, en particulier, la falaise qui domine au nord l'entrée du port, a été rongée sur une étendue de près de 80 mètres, depuis l'établissement des *Northmans* dans le pays. La dis-

parition de cette falaise a enlevé à l'entrée de notre
port un abri naturel que l'industrie humaine est
obligée de remplacer par une jetée en maçonnerie,
destinée à couper le courant qui s'est établi en travers de l'entrée du chenal, sur les fonds occupés
naguère par la falaise au sommet de laquelle les
Normands avaient établi un fort dont on n'aperçoit
plus aujourd'hui que quelques pierres; un autre
fort, établi beaucoup plus récemment par Vauban,
au pied de cette même falaise, a été complètement
emporté sans qu'il soit possible d'en retrouver le
moindre vestige.

Si nous envisageons maintenant la Manche au
point de vue climatologique, nous y enregistrons,
non plus de simples changements comme ceux qui
ont été observés dans l'ordre géologique, mais un
véritable bouleversement dans l'ordre des choses
établi. La température relativement chaude de ce
bras de mer créé à l'origine par une dérivation ou
un embranchement du *Gulf Stream* qui a entièrement
cessé de s'y faire sentir de nos jours, s'est ressentie
d'abord du refroidissement continu que les météoro-
logistes ont constaté dans les eaux de ce grand courant équatorial, et ensuite de la disparition complète
du courant qui la traversait en chauffant ses eaux et
ses côtes. C'est surtout depuis sept ou huit siècles,
comme nous l'avons fait remarquer dans la première

partie, que cet abaissement de température a été sensible ; les nombreuses salines qui existaient sur le littoral de la Manche disparurent les unes après les autres. Celles que les ducs de Normandie avaient établies dans toute la vallée de Fécamp, occupée aujourd'hui par le nouvel avant-port, le sas et les nouveaux bassins, et qui facilitèrent à un si haut point le développement de l'industrie des salaisons chez nous, ne résistèrent pas plus longtemps que les autres et s'en allèrent avec les vignes qui garnissaient nos coteaux.

Tous ces phénomènes physiques n'ont certainement pas été sans influence sur la nature intime des eaux qui les ont subis ou qui en ont été les principaux agents, et il y a tout lieu d'admettre que la composition chimique des eaux de la Manche se modifia en même temps que leur température s'abaissait, car les grandes espèces animales qui la peuplaient naguère en faisant sa richesse, la désertèrent insensiblement et la morue, qu'on pouvait classer parmi les grandes espèces, suivit ce mouvement général de retraite.

Mais, si nous remontons de dix siècles en arrière, nous voyons les marins de Fécamp et des autres ports du littoral normand et breton se livrer dans la Manche à une pêche active de la morue dont une partie seulement, de beaucoup la moins importante, était, comme aujourd'hui, consommée à l'état frais,

et l'autre préparée pour être conservée en vue d'une
consommation ultérieure ou pour lui permettre d'affronter les longueurs du voyage que nécessitait son
transport à Paris et dans les autres villes du centre
par des voies de communication aussi défectueuses
que celles de la France du moyen-âge.

Or, pas plus à Fécamp qu'ailleurs, il n'est possible de chercher à donner une date, même approchée,
aux premiers essais qui y ont été faits de cette pèche.
Quoiqu'il en soit, qu'elle ait germé chez nous ou
qu'elle nous ait été rapportée de la Norwège ou du
Danemark en même temps que l'industrie de la pêche
du hareng dans les barques plates des compagnons
de Rollon, il est hors de conteste que l'occupation
de la Neustrie par les Normands, ces rois de la mer,
suivant l'expression du temps, fut marquée par une
nouvelle impulsion de la pèche de la morue dans la
Manche. La ville de Fécamp étant devenue, sinon la
capitale du nouveau duché, mais tout au moins une
des résidences préférées de ses seigneurs, la pêche de
la morue ne tarda pas à prendre chez nous, comme
dans les autres ports du littoral normand, toute l'importance d'une grande pèche, et elle conserva cette
importance tant que le poisson se montra assez
abondant dans nos eaux.

Dans un temps où le clergé était devenu le maître
absolu du pays et où les lois du jeûne et du maigre

étaient observées avec la plus grande rigueur, alors
que le poisson frais ne pouvait pénétrer bien loin
dans l'intérieur à cause du mauvais état des routes,
d'où il résultait une lenteur désespérante pour les
transports, on conçoit facilement que le poisson salé,
hareng, maquereau et morue, ait été tenu en grand
honneur par tout le monde, et que sa consommation
ait pu atteindre un chiffre considérable. Et la Manche
seule, à cette époque, fournissait la presque totalité
de la morue salée ou séchée consommée en France,
puisque les pêcheries d'Amérique n'étaient pas encore
découvertes et que nos pères n'allaient pas encore
dans les mers du Nord où leurs bateaux de pêche
ne s'aventurèrent que beaucoup plus tard.

Nous retombons encore dans l'incertitude quand
nous recherchons les engins et les procédés de pêche
employés à cette époque pour la morue. Nous y trouvons des *rêts,* des *manets* et autres filets qui ont porté
différents noms, ont affecté différentes formes sous les
mêmes noms, et dont on se servait de diverses façons
suivant les localités.

Le procédé qui nous paraît le plus ancien de tous,
et dont on retrouve encore des traces dans la pêche
du dorsch en Finmark, consistait à employer un
long filet traînant, tendu verticalement entre deux
barques naviguant de conserve et se dirigeant vers le

rivage où se faisait seulement la levée du filet et la
récolte du poisson.

Plus tard, pour éviter l'emploi simultané de deux
barques, et aussi pour s'écarter un peu plus des côtes
que les morues n'approchaient pas toujours suffisamment, on fit usage du *rêt traversier* ayant beaucoup d'analogie avec le chalut qui sert de nos jours
pour la pêche fraîche, et qui allait chercher la morue
jusque dans les fonds qu'elle affectionnait, au milieu
des roches et des herbes marines où elle se cachait
pour déposer ses œufs pendant la saison du frai,
ainsi que du *manet* ou *filet dérivant* qui servait également à la pêche du hareng et du maquereau.

Puis, peu à peu, les filets furent délaissés par les
pêcheurs normands qui y substituèrent la *pêche au
plomb*, également appliquée à la pêche du maquereau,
et la pêche à la ligne de fond qui fut transportée, au
siècle dernier, de la Manche sur les fonds du Grand-
Banc de Terre-Neuve. Nous décrirons plus loin, en
détail, dans le chapitre spécial consacré à la pêche
sur le Banc, en quoi consiste cette ligne de fond,
une des plus importantes améliorations apportées
par les Normands dans l'industrie de la grande-pêche
à la morue.

Aujourd'hui, les rares morues qu'on prend dans
la Manche, et qui sont vendues dans la masse du
poisson frais sans désignation d'espèce, sont prises

à la ligne ou trouvées avec nombre d'autres poissons dans les filets des chalutiers.

Le poisson pêché ainsi dans la Manche était préparé d'une manière assez semblable à celle que l'on emploie encore de nos jours sur les côtes de l'île de Terre-Neuve et à Saint-Pierre-et-Miquelon. Après avoir étêté, fendu, vidé, désossé, lavé et plus ou moins salé la morue rapportée de la mer, les pêcheurs l'étendaient sur les galets des plages avoisinant les ports, où l'action efficace de la chaleur et de l'air sec et salin le desséchait de manière à pouvoir être conservé pendant un temps plus ou moins long, qui variait avec la durée, l'époque et l'efficacité de la préparation. Nous nous empressons d'ajouter qu'avec la température moyenne beaucoup plus clémente dont jouissaient alors les côtes normandes où les hivers étaient à peine sensibles, cette préparation ne le cédait en rien, pour la qualité des produits et la durée de leur conservation, à ceux qui furent préparés avec le plus grand soin dans les meilleurs jours de l'industrie morutière hollandaise.

Parmi les anciens titres normands qui mentionnent la pêche de la morue en Manche et la préparation qui est faite de ce poisson, nous noterons une ordonnance royale du XIIIᵉ siècle, qui parle des *morues baçonnées*, c'est-à-dire séchées, du vieux mot *bakan* qui veut dire sécher. Les morues dont il s'agit étaient préparées par un nommé Ferrand, de Dieppe. La même préparation se faisait à Fécamp où les morues à baçonner étaient étendues sur l'immense bande de galets qui s'étendait sous les forts, et qui est devenue aujourd'hui la plage du Casino. C'est sur ces mêmes galets qu'on opéra plus tard le séchage de la morue que nos marins allèrent pêcher à **Terre-Neuve**, et dont les bateaux revenaient directement au port d'attache pour préparer leurs produits au lieu d'aller les vendre comme aujourd'hui à Bordeaux ou Port-de-Bouc, à des industriels qui se chargent de cette dernière préparation.

Les négociants qui s'occupèrent, à l'origine, de la vente de ces produits, furent les mêmes que ceux qui s'occupaient déjà de la vente du hareng et du maquereau salés et saurs, car nous voyons, dans les anciennes ordonnances, que ces marchands se servaient de la morue séchée ou baçonnée pour assortir ou compléter les expéditions de harengs et de **maque-reaux** qu'ils faisaient dans toute la France, soit par eau soit par terre.

Cette première pêche de la morue, qui se faisait ainsi en vue des côtes et ne nécessitait, par suite, aucun armement sérieux puisqu'on sortait du port le matin pour y rentrer le soir, ou bien le soir seulement pour rentrer le lendemain matin, se fit assez activement à Fécamp jusqu'en 1680.

CHAPITRE VI

ORIGINES
ET HISTOIRE DE NOS PÊCHERIES
D'AMÉRIQUE

I.—La découverte de l'Amérique
par les Français au xive siècle

Quand la Manche, se dépeuplant progressivement comme on l'a vu dans le précédent chapitre, ne fournit plus assez de morue pour la consommation intérieure du pays, c'est aux mers qui baignent les côtes du nord-est de l'Amérique septentrionale que les pêcheurs normands allèrent demander ce poisson.

On pourra peut-être nous objecter ici que, pour suivre l'ordre chronologique, il nous faudrait parler d'abord des pêcheries du nord de l'Europe, et notamment de celles des côtes de Norwège et d'Islande qui existèrent bien avant celles de Terre-Neuve et peut-être même avant celles de la Manche, car il est rien moins que prouvé que les Northmans du Danemark et de la Norwège ne furent point nos précurseurs et nos maîtres dans l'art de pêcher et de préparer la morue comme ils l'ont été dans celui de pêcher et de conserver le hareng.

Nous ferons remarquer à ce propos que, comme c'est l'Histoire maritime de Fécamp et non l'Histoire générale des Pêches que nous nous proposons d'écrire, nous plaçons les pêcheries françaises d'Amérique au premier rang et immédiatement après celles de la Manche, non-seulement parce que ce furent en réalité les premières qu'établirent nos nationaux dans les mers éloignées, mais encore parce qu'elles ont été fréquentées les premières par les bateaux fécampois.

En effet, le premier bateau qui sortit du port de Fécamp pour aller pêcher la morue sur le Grand-Banc de Terre-Neuve, fut armé en 1728, tandis que le premier armement pour l'Islande n'eût lieu que cent ans plus tard, en 1824. D'ailleurs, lors de leur première expédition sur les Bancs de Terre-Neuve, nos pêcheurs ne faisaient que suivre une route battue depuis longtemps déjà par les marins des autres ports de Normandie; le *Saint-Pierre*, — c'est le nom du premier terre-neuvier fécampois, — avait été devancé de plusieurs siècles par les Dieppois.

M. Marc Lescarbet, dans son *Histoire de la nouvelle France*, écrite en 1608, disait à ce sujet : « De « toute mémoire d'homme, et *dès plusieurs siècles,* « nos Dieppois, Malouins, Rochellois et mariniers du « Havre de Grâce, de Honfleur et autres lieux, font « les voyages ordinaires en ces pays-là pour la pê- « cherie des morues. » Cela fait remonter au commencement du xvᵉ siècle et peut-être même au xivᵉ siècle, la participation de nos compatriotes à la pêche de la morue sur les côtes d'Amérique.

Mais les Normands eux-mêmes ne furent pas les premiers armateurs français qui envoyèrent leurs bateaux pêcher dans ces parages.

Tout l'honneur en revient aux Basques du Cap Breton, près de Bayonne qui, non-seulement dotèrent la France d'une des plus riches pêcheries qui aient existé dans le monde entier pour les morues comme pour les homards, mais encore trouvèrent plus de cent ans avant le génois Christophe Colomb la route du Nouveau-Monde, visitèrent les îles et la côte ferme du golfe du Saint-Laurent où ils fondèrent des établissements et se mirent en relations avec les naturels du pays, gent cannibale dont le commerce n'avait pourtant rien d'agréable. Cette découverte de l'Amérique, faite par nos compatriotes, ne fut pas une simple visite comme celle qu'en firent les Islandais au xie siècle (1) ; elle eût au contraire un caractère permanent et la route une fois découverte ne fut depuis lors jamais abandonnée.

Mais, comme les Basques ne rapportèrent de leurs voyages en Amérique que du poisson salé ou séché, de l'huile et des fanons de baleine, au lieu de l'or et des autres trésors que les compagnons de Colomb tirèrent un siècle plus tard des contrées plus méridionales du même continent, cette première découverte du Nouveau - Monde passa pour ainsi dire inaperçue. Le silence se fit d'autant plus complet autour de cet évènement, que la royauté française, dont l'autorité était alors si contestée par la haute aristocratie, se désintéressait entièrement des choses de la mer dont les rivages ne lui appartenaient point et où elle ne possédait aucun vaisseau. Nous admettrons, très volontiers, que l'expédition basque n'eût pas les conséquences économiques et politiques de l'expédition espagnole de 1492; mais nous n'en revendiquerons par moins hautement pour notre pays l'honneur et la gloire qui appartiennent aux marins

---

(1) Vers l'an 1001, l'Islandais Biorn, cherchant son père au Groënland, est poussé par une tempête fort loin au sud-ouest ; il aperçoit une terre plate couverte de bois qui doit être le Labrador. Un second voyage fait avec Leif, fils d'Eric Rauda qui avait fondé les établissements du Groënland, lui fait découvrir une partie de la côte qu'on a appelée depuis l'Amérique septentrionale et qui reçoit d'eux le nom de **Vinland** (pays du vin), á cause des raisins sauvages qu'ils y trouvent. L'expédition n'eut pas d'autres suites.

français dans la découverte du continent américain. Et nous nous étonnons à juste titre que nos historiens les plus autorisés s'évertuent à chanter les louanges des Colomb, des Gama et autres navigateurs étrangers, sans seulement penser à payer le plus léger tribut de reconnaissance aux hardis marins français, basques et normands qui furent pourtant leurs précurseurs dans la découverte des grandes routes commerciales de l'Amérique et de l'Inde par le cap de Bonne-Espérance (1).

C'est en poursuivant les baleines, dont ils possédaient encore le monopole de la chasse, et qui commençaient à déserter le golfe de Gascogne où elles laissaient chaque année de si nombreuses victimes, que les marins basques, s'écartant chaque année de plus en plus de leurs côtes, arrivèrent ainsi jusqu'en Amérique, à une île qu'ils appelèrent le Cap-Breton, comme leur pays d'origine.

Ils découvrirent là, comme ils l'espéraient, de nombreuses baleines ; mais ils y trouvèrent en même

---

(1) En effet, si nous sommes redevables aux Basques de la découverte de l'Amérique, c'est aux Dieppois que l'on doit la route des Indes. Dès le xiv⁰ siècle et avant que les Portugais ni aucun autre peuple d'Europe se soit hasardé à entreprendre des navigations lointaines, les marins dieppois ont connu, visité et fréquenté régulièrement pendant quarante-cinq ou cinquante ans les côtes d'Afrique comprises entre les 28⁰ et 5⁰ parallèle de latitude Nord. C'est en 1364 qu'ils découvraient la Guinée. En 1498, ils faisaient leur premier voyage aux Indes par le cap de Bonne-Espérance.

temps des morues si belles et en si grand nombre qu'ils prirent bientôt l'habitude de compléter avec ce poisson le chargement de leurs baleiniers rentrant en Biscaye.

Il est impossible de donner une date fixe à cette expédition, l'auteur de l'*Histoire et Commerce des colonies anglaises de l'Amérique septentrionale*, ouvrage publié à Londres en 1755, écrit à ce sujet : « La « pêche au Banc de Terre-Neuve a été ·pratiquée de « tout temps par les Français, et longtemps avant « que les Anglais se fussent établis dans l'île de « Terre-Neuve (1); suivant le rapport des auteurs, les « Basques fréquentaient ces parages avant que Cris- « tophe Colomb eût découvert le Nouveau-Monde. »

Nous enregistrons avec plaisir cette attestation anglaise, car on sait qu'il n'est pas dans les habitudes des écrivains de cette nation de nous attribuer l'honneur des découvertes que nous n'avons pas réellement faites.

Un autre Anglais, Thomas Wylfliet, attribue de même aux Français, la découverte de l'Amérique du

---

(1) Il est fort difficile de préciser l'époque à laquelle furent fondés ces premiers établissements. Dès 1497, le vénitien Jean Cabot, cherchant pour le compte du roi Henri VII la route des Indes par le nord-ouest, visita Terre-Neuve, le Labrador et le Canada ; mais il ne paraît pas qu'il y eût prise de possession de ces pays par la Grande-Bretagne, car les Anglais n'en revendiquèrent jamais la propriété quand nos compatriotes s'y établirent,

Nord, mais il la fixe à l'an 1504, c'est-à-dire dix ans
après le premier voyage de Colomb aux Antilles, et
il laisse tout l'honneur de cette découverte aux
pêcheurs bretons et normands. Il est possible, en
effet, quoique nous en ayons dit déjà, que cette date
de 1504 marque l'origine des expéditions normandes
et bretonnes à Terre-Neuve ; mais les Basques y
allaient régulièrement depuis plusieurs siècles déjà
avant qu'aucun pêcheur des autres provinces françaises ne s'y aventurât.

Les anciens auteurs français sont constants sur
ce point : De Lamare, dans son *Traité de la Police*, et
après lui, R.-J. Valin dans son *Nouveau Commentaire
de l'Ordonnance de la Marine du mois d'Août 1681*
placent la découverte de Terre-Neuve et du Canada
par les Français *cent ans* avant la découverte des
Antilles par Colomb, c'est-à-dire vers le milieu du
XIVe siècle.

II. — L'Empire colonial français de l'Amérique du Nord

Les premiers Basques qui se rendirent à Terre-Neuve, à l'île du cap Breton et au Canada, ne prirent pas eux-mêmes la morue qu'ils rapportèrent en France ; ils n'étaient d'ailleurs point armés pour cela, n'ayant à bord ni filets ni *haims* ou hameçons, mais seulement des harpons, des lances et des lignes pour la baleine ; ils s'adressèrent aux naturels qui vivaient à l'état sauvage sur ces terres et se nourrissaient des produits de leur chasse et surtout de leur pêche pour se procurer, au moyen du troc, le seul genre de commerce qui fut possible, la morue pêchée et préparée par ces sauvages.

Mais ce poisson était si nombreux et si facile à pêcher, que les baleiniers ne tardèrent pas à comprendre, dans les objets d'armement, les engins et ustensiles qui leur étaient nécessaires pour pratiquer eux-mêmes la pêche de la morue quand la chasse de la baleine leur laissait des loisirs ou quand le gros gibier ne se montrait pas en quantité suffisante pour revenir en France avec un chargement complet. On procéda donc d'abord à des armements mixtes, en même temps que l'on conserva le commerce avec les sauvages, pour parfaire les chargements quand le moment du départ était arrivé.

Or, ces premiers essais donnèrent des résultats si satisfaisants qu'on arma bientôt des bateaux ayant cette industrie pour but unique.

Puis, à l'exemple des Basques, les Normands, les Bretons et les Rochelois allèrent y tenter la fortune, et y réussirent comme leurs devanciers.

M. L. Vitet, dans son *Histoire des anciennes villes de France*, cite un navire expédié de Honfleur pour Terre-Neuve, en 1506 ; il était commandé par le capitaine Jean Denys, ayant à son bord le pilote Camart, de Rouen.

Deux ans après, Ango père, de Dieppe, confia la *Pensée* à Thomas Aubert, pour aller fonder un établissement à Terre-Neuve.

Il ne s'agissait point là d'entreprise de pêche, mais ces deux expéditions prouvent surabondamment qu'un courant s'établissait entre les ports du Nord et les parages de Terre-Neuve.

Le gouvernement du roi ne s'occupa aucunement de l'organisation de ces nouvelles pêcheries ; il sembla même les ignorer jusqu'au commencement du XVIIe siècle.

Ce ne fut qu'en 1524 que le vénitien Jean Verazzani alla prendre possession de ces pays, au nom du roi François Ier; mais Verazzani ne sut pas apporter dans l'exercice de sa mission tous les ménagements dont usaient les Basques à l'égard des indigènes; il fut pris et mangé par les cannibales en allant reconnaître l'île du Cap Breton. Une nouvelle expédition fut alors confiée, en 1534, à Jacques Cartier, de Saint-Malo, qui continua l'œuvre de Verazzani; mais les querelles religieuses qui déchirèrent la France pendant près d'un demi siècle, vinrent arrêter ce mouvement d'expansion.

Il ne reprit qu'en 1604, mais cette fois la colonisation se fit sérieusement, et, à la faveur d'une protection réelle et efficace, les pêcheries de morue ne tardèrent pas à prendre une grande extension, et cela avec d'autant plus de facilité que nos nationaux n'y avaient à lutter contre aucune concurrence étrangère.

Par droit de découverte et de premier occupant, la France possédait alors dans cette contrée un joli groupe de colonies comprenant la grande île de Terre-Neuve et ses dépendances dont les principales étaient Belle-Ile au Nord, Saint-Pierre-et-Miquelon au Sud; l'Acadie qui porta depuis le nom de Nouvelle-Ecosse; le Cap Breton et ses îles, et enfin la Nouvelle-France ou Canada avec ses dépendances.

C'était, comme on le voit, toute l'étendue des

côtes fréquentées par la morue et où l'on pouvait
faire la pêche de ce poisson ; mais les établissements
formés sur la plupart de ces points n'étaient que
temporaires, excepté cependant au Canada et dans
quelques postes destinés à la protection des pêcheurs.

C'est cette période de réorganisation des colonies
que nous possédions réellement depuis un siècle
entier que beaucoup d'auteurs ont voulu, à tort, faire
passer comme début de nos pêcheries d'Amérique ;
d'autres admettant les découvertes des baleiniers
basques, affirment cependant que la véritable pêche
faite par nos nationaux n'a commencé qu'en 1604, et
que pendant toute la période antérieure, les Français
se contentaient de faire pêcher les indigènes pour
leur acheter la morue toute préparée.

Ces deux assertions sont aussi erronées l'une que
l'autre, car, non-seulement, comme nous l'avons
suffisamment prouvé d'ailleurs par les citations d'auteurs français et anglais absolument dignes de foi,
les Basques et autres Français pêchaient la morue
depuis plusieurs siècles déjà sur les côtes de Terre-
Neuve, d'Acadie, du cap Breton, mais encore ils
avaient depuis longtemps commencé à exploiter les
fonds non moins poissonneux des nombreux bancs
qui se trouvent dans ces mêmes parages et dont le
principal est connu sous le nom de Grand-Banc de
Terre-Neuve,

D'après Anderson, ce fut en 1536 que les Français envoyèrent le premier bateau qui pêcha la morue sur le Grand-Banc ; mais sur ces bancs recouverts par la mer dont la liberté était considérée comme un droit naturel et inaliénable pour tous les hommes à quelque nationalité qu'ils appartiennent, la concurrence était possible et même facile ; aussi ne tarda-t-elle pas à s'y développer. Dès l'an 1578, il y avait 330 bâtiments qui se livraient à la pêche sur le Grand-Banc, se répartissant ainsi d'après la nationalité : 150 Français, 100 Espagnols, 50 Portugais et 30 Anglais.

Les Hollandais ne tardèrent pas à se mettre de la partie, et les Anglais devenus chaque jour plus entreprenants formèrent même quelques établissements fixes dans l'île de Terre-Neuve qui nous appartenait, ainsi qu'en Acadie où leurs possessions touchaient les nôtres ; quoiqu'il en soit, les Français restèrent les maîtres incontestés de ces deux colonies, et nos pêcheries d'Amérique étaient dans l'état le plus florissant vers la fin du XVIe et au commencement du XVIIe siècles. Quand Colbert voulut créer une marine nationale, les nombreux armements qui se faisaient chaque année pour aller pêcher la morue à Terre-Neuve, fournirent à Louis XIV les matelots qui montèrent ses flottes.

III. — **Démembrement de nos Pêcheries d'Amérique**

Traités d'Utrecht et de Versailles

Les guerres malheureuses qui marquèrent la seconde partie du règne de ce prince préparèrent la ruine de nos pêcheries, au profit des Anglais et des Hollandais ligués contre nous. Les traités signés à Utrecht en 1713, à Bade et à Rastadt en 1714, furent des plus désastreux pour la France qui cédait en toute souveraineté à l'Angleterre la baie d'Hudson et l'Acadie, et abandonnait tous ses établissements de l'île de Terre-Neuve et de ses dépendances, se réservant seulement le droit de pêcher sur une partie du littoral de cette dernière île, dans les conditions où pouvait s'exercer la pêche à cette époque lointaine.

L'article XIII du Traité d'Utrecht est ainsi conçu :

« L'île de Terre-Neuve avec les îles adjacentes
« appartiendront désormais et absolument à la
« Grande-Bretagne, et, à cette fin, le Roi Très Chré-
« tien fera remettre à ceux qui se trouveront à ce
« commis en ce païs-là dans l'espace de 7 mois, à

« compter du jour de l'échange des ratifications de ce
« traité ou plus tôt si faire se peut; la ville et le port
« de Plaisance et autres lieux que les François pour-
« roient encore posséder dans ladite île sans que ledit
« Roi Très Chrétien, ses héritiers ou successeurs ou
« quelques-uns de ses sujets puissent désormais pré-
« tendre quoi que ce soit, sur ladite île et les îles
« adjacentes, en tout ou en partie. Il ne leur sera
« pas permis non plus d'y fortifier aucun lieu ni d'y
« établir aucune habitation en façon quelconque, si
« ce n'est des échafauds et cabanes nécessaires et
« usités pour sécher le poisson, ni aborder dans
« ladite île dans d'autres temps que celui qui est
« propice pour pêcher et nécessaire pour sécher le
« poisson. Dans ladite île, il ne sera pas permis
« auxdits sujets de la France de pêcher et de sécher
« les poissons en aucune autre partie que depuis le
« lieu appelé *Cap de Bona-Vista* jusqu'à l'extrémité
« septentrionale de ladite île, et de là, en suivant la
« partie occidentale, jusqu'au lieu appelé *Pointe-*
« *Riche.* »

Le Traité de Paris, de 1763, qui nous enleva la
colonie du Cap Breton et le Canada, nous confirma
le droit de pêche sur la partie du littoral de Terre-
Neuve, que le Traité précédent nous avait réservé; il
nous rendit même les petits ilots de Saint-Pierre et
de Miquelon, que le Traité d'Utrecht nous avait en-

levés et qui, d'inhabités et de délaissés qu'ils étaient
auparavant, acquirent bientôt, par leur proximité des
lieux de pêche et la perte de nos autres colonies dans
ces parages, une importance relativement considérable.

Voici comment s'exprime à ce sujet le Traité de
Paris :

« ART. V. — Les sujets de la France auront la
« liberté de la pêche et de la sécherie sur une partie
« des côtes de l'île de Terre-Neuve, telle qu'elle est
« spécifiée par l'art. XIII du Traité d'Utrecht, lequel
« article est renouvelé et confirmé par le présent
« Traité. Et Sa Majesté Britannique consent de laisser
« aux sujets du Roi Très Chrétien, la liberté de pê-
« cher dans le golfe Saint-Laurent, à condition que
« les sujets de la France n'exercent ladite pêche qu'à
« la distance de trois lieues de toutes les côtes appar-
« tenant à la Grande-Bretagne, soit celles du conti-
« nent, soit celles des îles situées dans ledit golfe
« Saint-Laurent.

« Et, pour ce qui concerne la pêche sur les côtes de
« l'île du Cap Breton, hors dudit golfe, il ne sera pas
« permis aux sujets du Roi Très Chrétien d'exercer
« ladite pêche qu'à la distance de quinze lieues des
« côtes de l'île du Cap Breton ; et la pêche sur les
« côtes de la Nouvelle-Ecosse ou Acadie, et partout
« ailleurs hors dudit golfe restera sur le pied des
« traités antérieurs.

« ART. VI. — Le Roi de la Grande-Bretagne cède
« les îles de Saint-Pierre et de Miquelon, en toute
« propriété, à Sa Majesté Très Chrétienne, pour
« servir d'abri aux pêcheurs français.

« Et sadite Majesté Très Chrétienne s'oblige à ne
« point fortifier lesdites îles, à n'y établir que des
« bâtiments civils pour la commodité de la pêche, et
« à n'y entretenir qu'une garde de cinquante hommes
« pour la police. »

A la suite de la guerre de l'Indépendance américaine, à laquelle notre pays avait pris une si large
part, un nouveau Traité fut signé à Versailles le 10
Janvier 1783, qui confirma à la France la possession
des îles de Saint-Pierre et de Miquelon et le droit de
pêche sur une partie du littoral de Terre-Neuve qui
fut à nouveau délimitée et fixée définitivement à toute
la côte s'étendant du cap St-Jean au cap Ray, en
passant par le Nord.

Nous perdions ainsi les riches baies comprises
entre le cap Bona-Vista et le cap St-Jean sur la côte
orientale, et l'Angleterre nous assignait en échange la
côte ingrate de l'ouest comprise entre la pointe Riche
et le cap Ray. Ce sont ces limites qui ont été conservées
depuis lors et qui existent encore de nos jours. Mais
ce qui fait surtout l'importance du Traité de 1783,
c'est que, dans une Déclaration annexée à l'acte principal, le roi Georges III précisait un point qui avait

auparavant donné matière à contestation, à savoir
que le droit de pêche accordé aux Français était
exclusif de la concurrence des Anglais.

Cette stipulation est ainsi conçue :

« A cette fin, et pour que les pêcheurs des deux
« nations ne fassent point naître de querelles journa-
« lières, Sa Majesté Britannique prendra les mesures
« les plus positives pour prévenir que ses sujets ne
« troublent en aucune manière, par leur concurrence,
« la pêche des Français pendant l'exercice temporaire
« qui leur est accordé sur les côtes de l'île de Terre-
« Neuve, et Elle fera retirer, à cet effet, les établis-
« sements sédentaires qui y seront formés.

« Sa Majesté Britannique donnera des ordres
« pour que les pêcheurs français ne soient pas gênés
« dans la coupe des bois nécessaires pour la prépa-
« ration de leurs échafaudages, cabanes et bâtiments
« de pêche. »

On y lit plus loin :

« On n'y contreviendra pas (au mode de pêche
« usité) de part et d'autre ; les sujets de Sa Majesté
« Britannique ne molestant aucunement les pêcheurs
« français durant leurs pêches, ni ne dérangeant les
« échafaudages durant leur absence. »

Pendant tout le xviiie siècle, l'Angleterre avait
interdit la colonisation de Terre-Neuve par ses propres
nationaux ; elle leur défendait de défricher le sol, de

faire des routes, de bâtir des maisons autres que des abris provisoires, de clôturer des terrains, tout cela dans une zône large de six milles à partir de la côte.

Ce n'est qu'en 1810 que la métropole commença à se départir de cette façon d'agir; mais ce régime est resté celui d'une partie de la côte réservée aux Français, et qui est appelée pour cette raison le *French-Shore.*

Après les guerres de la Révolution et de l'Empire, les Traités de 1814 et 1815 ont maintenu notre droit exclusif de pêche à Terre-Neuve, en confirmant purement et simplement sur ce point les clauses du Traité de Versailles de 1783. Bien mieux, par une proclamation datée du 12 Août 1822, le gouverneur anglais de l'île de Terre-Neuve ordonna aux habitants d'enlever, dans le plus bref délai, tous les établissements qu'ils auraient créés sur le littoral concédé à la France et d'en faire sortir tous les bateaux anglais qui y auraient été amenés, de façon à ce qu'aucun empêchement ne pût être apporté à l'exploitation de ladite pêche par les Français à qui les officiers et magistrats devaient prêter assistance en cas de besoin.

Comme aucun acte international n'est venu depuis lors modifier les droits de la France, nos pêcheurs devraient donc pouvoir aujourd'hui exercer leur industrie avec les mêmes libertés qu'au siècle dernier,

Ils ne peuvent pas bâtir de grandes usines ni des sécheries comme il en existe à St-Jean ou à Bordeaux, car il leur est interdit d'y faire des établissements fixes; leurs habitations d'été, leurs *chaufauds* (échafauds) pour la préparation de la morue doivent avoir un caractère temporaire, ainsi que l'indiquent les Traités; mais ils ont le droit d'user du sol pour y faire sécher le poisson soit sur les *graves*, c'est-à-dire sur des cailloux bien nettoyés, soit sur des *vignaux*, sortes de claies montées sur des piquets.

Les Anglais, eux, n'ont pas ces droits-là sur le *French-Shore*, et pourtant, ils ont réussi à s'y établir et on en compte plus de 15.000 à l'heure actuelle. Comme on l'a déjà vu, ils avaient profité des guerres du premier Empire pour commencer l'occupation du sol en l'absence des Français; comme ils avaient pris possession des baies et des rivages où nos marins n'avaient pas l'habitude d'aller pêcher la morue, aucune réclamation ne fut faite par les armateurs et les intéressés ; le gouvernement français négligea de les expulser ou de les faire expulser par l'Angleterre, et, naturellement, ils n'ont pas cessé de croître en nombre et en audace. Ils forment ainsi trois groupes principaux : le village de Saint-Georges, celui de Bonne-Baie et, le long du bras Humber, à la baie des Iles, plusieurs centres de pêche tels que Petipas-Cove, Birchy-Cove, etc.

Devenue autonome, en 1854, par la concession
d'un gouvernement responsable, la colonie anglaise
de Terre-Neuve, qui se croit devenue une véritable
puissance, supporte avec peine la servitude qui grève
son patrimoine national au profit des Français.

Aussi, malgré la clarté des actes internationaux
qui l'ont établie, malgré l'évidence des faits qui se
sont passés de 1713 à 1854, elle nie que notre droit
de pêche sur le *French-Shore* soit exclusif et ne veut
tenir aucun compte de la déclaration de 1783 du roi
Georges III. L'Angleterre semble avoir une attitude
conforme aux traités qu'elle a signés avec la France
et, à deux reprises, en 1857 et en 1884, elle a fait
avec le gouvernement français des arrangements qui
auraient au moins momentanément résolu la question;
mais le Parlement de Terre-Neuve a refusé son adhé-
sion à ces nouvelles conventions, et alors la métropole
n'a pas osé passer outre, de sorte que les actes susdits,
bien que promulgués de chaque côté de la Manche,
sont restés à l'état de lettre morte.

Non content de cela, le Parlement de Terre-Neuve,
dans ces dernières années, a pris une mesure de
combat tout autant par esprit mercantile pour tenter
de ruiner les pêcheries françaises et les faire disparaître que par esprit national, il a voté le *Bait-Bill*,
loi qui interdit aux pêcheurs anglais d'aller vendre à
Saint-Pierre à nos marins, le hareng et le capelan

qui leur servaient d'appât pour la pêche de la morue sur les Bancs.

Mais nos pêcheurs ont tourné la difficulté en allant chercher eux-mêmes leur *boette* ou appât sur le *French-Shore*. A la côte ouest de Terre-Neuve, ils ont pu faire en Avril leur provision de hareng, surtout dans la baie de Saint-Georges où il est très abondant à cette époque. Quant au capelan, les navires qui ont voulu en avoir sont allés le pêcher à la côte est, dans les baies de la Conche, de la Scie et autres où il en vient en bandes innombrables. De cette façon, non seulement le *Bait-Bill* n'a pas atteint son but qui était de ruiner nos pêcheurs, mais il a eu pour effet de faire perdre des sommes considérables aux Terre-Neuviens qui avaient l'habitude de venir vendre à Saint-Pierre à époques déterminées le hareng et le capelan; il a privé la colonie des droits d'exportation dont le Parlement avait antérieurement frappé ce poisson expédié de Terre-Neuve à Saint-Pierre.

Le *Bait-Bill* a eu encore un autre effet. Dans la crainte de ne pas trouver à Saint-Pierre l'appât qui leur est nécessaire, nos armateurs et nos capitaines ont cherché de tous côtés les moyens d'obvier à cet inconvénient qui paraissait fort grave à l'origine. Nous avons vu que quelques-uns avaient cherché à se procurer sur le *French-Shore* même l'appât nécessaire à la pêche : ce furent surtout les pêcheurs **de** Saint-Pierre et Miquelon qui employèrent ce premier moyen, ainsi que quelques armateurs de Fécamp. Quelques-uns sont allés en Portugal chercher des sardines comme on le faisait déjà vers 1844; d'autres ont emporté de Fécamp du hareng salé; mais tous les capitaines ont surtout porté leur attention sur l'appât qui se trouve sur les lieux mêmes où ils vont pêcher la morue, car cet appât, plus frais que les autres, a l'avantage d'être préféré par la morue. Depuis long-temps déjà on se servait, pour boetter les lignes, de la rogue de morue en première pêche, et de l'*encornet* en seconde pêche; l'apparition du *Bait-Bill* fit adopter un troisième appât, non moins apprécié que les deux premiers, le *Bulot* ou grand vignot. Dans le golfe de Saint-Laurent le principal appât est la Mya arenaria ou grande coque que l'on trouve en très grande quantité sur ces fonds.

Nous reviendrons sur ces différents appâts et les divers procédés employés pour les pêcher.

CHAPITRE VII

LA PÊCHE
SUR LA COTE DE TERRE-NEUVE

I.—Premiers Etablissements et première Réglementation

Pour donner plus de clarté à notre récit et faire mieux ressortir la diversité des intérêts engagés dans la question des pêcheries de Terre-Neuve, comme pour faciliter à nos lecteurs l'intelligence de ce qui va suivre, il est nécessaire d'établir ici une distinction entre les différentes méthodes employées dans l'exploitation des richesses poissonneuses de ces fonds, et de faire deux sections bien nettement séparées de nos pêcheries d'Amérique.

Elles ne sont à la vérité que deux branches d'une même industrie, mais dans chacune desquelles les armements et les procédés de pêche sont non moins

différents que les modes de préparation des produits
qu'on en retire.

L'une d'elles a son siège sur la partie du littoral
de l'île de Terre-Neuve que nos traités avec l'Angleterre ont réservée à nos nationaux, ainsi que sur les
côtes des îlots de St-Pierre et de Miquelon : c'est la
Pêche sédentaire avec sécheries ou *Pêche à la côte.*

L'autre se pratique au large sur les nombreux
bancs que présentent ces parages et dont les principaux sont le Grand-Banc de Terre-Neuve, le Banc à
Vert, le Banc de St-Pierre, les Banquereaux du Cap
Breton, etc., ainsi que dans le golfe de St-Laurent,
et principalement dans le voisinage du groupe des
îles de la Madelaine : c'est une pêche errante dont
les produits sont préparés sur le bateau et salés au
vert; on lui donne le nom de *Pêche au Banc.*

La Pêche à la Côte fut la seule pratiquée à l'origine par les Basques; ils commençaient, en arrivant
dans ces parages, par mettre leurs navires à l'abri
dans une des nombreuses rades que présentent les
côtes si découpées de Terre-Neuve ou du Cap Breton.
Puis, quand le bâtiment était en sûreté, une partie
de l'équipage descendait dans les chaloupes pour pratiquer la pêche, dans la rade choisie, au moyen de
filets, tandis que l'autre partie, descendue à terre,
préparait le poisson rapporté par les pêcheurs.

Dès le commencement du XVIᵉ siècle, comme on

l'a déjà vu, les Normands, et successivement les Bretons, les Rochellois, les Bordelais et les habitants des Sables d'Olonne suivirent l'exemple des Biscayens et armèrent pour Terre-Neuve et les autres îles et côtes nous appartenant dans le golfe du St-Laurent.

D'après M. de Lamarre, les principaux centres de pêche étaient la baie de Plaisance, occupée aujourd'hui par les Anglais, au sud de Terre-Neuve, et où l'on trouvait la morue la plus grosse et la plus nombreuse, les côtes du Chapeau-Rouge et du Petit-Nord en l'île de Terre-Neuve ainsi que quelques points, la baie de Gaspé et celle des Chaleurs en la *Baye de Canada*.

Pendant très longtemps, la côte du Petit-Nord, à Terre-Neuve, resta en quelque sorte le partage des Bretons et surtout des Malouins. Comme ils y allaient en très grand nombre dans un espace assez restreint malgré l'immense étendue des côtes poissonneuses qui nous appartenaient alors, de nombreuses contestations ne tardèrent pas à se faire sentir pour le choix des havres les plus propices à la pêche et des grèves ou galets les plus favorables à la préparation du poisson. Les querelles dégénéraient souvent en rixes et quelquefois même en véritables batailles dont les naturels tiraient le plus clair profit.

Pour faire cesser un état de choses aussi préjudiciable aux intérêts de tous et de chacun, les princi-

paux négociants de Saint-Malo, intéressés dans cette
pêche, convinrent entre eux d'un Règlement qui,
approuvé dans l'assemblée générale du 26 Mars 1640,
fut ensuite homologué au Parlement de Rennes, par
Arrêt du 31 du même mois. Ce Règlement, dont les
principales prescriptions furent maintenues en vigueur jusqu'à la Révolution Française, est le premier
acte qui ait existé relativement à la Police de la
Pêche de la morue à la côte, laquelle avait été
jusqu'alors laissée absolument libre. Il ne concerna
d'ailleurs, à l'origine, que la partie de la côte de
Terre-Neuve fréquentée par les Bretons.

Ce Règlement portait en substance que celui des
maîtres de navires qui arriverait et jetterait l'ancre
le premier dans le *Havre du Petit-Maître*, demeu-
rerait amiral de la pêche, lequel, pour signal, mettrait
l'enseigne sur son mât; qu'en cette qualité d'amiral,
il pourrait choisir le havre qui serait le plus à sa
convenance ainsi que le galet qui lui serait nécessaire,
en tenant compte du nombre d'hommes dont son
équipage serait composé; qu'en conséquence, pour
bien établir son droit d'Amiral et fixer son choix, il
serait tenu d'aller ou d'envoyer mettre à l'*Echafaud
du Croc* un papier ou tableau sur lequel il déclarerait
le jour de son arrivée et le nom du havre qu'il aurait
choisi, laquelle déclaration il signerait ou ferait signer
par quelqu'un de ses gens.

Au fur et à mesure de leur arrivée à la côte du Petit-Nord, les autres maîtres de bateau étaient tenus de faire, sur le même tableau, la déclaration du jour de leur arrivée et l'indication du havre qu'ils choisissaient parmi les places inoccupées pour s'y établir et en faire l'exploitation.

A cet effet, le Tableau demeurait à l'Echafaud du Croc, sous la garde d'un des hommes de l'Amiral, jusqu'à ce que tous les maîtres de navires y eussent été inscrits, avec les noms des havres et galets choisis et occupés par chacun d'eux ; après quoi il était remis à l'Amiral.

Il fut décidé aussi par ce Règlement que si quelque échafaud était rompu ou brisé par les sauvages ou autrement, les débris en appartiendraient à celui qui en devenait le propriétaire par le choix du havre où il était établi, avec défense à tous autres de s'en emparer et de les transporter dans un autre havre ou sur un autre galet.

En même temps, il fut expressément défendu aux capitaines ou maîtres de navires de jeter leur lest dans les havres, sous peine de 400 livres d'amende.

Grâce à ce règlement dont les contrevenants étaient punis d'une amende de 500 livres, au payement de laquelle le navire lui-même et sa cargaison pouvaient être affectés, la paix fut rétablie pendant quelque temps sur la côte du Petit-Nord. Mais, des pêcheurs

venus d'autres provinces de France et notamment de
la Normandie et de l'Aquitaine vinrent remettre tout
en suspens. Ceux-ci refusèrent d'obéir à un règlement
qui avait été fait sans eux et les désordres recommencèrent comme auparavant.

C'est probablement à cette même époque qu'il
faut rapporter les premières tentatives faites par les
armateurs de Fécamp d'aller chercher fortune dans
les mers d'Amérique, car, s'il nous a été impossible
de donner une date certaine, à ces premières expéditions, l'Histoire rapporte que, voulant pêcher comme
les autres à la côte de l'île de Terre-Neuve, ils furent
si molestés par les Bretons, qu'ils renoncèrent d'y
retourner les années suivantes. Les résultats de cette
campagne furent d'ailleurs très mauvais, et les récits
qu'en firent nos marins en rentrant à Fécamp, étaient
si peu engageants, qu'il ne vint à la pensée d'aucun
autre armateur de tenter une seconde expérience.

La pêche sédentaire avec navires ancrés dans les
havres de Terre-Neuve ne présenta donc jamais aucun
intérêt pour notre port ; aussi, allons-nous la passer
rapidement en revue pour arriver plus vite à l'histoire
de la pêche sur les Bancs.

II. — La pêche à la Côte à la fin du
XVIIe siècle

NOUVELLES RÉGLEMENTATIONS

Le gouvernement royal, en la personne de Louis XIV, intervint pour la première fois dans la question des pêcheries de Terre-Neuve quand les capitaines et armateurs de Saint-Malo et autres ports de Bretagne firent appel à son omnipotence contre les intrus des ports de Normandie venant troubler l'ordre qu'ils avaient eu tant de peine à établir. Par un arrêt du Conseil, en date du 28 Avril 1671, le roi déclara communs pour tous ses sujets qui iraient dorénavant pêcher la morue sur la côte du Petit-Nord, le Règlement du 26 Mars 1640 et l'Arrêt du Parlement de Rennes qui l'avait autorisé.

Enfin intervint l'Ordonnance de la Marine, du mois d'Août 1681, cette œuvre magistrale de Colbert qui codifia, en les étendant et les généralisant, les prescriptions du Règlement de St-Malo de 1640. Le capitaine ou maître de bateau qui arrive le premier au havre du Petit-Maître conserve les prérogatives et

attributions qui lui étaient attribuées par l'ancien
Règlement; on lui retira seulement le titre d'Amiral.

Les avantages ainsi attribués au premier arrivant
excitaient naturellement l'émulation des capitaines et
maîtres de bateaux envoyés dans ces parages pour y
faire la pêche. Tant que durait la traversée, le voyage
se faisait en flotte et, bien loin de se distancer en
cours de route, les navires accidentellement isolés
cherchaient à rejoindre le gros de la flotte qui s'élevait
quelquefois à 250 voiles, ou tout au moins un groupe
assez important de cette flotte; mais, quand il n'y
avait plus que quelques lieues à faire pour atterrir,
les convoitises commençaient, et c'était à qui arriverait le premier à l'*Echafaud du Croc*, soit pour
gagner la maîtrise qui y était attachée, soit pour
s'assurer le choix d'un bon havre avec les échafauds
et les galets qui en dépendaient. Alors, si le temps
se montrait défavorable aux voiles, les capitaines,
affrontant la distance, le mauvais temps et les brumes,
mettaient à l'envi leurs chaloupes à la mer avec leurs
meilleurs matelots, forçant de voiles ou de rames
pour se disputer la primauté de l'arrivée. Il en résulta
de nombreux sinistres qui finirent par attirer l'attention du Conseil d'Etat du roi.

Une nouvelle Ordonnance, rendue le 8 Mars 1702,
défendit très expressément aux capitaines des bateaux
terre-neuviers d'envoyer leur chaloupe à terre avant

d'avoir mouillé, et ce, à peine de mille livres
d'amende pour la première fois et de punition cor-
porelle en cas de récidive.

Mais déjà commençaient les désastres qui marquèrent la fin du règne de Louis XIV, et eurent
pour conséquence la destruction de notre empire
colonial et la désorganisation de nos pêcheries d'Amérique.

Auparavant, et pendant les longues années de
paix maritime dont la France avait joui au cours du
XVIIᵉ siècle, la liberté la plus absolue avait été laissée
aux armateurs à la pêche de la morue en Amérique
comme à toute autre pêche dans les mers d'Europe;
ils pouvaient quitter leur port d'armement et y rentrer quand bon leur semblait, sans avoir besoin pour
cela d'une permission spéciale du roi ou de l'amiral.
La guerre venue, les dangers que couraient les marins
d'être attaqués par les ennemis dans ces parages
éloignés ou dans les voyages d'aller et de retour,
forcèrent le gouvernement à prendre des mesures de
protection. Les capitaines des navires qui voulurent
se rendre à Terre-Neuve furent obligés de payer
trois livres par tonneau de jauge de leurs vaisseaux
entre les mains du Trésorier général de la Marine,
lequel leur délivrait alors un passe-port du roi, sans
quoi il ne leur était pas permis d'aller à la pêche de
la morue; s'ils avaient été rencontrés en mer par le

capitaine commandant les vaisseaux d'escorte sans pouvoir lui exhiber ce passe-port, leurs navires auraient été sujets à confiscation.

Les navires de Fécamp, de Dieppe et des autres ports du littoral normand devaient prendre leurs passe-ports au Havre-de-Grâce; mais, comme nous l'avons déjà dit, les armateurs de notre ville, désabusés par une tentative malheureuse qu'ils avaient faite à la côte de Terre-Neuve, avaient cessé depuis lors d'y envoyer leurs navires et ils n'avaient pas encore pris le chemin du Grand-Banc, de sorte qu'ils n'eurent pas — au moins comme pêcheurs — à payer cette contribution de convoyage de 3 livres par tonneau.

III.— Luttes des pêcheurs français contre l'envahissement anglais

Quand vinrent les Traités d'Utrecht, la France ne conserva plus, de ses immenses et riches pêcheries d'Amérique, que le droit de pêcher, d'élever des échafauds et des cabanes temporaires pour y préparer, saler et sécher le poisson pendant la saison de pêche sur la côte de l'île de Terre-Neuve, depuis le cap de Bona-Vista jusqu'au cap Riche; la propriété foncière de l'Ile et le droit de pêcher sur le reste de son littoral et non le moins poissonneux, passait aux Anglais.

Alors ces derniers qui, jusqu'à cette époque, s'étaient pour ainsi dire désintéressés de cette industrie malgré tous les encouragements offerts par leur gouvernement, se prirent tout-à-coup d'un beau zèle pour cette nouvelle branche de commerce, et, profitant des avantages que leur donnaient les traités, ils firent à nos pêcheries morcelées une concurrence acharnée et très souvent déloyale.

Pourtant, vers 1719, ainsi que le rapporte De Lamare, il partait ordinairement de France pour aller chaque année à la pêche de la morue en Amérique deux flottes d'environ 250 voiles chacune; la première quittait les ports français au commencement de Janvier et la seconde dans le courant du mois de Mars : cela constituait un ensemble de 500 bâtiments français dont les principaux ports d'armement étaient Rouen, Granville, Le Havre-de-Grâce, Honfleur, Dieppe, Saint-Malo, Nantes, La Rochelle, Les Sables-d'Olonne, Bordeaux, Bayonne et les Basques de la Terre de Labour.

Tous ces bateaux ne se rendaient pas à la côte de Terre-Neuve, car plus d'une centaine restait sur les Bancs où ils trouvaient une tranquilité plus grande, et une autre centaine allait jusqu'à la Baie de Gaspé, près de l'embouchure du Saint-Laurent où la France possédait, depuis plus d'un siècle, des pêcheries au moins aussi riches que celles de Terre-Neuve et qui, comme elles, avaient attiré la convoitise anglaise.

Quoiqu'il en soit, et malgré les empiètements continuels des Anglais qui prenaient par la force en pleine paix, les baies que les traités nous avaient réservées, plus de 250 bateaux de pêche français continuaient d'aller prendre et préparer la morue à la côte de Terre-Neuve. Tout alla ainsi, tant bien que mal, jusqu'en 1744 ; mais lorsque les hostilités recommencèrent ouvertement avec l'Angleterre dont les forces navales ne faisaient que s'accroître pendant que les nôtres s'en allaient diminuant d'année en année, tous les armements cessèrent. Un arrêt du

Conseil d'Etat, approuvant ce désarmement général, à cause des risques évidents que ces bâtiments auraient courus en mer, déclara nuls et non avenus, tous les engagements qui avaient pu être passés entre les armateurs, les capitaines et leurs équipages.

La guerre ne fut pas de longue durée ; mais elle n'en fut pas moins l'occasion de nombreuses déprédations commises par les Anglais dans nos établissements des côtes de Terre-Neuve, du cap Breton et du Canada, et les choses étaient à peine remises en état, qu'éclata la guerre de Sept-Ans terminée par le désastreux traité de Paris de 1763.

Le 10 Mars 1763, dans une dépêche du duc de Choiseul à M. Mistral, commissaire général de la Marine, intendant ordonnateur en Normandie au Havre, les armateurs à la pêche de la morue à Terre-Neuve sont prévenus qu'ils peuvent expédier, sans craintes, leurs navires, soit à la côte, soit au banc, les hostilités étant cessées. Il y est observé que les capitaines ne peuvent, suivant le traité de Paris, faire la pêche qu'à trois lieues de toutes les côtes appartenant à la Grande-Bretagne soit du continent, soit des îles situées dans le golfe de Saint-Laurent. Ils ne peuvent non plus l'exercer sur les côtes de l'île du cap Breton, hors du golfe, qu'à quinze lieues des côtes de cette île, et, à l'égard de cette industrie, sur les autres côtes, la pêche doit rester sur le pied des anciens traités. Les capitaines sont prévenus également qu'ils peuvent aller à Saint-Pierre-et-Miquelon qui venait de nous être rendu, et dans la partie du Petit-Nord de l'ile comme ils le faisaient avant la guerre et surtout d'éviter toute discussion avec les Anglais.

Sur la foi de cette dépêche, des armements eurent lieu dès cette même année 1763; mais il paraît que les Anglais ne cédèrent point si facilement les havres et galets dont ils s'étaient emparés depuis que nos nationaux avaient cessé d'y aller, car nous lisons dans une autre lettre du duc de Choiseul à M. Mistral à la date du 22 Mars 1764.

« Je viens, Monsieur, de recevoir une lettre de
« M. le Comte de Guerchy, par laquelle il me donne
« les assurances les plus positives de la sûreté que
« trouveront les navires français qui iront à la pêche
« de la morue à Terre-Neuve. Il me marque que le
« temps de leur séjour pourra être aussi long que
« par le passé, sans crainte d'éprouver aucune diffi-
« culté de la part des commandants des frégates
« anglaises, que nos pêcheurs ne seront pas exposés
« à voir détruire leurs bateaux ni à aucunes vexations
« qui ont été commises l'année dernière. Vous assu-
« rerez les armateurs d'une protection très expresse
« de Sa Majesté pour la pêche qu'ils vont faire cette
« année et d'une attention particulière de sa part à

« les faire indemniser des pertes qu'ils pourraient
« encore appréhender d'après ce qui s'est passé
« l'année dernière. Par le même esprit, et pour éviter
« les retardements et les longueurs que les navires
« français pourraient éprouver pour la prise des
« havres, s'ils étaient obligés d'aller faire cette prise
« à la baie du Croc, suivant l'ancien Règlement, le
« Roi les dispense pour cette année, et jusqu'à un
« arrangement fixe, de se conformer à ce règlement,
« Sa Majesté leur permettant, jusqu'à nouvel ordre,
« de prendre leur place dans les havres qu'ils trou-
« veront *vuides,* ainsi que cela se pratiquait à la
« Grande-Baie, de manière que les places resteront
« et appartiendront au premier occupant. Sa Majesté
« vous recommande de ne point gêner ou retarder le
« départ des bâtiments destinés pour cette pêche
« sous quelque prétexte que ce soit; attendu qu'il
« est important pour eux de pouvoir prévenir les
« Anglais sur les côtes de Terre-Neuve, afin d'y
« prendre les havres commodes pour la pêche. Vous
« aurez soin de communiquer cette lettre à tous les
« négociants de votre département, qui peuvent être
« intéressés directement ou indirectement dans les
« armements de Terre-Neuve. »

Signé : Le Duc de CHOISEUL.

Pour Copie,

Signé : MISTRAL.

Mais les efforts de Choiseul devaient rester vains, et, chaque année, les vexations se renouvelaient de la part des Anglais chez qui la pêche de la morue se développait avec une rapidité vraiment extraordinaire et inquiétante en même temps pour l'avenir de notre industrie.

Pour se défendre contre cet envahissement qui venait non-seulement des ports de la Grande-Bretagne, mais encore et surtout de ses nouvelles colonies d'Amérique que la France avait cédées en 1713 et 1763, et d'où les anciens colons français avaient été transportés en masse pour laisser la place aux pêcheurs anglais, une grande enquête fut ouverte par le gouvernement de Louis XV.

Le 17 Avril 1769, une dépêche du duc de Praslin force les capitaines commandant les navires armés pour la pêche de la morue, soit à la côte, soit à la *pêche errante* sur le Grand-Banc de Terre-Neuve, à faire une *Déclaration de retour* donnant tous les renseignements sur les circonstances dans lesquelles s'est effectuée sa campagne de pêche.

Ces déclarations devaient faire mention, pour les navires expédiés à la côte de Terre-Neuve :

« 1º Du port du navire et du nombre d'hommes « d'équipage ;

« 2º Du jour de l'arrivée sur la côte, de la manière « dont on aura pris havre, du jour qu'on y sera

« entré et du nombre de bateaux qu'on aura équipés
« pour la pêche, y compris les bateaux capelaniers;

« 3º Du nom du havre que le capitaine aura
« occupé et du nombre de navires qu'il pourrait
« contenir;

« 4º Du nom des navires ayant occupé des places
« dans ce havre;

« 5º *Du nombre des navires anglais ayant pêché*
« *dans le havre, en indiquant, si possible, s'ils venaient*
« *d'Angleterre ou des Colonies;*

« 6º Quelle quantité de morues sèches et vertes,
« d'huile et *noues* le navire aura rapportée, en comp-
« tant par quintaux de morues, poids de marc.

Pour les navires armés à la pêche sur le Grand-
Banc, les déclarations devaient contenir :

« Le nom et le port du navire; le nombre des
« hommes d'équipage; le jour du départ de France;
« les différents lieux de relâche; le jour de l'arrivée
« sur le Grand-Banc de Terre-Neuve; ce qu'on y a
« observé d'intéressant; le jour du départ du Grand-
« Banc à Terre-Neuve; le jour de l'arrivée en France;
« le détail du chargement en observant de compter
« les morues vertes par milliers, compte juste, c'est-
« à-dire 50 poignées de morues au cent.»

IV.— Premiers encouragements à la pêche de la Morue à la côte

Choiseul ne s'était pas borné à une enquête dépourvue de sanction; comprenant que le seul moyen de se débarrasser des Anglais et de les déloger des havres du French-Shore qu'ils détenaient au mépris des traités consistait à les occuper avant eux, et que d'ailleurs, pour conserver aux pêcheurs français le privilège qui leur était concédé, il était indispensable que nous usions de nos droits par une occupation effective de tous les havres de cette côte, ce ministre créa des primes spéciales ou plutôt des gratifications en faveur des armateurs qui consentiraient à aller pêcher dans certaines baies dont la richesse en poisson avait excité la convoitise des Anglais qui s'y étaient établis à la faveur de la guerre et refusaient de les rétrocéder aux Français.

En 1767, une gratification uniforme de 500 livres avait été accordée aux navires, quels qu'aient été d'ailleurs le tonnage et le nombre d'hommes d'équipage, qui s'étaient rendus dans les havres de *Toulinguet* et de *Grindespagne.*

Cette gratification ayant été jugée insuffisante par les armateurs qui ne se souciaient guère d'entamer avec leurs rivaux une lutte dans laquelle ils avaient tous les désavantages, une lettre du duc de Praslin, alors ministre de la Marine, annonça à la date du 25 Décembre 1767 que, pour l'année suivante, il serait payé aux navires qui consentiraient à aller pêcher dans les havres de la côte comprise entre les caps Bona-Vista et Saint-Jean :

500 livres pour les équipages de 40 hommes et au-dessous ;

750 livres pour ceux de 40 à 60 hommes ;

Et 1000 livres pour les équipages comprenant plus de 60 hommes.

C'était en effet sur cette partie de la côte comprise entre le cap Bona-Vista et le cap Saint-Jean dont les Anglais avaient occupé toutes les baies à la faveur de la dernière guerre que la concurrence se faisait sentir avec le plus d'acharnement et que nos nationaux étaient le plus molestés ; les pêcheurs britanniques mettant tout en œuvre pour les empêcher d'exercer leur industrie.

Voici d'ailleurs, à ce sujet, une autre lettre de M. le duc de Praslin, chef du Conseil Royal des Finances, ministre et secrétaire d'Etat de la Marine, à M. Mistral, commissaire général de la Marine, ordonnateur en Normandie :

« A Versailles, le 5 Avril 1769.

« Pour assurer plus authentiquement, Monsieur,
« la reprise de possession des havres de Bona-Vista,
« Fouques et Toulinguet, Sa Majesté s'est déterminée
« à continuer cette année aux armateurs qui enverront
« leurs navires pour y faire pêcher, les encourage-
« ments qu'elle avait accordés l'année dernière,
« savoir : une gratification de 500 livres aux navires
« de 40 hommes et au-dessous, de 750 livres à ceux
« de 40 hommes à 60, et de 1,000 livres à ceux au-
« dessus de 60 hommes, pourvu qu'ils justifient, à
« leur retour, que c'est dans cette partie de la côte
« qu'ils ont fait pêche. Vous aurez agréable d'en
« prévenir sur le champ les armateurs de Granville
« et de m'informer du nombre des navires qui auront
« cette destination.

« Je suis, etc...

« Le Duc de PRASLIN. »

Tous ces efforts ne purent amener le résultat
qu'on en espérait tirer, et, malgré leur bon droit, nos
pêcheurs reculèrent devant l'invasion anglaise, aban-
donnant aux envahisseurs les havres si poissonneux
des baies de Bona-Vista et de Notre-Dame, c'est-à-dire
toute l'étendue de la côte comprise entre les caps de
Bona-Vista et de Saint-Jean.

La tranquillité ne régnait guère plus sur les autres parties de la côte, où, chaque année, des difficultés, des altercations et souvent même des rixes s'élevaient entre les capitaines depuis que les havres et galets appartenaient au premier occupant.

Un nouveau règlement fut alors élaboré au Ministère de la Marine et rendu applicable, dès la saison de pêche de 1770, par une dépêche du duc de Praslin, en date du 11 Mars de cette même année qui prescrivait en même temps aux capitaines de dresser le plan du havre dans lequel ils auront exercé leur industrie, en y indiquant bien exactement la situation de chaque établissement y existant avec la quantité de grave défrichée, et l'augmentation dont elle pourrait être susceptible.

D'après ce nouveau règlement, l'inscription, à l'échafaud du Croc, était remplacée par un bulletin dont un seul exemplaire imprimé était remis au capitaine au moment de son départ de France et qu'il devait remplir à l'arrivée par la désignation de la place choisie aussitôt que ce choix aurait été fait parmi les places non encore occupées.

Ce bulletin de prise de havre que le capitaine devait conserver pendant toute la saison de pêche était remis par lui à l'arrivée au commissaire de Marine de son département.

En même temps, le capitaine fut dispensé de

fournir à l'arrivée la déclaration de retour qu'exigeait de lui la dépêche ministérielle du 17 Avril de l'année précédente.

Un autre Règlement non moins intéressant et non moins utile que nous devons au même ministre, est celui qui prescrit la répartition des équipages naufragés entre les bâtiments faisant la pêche dans les parages où s'est produit l'accident.

Nous publierons aux annexes ce document qu'il serait trop long d'analyser ici; il porte la date du 24 Décembre 1772, et montre toute l'activité que déployait à cette époque le ministre de la Marine pour soutenir nos pêcheries françaises contre la concurrence étrangère.

V.— Le French-Shore en 1783

La lutte que les colonies anglaises de l'Amérique
du Nord entamèrent en 1775 contre leur métropole
et qui se termina en 1783 par l'indépendance des
Etats-Unis, eut pour première conséquence de sus-
pendre chez nous tout armement de pêche pour la côte
de Terre-Neuve, dont les eaux étaient parcourues en
tous sens par les croiseurs anglais.

Les Français étant intervenus directement dans la
querelle pour soutenir les revendications des colons
anglo-américains, nos bâtiments de commerce et de
pêche furent réputés de bonne prise par nos concurrents. La guerre fut d'ailleurs déclarée effectivement
le 24 Mai 1778 et l'Angleterre s'empara de St-Pierre-
et-Miquelon pour nous priver de la seule station qui
nous restait dans ces mers, et d'où elle chassa toutes
les familles françaises qui s'y étaient fixées à la
faveur de la paix pour se livrer à l'industrie de la
préparation des morues.

Il n'eût pas été prudent, en de pareilles circonstances, de tenter de séjourner sur les côtes de
Terre-Neuve d'où les habitants, d'ailleurs, auraient

infailliblement chassé nos nationaux s'ils n'avaient pu les tuer ou les prendre avec leurs bâtiments. La protection que le gouvernement de Louis XVI offrait à nos marins eût été absolument illusoire. Il s'en suivit une suspension complète des armements pour la pêche sédentaire avec sécheries, et cette nouvelle suspension dura près de dix ans.

Les pêcheurs anglais profitèrent de cet état de choses pour occuper les meilleurs cantonnements de pêche du littoral précédemment exploités par les Français et se fortifier en s'y établissant à demeure avec leurs familles, dans ceux qu'ils occupaient déjà au mépris des traités et malgré les efforts déployés par Choiseul et ses successeurs. Partout ailleurs, les cabanes et les échafauds qu'ils ne purent occuper ou transporter furent saccagés ou détruits. Ils espéraient ainsi en avoir fini pour toujours avec l'exploitation française.

Mais cette fois l'Angleterre fut battue et son orgueil dut s'humilier jusqu'à demander elle-même la paix qui fut signée à Versailles en 1783.

On eût pu croire que la France qui avait contribué si fort au succès de la guerre retirerait, au moins en échange des sept cent trente-trois millions dont elle s'était endettée à cette occasion, des avantages sérieux pour ses pêcheries d'Amérique. Ce fut le contraire qui arriva.

Les îlots de St-Pierre et de Miquelon nous furent restitués, c'est vrai; mais il n'y restait plus rien de nos anciens établissements et leurs propriétaires étaient totalement ruinés. La France s'engageait de nouveau à ne jamais fortifier ces deux possessions et à n'y entretenir qu'un poste de police. Quant au littoral de Terre-Neuve, sous prétexte d'une nouvelle délimitation du *French-Shore*, la Grande-Bretagne sut garder pour ses nationaux les meilleures plages et ne nous laissa que les baies les plus ingrates et les plus exposées aux intempéries.

Voici, d'après un document du temps, les principaux points de la côte où s'exercèrent, depuis lors, la pêche et la sécherie des morues par les marins français :

COTE DE L'OUEST

Cod Roy	Ingarnachoix
Saint-Georges	Nouveau Port
Port-à-Port	Anse de Barbacé
Petit-Port	Ile Saint-Jean
Baie de l'Arc	Nouveau Férolle
Baie du Gouvernement	Vieux Férolle
Bonne Baie	Baie Sainte-Barbe
Tête de Vache	Pointe de l'Ancre

Anse aux Fleurs

COTE DE L'EST

Baie de Haha	Anse aux millions
Cap d'Oignon	Belle-Ile
Baie aux mauves	Le Cap Rouge
Le Kirpon	Anse du Pilier
Baie du Nord	La Conche
Les Criquets	Boutitou
Le Cap Blanc	Les Aiguillettes
Baie de Saint-Lunaire	Le Gouffre
Ile Granchain	Les Canaries
Petits Bréhats	Raincé
Anse Verte	Le Dégrat du Cheval
Grands Bréhats	Sans-fond
Anse de la Madeleine	Fourché
Baie Saint-Antoine	Orange
La Crémaillère	Les Petites-Vaches
Anse à la Soupe	Les Grandes-Vaches
Trois Montagnes	Anse du Petit
Les Petites-Oies	Cap Daim
Ile de Fichot	La Fleur de Lys
Le Four	Baie Verte
Petites îlettes	Baie des Pins
Grandes îlettes	L'Ile à Bois
Les Grandes-Oies	Anse aux Sonnettes
Petits Saints-Juliens	Pasquet
Grands Saints-Juliens	Le Grand coup-de-hache
Ile des Saints-Juliens	Le Petit coup-de-hache
Le Croc	La Scie

Cette énumération ne renferme plus, on le voit, les havres de la côte orientale compris entre les caps Bona-Vista et St-Jean, pour l'occupation desquels le Gouvernement avait créé des primes spéciales, et où l'intrusion anglaise avait fini par triompher de tous nos efforts. Le traité de 1783 avait consacré cette spoliation de nos droits en limitant le *French-Shore* au cap St-Jean sur la côte orientale.

En acceptant cette clause de délimitation, on croyait avoir fait la part du feu ; de fait, nos pêcheurs y gagnèrent une sécurité plus grande pour exploiter les havres qui nous restaient et où ils trouvaient encore plus d'espace qu'il ne leur en fallait pour pêcher et sécher tout à leur aise.

Avec la paix, pourtant, les armements avaient repris avec une nouvelle ardeur, les anciens établissements avaient été successivement relevés et mis en exploitation régulière.

VI.— Modes de Pêche et de Préparation de la Morue au xviiie siècle

Chaque année, les navires bretons et granvillais, les seuls pour ainsi dire qui aient conservé entière la tradition de la pêche à la côte, au milieu de tous les événements que nous venons d'esquisser à grands traits, quittaient leurs ports d'armement dès les mois de Février et Mars, selon la date qui en avait été fixée par M. l'Amiral. Leur équipage était composé mi-partie de marins destinés à la manœuvre du bâtiment et des embarcations ainsi qu'à la pêche proprement dite de la morue, et mi-partie de graviers, ouvriers absolument étrangers à la marine et dont la desti-nation était le nettoyage des graves, la réparation et l'entretien des échafauds et cabanes et la préparation à terre du poisson pêché par les marins. Cette répar-tition du travail entre deux groupes d'hommes ayant des aptitudes, des goûts et des professions absolu-ment distinctes dont les uns travaillent sur mer pen-dant que les autres ne quittent pas la terre, explique pourquoi les navires armés pour la pêche à la côte de Terre-Neuve présentent, à égalité de tonnage, des équipages généralement doubles de ceux des navires qui arment uniquement pour la pêche au Banc, et, si l'on voulait examiner la question au point de vue de la formation des matelots et du recrutement de la marine de l'Etat, il serait facile de reconnaître qu'il y a sans contredit un nombre plus considérable de véritables marins dans les navires qui font la pêche sur les Bancs.

Aussitôt après qu'il est arrivé au lieu de destination et quand le capitaine a pris possession du havre choisi conformément aux règlements en vigueur, le navire est mouillé sur ses ancres et désarmé.

Tout l'équipage descend à terre et procède aussitôt à l'aménagement de l'établissement que le capitaine du navire qui a fait la pêche l'année précédente dans cette même place a laissé lors de son départ pour la France en fin de campagne.

Ces établissements qui, d'après les traités doivent avoir un caractère essentiellement temporaire et n'être habités que pendant la saison de pêche, sont construits en bois ; ils se composent essentiellement d'un *échafaud* appelé aujourd'hui *chaufaud*, espèce de *wharf* ou de plate-forme en planches, supportée par des poteaux et s'avançant assez dans la mer pour que les embarcations se livrant à la pêche puissent y débarquer facilement leur poisson à toute heure de marée. Une partie de cet échafaud, celle qui s'appuie

sur la grève, est surmontée d'un hangar couvert
sous lequel on procède à l'habillage du poisson,
c'est-à-dire à sa première préparation. Sur l'extrémité qui regarde la mer étaient placées deux pièces
de canons ou pierriers près desquelles se tenait en
permanence un garde canonnier pour défendre l'exploitation contre toute attaque, soit des naturels,
soit des corsaires anglo-américains.

A peu de distance sur le rivage se dressent des
cabanes également en bois servant d'abri à l'équipage et de remise au poisson préparé ou d'abri, pendant les pluies, au poisson en cours de préparation.

Enfin, l'installation se complète par une *grave*
ou *grève*, portion de rivage défrichée, nettoyée et
couverte de gros cailloux ou galets sur lesquels on
étend le poisson pour le faire sécher. Quelquefois, la
grave en galets était remplacée par des claies en bois
placées horizontalement sur des piquets élevés de
deux à trois pieds au-dessus du sol.

Tout le bois employé à cette construction pouvait
être pris par nos pêcheurs dans l'île même; ce privilège leur avait été concédé expressément par les
traités; mais beaucoup de capitaines préféraient emporter de France les pièces principales qu'ils travaillaient pendant la traversée afin de ne plus avoir qu'à
les poser à leur arrivée; ils gagnaient ainsi un temps
précieux pour la pêche. A l'origine, les hangars et

cabanes furent couverts avec l'écorce des arbres qui
croissaient sur le littoral, mais peu à peu l'usage
s'établit de les couvrir en toile goudronnée.

Pendant les périodes de paix complète — elles
étaient malheureusement fort rares — il arrivait quelquefois que le capitaine, en prenant possession du
havre qu'il avait choisi, trouvait en assez bon état de
conservation l'établissement laissé par son devancier
et il n'avait que quelques légères réparations à lui
apporter avant de s'en servir. Mais le plus souvent,
soit pendant les périodes troublées de nos guerres
maritimes avec l'Angleterre et la Hollande, quand
nous ne pouvions armer régulièrement pour Terre-
Neuve, soit même en pleine paix, dans les havres
convoités par les Anglais, tout était brisé et saccagé
aussitôt que nos pêcheurs avaient laissé la place pour
rentrer en France, de sorte que le nouveau preneur
ne trouvait plus, à son arrivée, que des débris plus
ou moins utilisables. A part la *grave* que nos ennemis
n'avaient pu ni emporter ni détruire, il avait chaque
année un établissement complet à reconstituer avant
de commencer sa pêche.

Ceci fait, la partie de l'équipage composée des
véritables marins se répartissait dans les chaloupes
pour aller les uns s'approvisionner du capelan, du
lançon et du hareng destinés à boetter les lignes, les
autres pratiquer la pêche de la morue qu'ils prenaient

soit à la ligne, soit au filet. Ce dernier mode a toujours eu plus de partisans parmi les pêcheurs de la côte, et il était presque exclusivement pratiqué sur les côtes de Terre-Neuve comme sur celles des îles de St-Pierre et de Miquelon à la fin du siècle dernier.

Le poisson rapporté chaque jour par les chaloupes pêchant, soit à la ligne, soit au filet, était aussitôt livré aux ouvriers restés à terre et qui s'occupaient de sa préparation pour le transformer en morue sèche.

Pendant tout le xviiie siècle, cette préparation de la morue sèche dans les pêcheries françaises d'Amérique était peut-être plus longue et plus minutieuse que celle qui lui est donnée de nos jours, mais elle donnait, par contre, des produits mieux préparés et pouvant être conservés plus longtemps.

Nous signalerons, au passage, les grands traits de cette préparation dont les diverses phases portaient le nom de *soleils*; il ne sera peut-être pas sans intérêt de la comparer avec la préparation actuelle que l'on trouvera plus détaillée dans un chapitre ultérieur.

Le premier jour, on étendait les morues sur la *grave* ou sur les vignots, après les avoir étêtées, fendues, vidées, désossées et convenablement lavées, et on les laissait ainsi toute la journée, la chair en dessus : c'est ce que l'on appelait donner le *premier soleil*.

Le second jour, ces poissons étaient de nouveau étendus les uns à côté des autres et recevaient le *deuxième soleil* jusqu'à midi ; alors, on les rassemblait trois par trois.

Le troisième jour, une nouvelle exposition à l'air constituait le *troisième soleil* qui se prolongeait jusqu'au soir, puis, on rassemblait ces morues par tas de huit, appelés *javelles*.

Venait ensuite, le *quatrième soleil* qui ressemblait au précédent puis le *cinquième* à la suite duquel on rassemblait les morues en tas plus gros appelés *moutons*.

Après le *sixième soleil*, les tas de poissons formaient des piles d'environ 50 quintaux métriques, et que l'on appelait *meulons ou mulons* ; ces piles restaient ainsi de dix à douze jours sans être touchées.

Au bout de ce temps, on étendait à nouveau les morues sur la grave pour refaire les piles, de manière à placer sur le dessus les morues les moins sèches : cette nouvelle manipulation portait le nom de *septième soleil*.

On recommençait la même opération d'étendage et de rempilage au bout de quinze jours, ce qui constituait le *huitième soleil*, puis un mois après pour lui donner le *neuvième soleil*, et enfin quarante jours plus tard pour le *dixième soleil*. Les dernières piles restaient enfin exposées à l'air pendant cinquante ou soixante jours sans être touchées à nouveau.

On comprend facilement qu'avec une pareille préparation, la morue, anciennement séchée à la côte de Terre-Neuve, jouissait d'une conservation suffisante pour pouvoir être expédiée et exposée à toutes les intempéries avant d'être vendue et débitée dans les pays les plus chauds; mais la perte en poids devait être considérable.

VII. — **La pêche à la côte pendant le xixe siècle**

L'année 1793 ouvre une nouvelle ère d'hostilités entre la France et l'Angleterre, et cette dernière s'empresse de mettre la main sur Saint-Pierre-et-Miquelon qu'elle occupe pendant neuf années, empêchant ainsi toute industrie française sur les côtes de l'île de Terre-Neuve.

Le traité d'Amiens, signé le 25 mars 1802 entre les belligérants, nous rend nos pêcheries pour en user comme avant la guerre avec l'espoir, de part et d'autre, d'une paix durable que les armateurs s'empressent de mettre à profit ; mais les anciens règlements qui concernent la pêche à la côte de Terre-Neuve leur paraissent surannés et ils en demandent un nouveau au ministre de la Marine.

Le 9 Thermidor an X, le ministre prescrit aux armateurs des ports de Saint-Malo, Saint-Brieux et de Granville qui avaient l'intention d'expédier des navires à la côte de Terre-Neuve pour la pêche de la morue, de se réunir à Saint-Malo sous la présidence du commissaire de la Marine, chef du service dans ce dernier port, pour délibérer :

« 1º Sur le meilleur mode d'occupation des places « de pêche;

« 2º Sur l'emploi à la pêche du filet dit *hallope*;

« 3º Et sur les moyens de favoriser et d'encou- « rager la fabrication de la rogue.»

A ces diverses questions, l'Assemblée répondit en demandant au ministre de lui accorder :

« 1º Que les havres et grèves fussent concédés « pour cinq ans et tirés au sort entre les armateurs « avant le départ des navires pour la pêche;

« 2º Que les armateurs fussent autorisés à laisser « des gardiens sur les places à eux échues;

« 3º Que le filet dit *hallope,* ordinairement em- « ployé à la pêche du *lançon* (1) et du capelan, fut « prohibé comme destructif du fond de pêche, et « remplacé par la *seine* débordée au moulinet et non « à terre;

« 4º Que la seine à morue fut toujours débordée « au moulinet et jamais à terre;

« 5º Enfin que le Gouvernement permit que les « navires de pêche fussent commandés par des ma- « rins non reçus capitaines au long-cours. »

---

(1) Le **lançon** ou **lanceron** est un petit poisson du genre équille dont le corps est fusiforme et la tête en forme de **fer de lance**.

Cette délibération servit de base au *Règlement du 15 Pluviôse an XI* (4 Février 1803).

Le principe ancien de la possession des places de pêche par le premier occupant fut définitivement abandonné. Les havres et les graves en dépendant durent désormais être tirés au sort avant le départ, à moins que tous les intéressés eussent pu s'entendre pour faire un partage amiable, et rester pendant *trois années* la propriété du même concessionnaire. Aucun navire ne put recevoir ses expéditions pour la pêche à la côte de Terre-Neuve sans justifier qu'il était pourvu d'une grève. Tous les trois ans, les armateurs ou leurs fondés de pouvoirs spéciaux devaient se réunir en assemblée générale, à Saint-Malo, sous la présidence du chef du service maritime de ce port, pour procéder au nouveau partage des places de pêche.

Le titre de *maître* ou *patron de la pêche,* attribué par l'Ordonnance de 1681 au capitaine arrivé le premier, ainsi que les avantages qui en découlaient sont supprimés, mais les fonctions utiles qui étaient confiées au maître le plus diligent sont remises au capitaine le plus âgé dans chaque havre.

La rupture de la paix d'Amiens, arrivée trois mois après, empêcha que la nouvelle législation reçût son exécution, les Anglais ayant de nouveau mis la main sur St-Pierre-et-Miquelon et confisqué les bateaux

français qui avaient tenté de se rendre à la côte de
Terre-Neuve.

Ce fut seulement en 1815 que la France fut remise
définitivement en possession de sa colonie de Saint-
Pierre-et-Miquelon et de ses pêcheries de la côte de
Terre-Neuve.

Deux nouveaux Règlements spéciaux aux pêcheries de la côte furent successivement publiés en 1815
et 1821, tous deux basés sur le Règlement du 15
pluviôse an XI.

La durée de la possession des places fut portée de
trois à *cinq* ans, et, pour rendre plus facile et surtout
plus précise l'attribution faite en France par voie de
tirage au sort avant le départ, le Règlement de 1821
avait été précédé d'une reconnaissance générale et
officielle de tous les havres et places de pêche existant sur la partie des côtes de l'île de Terre-Neuve où
s'étend le droit de pêche et sécherie des Français.

Un nouveau Règlement eut lieu en 1842 qui ne
différait pas sensiblement du précédent.

Enfin intervint le décret du 2 Mars 1852 qui règle
encore aujourd'hui la matière, sauf de légères modifications de détail. Les intéressés trouveront aux
annexes le texte de ce décret avec ses différentes
modifications, ce qui nous dispensera d'en faire ici
une analyse.

Comme autrefois, la pêche de la morue dans les

havres et baies de Terre-Neuve se pratique de deux
manières soit au moyen de filets, soit au moyen de
lignes.

Le seul filet qui soit permis par les Règlements
est la *seine* ou *senne*. C'est un filet flottant qui, comme
la *senne* employée à la pêche du hareng, est muni
de flottes en liège à sa partie supérieure, et dont la
fincelle inférieure est garnie de plombs. Les dimensions de cette seine sont laissées à la volonté de l'armateur; il est seulement défendu de la déborder
autrement qu'au moulinet, et sans jamais déborder
à terre. De plus, les mailles de la *seine à morue*
doivent avoir au moins 48 millimètres entre nœuds
au carré, c'est-à-dire quand le filet est tendu.

On se sert également d'une autre *seine* appelée
communément *seine à capelan* pour pêcher le hareng,
le capelan et le lançon destinés à servir d'appât dans
la pêche à la ligne; les dimensions de ce filet, fixées
par les derniers règlements sont de huit à neuf cents
mailles en hauteur et de trente brasses en longueur
quand elles sont montées; comme pour la seine à
morue, la seine à capelan ne peut être employée
autrement qu'au moulinet et sans jamais déborder à
terre.

Pendant longtemps on s'est servi, pour pêcher le
capelan et le lançon, de filets traînants connus sous
le nom d'*hallopes* et qui râclaient fortement les fonds

sur lesquels on les promenait et détruisaient ainsi les œufs et le menu fretin; l'emploi de ce filet est aujourd'hui sévèrement interdit.

La pêche à la ligne se fait soit à la ligne à la main, soit à la ligne de fond appelée *harouelle*; mais la pêche aux harouelles, autorisée sur toute l'étendue de la côte ouest, est interdite sur la côte est; aucun règlement ne s'est occupé jusqu'à ce jour de la longueur ou de la disposition de ces engins ni de la manière dont il en doit être fait usage. Les armateurs et les capitaines restent donc libres à ce sujet.

En ce qui concerne les armements eux-mêmes, on les divise en trois catégories suivant la manière dont ils pratiquent la pêche savoir :

1º Les côtiers;

2º Les armements doubles;

3º Les banquais avec sécherie à la côte;

Les *côtiers* sont ceux qui, après avoir participé au tirage au sort de St-Servan, font voile directement pour occuper la place qui leur a été dévolue par le tirage au sort et restent dans ce havre pour y pêcher, trancher, saler et sécher pendant toute la durée de la saison.

Les *armements doubles* sont ceux qui font simultanément la pêche dans le havre qui leur a été assigné et sur le Grand-Banc ou l'un des banquereaux. Pour cela le bâtiment, en arrivant à la côte, y débarque une partie de son équipage qui se livre à la pêche et à la sécherie; puis, au lieu de mouiller dans le havre et de désarmer comme le font les côtiers, il fait voile avec la seconde partie de l'équipage restée à bord pour aller pratiquer la pêche sur l'un des bancs avoisinants, pour rapporter ensuite le poisson qu'il aura pris à la sécherie, afin de lui faire subir les préparations nécessaires à sa conservation.

Enfin, les *banquais avec sécherie* à la côte sont les bâtiments qui font la pêche entière sur le Grand-Banc ou l'un des Banquereaux et ne vont à la côte que pour faire sécher les produits de leur pêche.

CHAPITRE VIII

LA PÊCHE ERRANTE

SUR LE GRAND-BANC DE TERRE-NEUVE
AU XVIIIe SIÈCLE

I.— Les origines de la Pêche au Banc et l'état du port de Fécamp au commencement du XVIIIe siècle

C'est en 1728, c'est-à-dire quinze ans après que le désastreux Traité d'Utrecht eut enlevé à la France la meilleure portion de ses pêcheries de morue d'Amérique, que Fécamp, qui, jusque-là, s'était contenté d'exploiter la Manche, envoya pour la première fois ses bateaux sur le Grand-Banc de Terre-Neuve.

A cette époque, il y avait déjà au moins deux siècles que les pêcheurs français des autres ports connaissaient et exploitaient les richesses de cet immense plateau sous-marin situé au sud-est et à peu de distance de l'île de Terre-Neuve, et qui s'étend du nord au sud en suivant le 52e méridien de longitude

ouest sur une longueur de 80 lieues marines, et, de
l'est à l'ouest, en suivant le 46e parallèle nord, sur
une largeur de 75 lieues. Cette largeur pourrait
même être portée à 120 lieues si l'on y comprenait
le Banc à Vert et le Banc de Saint-Pierre qui ne semblent être, en somme, que la continuation du Grand-
Banc dont ils sont séparés par des fonds dont la
profondeur varie entre 120 et 140 mètres seulement.

Nous avons vu, en effet, dans un des précédents
chapitres que d'après Anderson, un des écrivains les
plus autorisés dans les questions d'histoire des pêches maritimes, ce serait en 1536 que les Français
auraient armé le premier bâtiment envoyé à la pêche
sur le Banc.

C'est encore cette pêche errante que l'auteur
déjà cité de l'*Histoire et Commerce des Colonies anglaises dans l'Amérique septentrionale* affirme avoir
été « pratiquée de tout temps par les Français et bien
« des années avant que les Anglais eussent formé un
« établissement dans l'île de Terre-Neuve. »

Or, depuis ces époques lointaines où le Banc
semblait être notre propriété inconstestée comme l'île
de Terre-Neuve dont il dépendait, nos compatriotes
ont continué d'y pêcher la morue; chaque année, nos
bâtiments y sont retournés, en plus ou moins grand
nombre, suivant le degré de sécurité qu'ils rencontraient dans cette partie septentrionale de l'Océan

Atlantique, à moins qu'une guerre déclarée avec l'Angleterre ne leur laissât que la certitude presque absolue d'une capture ou d'un incendie de leurs vaisseaux.

L'histoire particulière de ces pêcheries, bien qu'elle offre, pour nous, beaucoup plus d'intérêt que celle de la côte, est loin d'être aussi mouvementée et aussi documentée que cette dernière. Cela tient à la nature même de cette pêche qui se fait en pleine mer, de sorte que le législateur n'a pas eu à la réglementer. Nul ne peut, en effet, s'attribuer un droit de souveraineté ou de police dans les eaux sur lesquelles elle se pratique, ni régler les rapports qui peuvent exister entre les équipages de nationalité si différente qui ont fréquenté et fréquentent encore aujourd'hui les lieux où l'on pêche la morue.

Il eût fallu, pour établir une législation de la pêche au Banc, arriver à une entente internationale qu'on n'a d'ailleurs jamais tentée parce qu'elle est impossible à obtenir. D'un autre côté, un règlement particulier, applicable aux seuls navires français, et qui eût nécessairement limité la liberté d'action de nos pêcheurs sur un point ou sur un autre, les aurait mis dans un état d'infériorité ruineuse vis-à-vis de leurs concurrents étrangers, auxquels la même contrainte ne pouvait être imposée.

C'est probablement ce que le législateur a compris,

car, si haut que nous remontions dans l'arsenal de nos lois, nous n'y trouvons pas la moindre prescription qui ait rapport à la manière de pêcher ou aux engins dont les pêcheurs se sont successivement servis.

Le petit nombre de dispositions législatives qu'on y rencontre sont relatives à la police générale des armements et de la navigation ; elles sont d'ailleurs communes à toutes les entreprises de long-cours auxquelles les armements pour Terre-Neuve et ses Bancs ont été assimilés.

C'est ainsi que l'Ordonnance de la Marine du mois d'Août 1681, confirmée par le règlement du 5 Juin 1717 voulait qu'il fût embarqué un chirurgien au moins sur chaque bâtiment armé au long-cours ou faisant la pêche de la morue à Terre-Neuve. Ce chirurgien était tenu d'avoir les instruments nécessaires à l'exercice de sa profession, mais l'armateur devait fournir un coffre garni de drogues ; ce coffre, ainsi que les instruments du chirurgien, devait être visité quelques jours avant le départ du bâtiment. C'est évidemment là qu'il faut aller chercher l'origine du coffre de pharmacie que chaque terre-neuvier est tenu d'embarquer, à défaut du chirurgien qui a disparu depuis longtemps de nos rôles d'équipage. A l'origine, en vertu du règlement de 1717, le chirurgien devait, avant de pouvoir être embarqué comme tel, passer un examen devant deux maîtres chirurgiens

désignés à cet effet par l'Amiral dans tous les ports
du royaume.

A Fécamp, le premier qui fut nommé à cet office
était Pierre Olivier ; sa nomination est faite au nom
de Louis Alexandre de Bourbon, comte de Toulouse,
duc de Penthièvre, alors amiral de France, et porte
la date du 1ᵉʳ Juillet 1718, c'est-à-dire dix ans avant
le départ de nos premiers terre-neuviers ; il faut
nécessairement en conclure que notre port armait à
cette époque un nombre suffisant de navires au long-
cours et au grand cabotage pour justifier cette création
d'un chirurgien examinateur en même temps que
visiteur des coffres à médicaments des navires en
partance pour ces diverses destinations.

Cependant, il n'est pas inutile de noter au passage
que, soit à cause du mauvais état de son port, soit
pour éviter à Dieppe et au Havre une concurrence
trop rapprochée, Fécamp était sacrifié, cette même
année 1717, lorsque le roi, par ses lettres-patentes du
mois d'Avril désigna les seuls ports français où il
pourrait être fait des armements pour les colonies.
Ces places privilégiées étaient au nombre de treize :
Calais, Dieppe, Le Havre, Rouen, Honfleur, St-Malo,
Morlaix, Brest, Nantes, La Rochelle, Bordeaux,
Bayonne et Cette. Puis on y ajouta successivement
Marseille en 1719, Dunkerque en 1721, Vannes en
1728, Libourne et Cherbourg en 1756, etc.

Il serait oiseux de nous étendre plus longtemps sur ce fait, car nous aurons malheureusement plus d'une fois l'occasion de montrer que le voisinage des deux grands ports du Havre et de Dieppe a toujours eu la plus funeste influence sur les destinées de Fécamp en nuisant à son développement, en retardant, contrariant, et quelquefois même empêchant des améliorations nécessaires ou des réparations urgentes.

Il est bien difficile, en voyant les ouvrages qui forment aujourd'hui notre port, de se faire une idée exacte de ce qu'il était quand le premier terre-neuvier en partit.

Le commerce et la pêche n'utilisaient, pour décharger leurs bateaux et les mettre en sûreté, que la partie qui forme aujourd'hui l'avant-port; l'autre partie, occupée de nos jours par le bassin Bérigny, le nouvel avant-port, le sas, le bassin projeté, etc., formait un immense marécage coupé de trous et de fossés profonds, semé d'îlots de vase et de galets que la mer recouvrait au moment du flot en y envoyant une masse d'eau que l'on peut évaluer à plus d'un million de mètres cubes.

Un îlot transversal sur lequel on a bâti depuis le Grand-Quai séparait ces marécages du port proprement dit, et, pour utiliser les eaux que la mer y envoyait à marée haute et les faire servir à marée basse au nettoyage du port et du chenal que les galets

venaient obstruer à chaque instant, on avait fait
établir une grossière écluse à chaque extrémité de
cet îlot; l'une d'elles est devenue la porte du bassin
Bérigny, l'autre s'ouvrait sur l'emplacement de la
passerelle actuelle et servait à la chasse des galets
de l'entrée du chenal.

L'eau fournie par l'écluse du Sud et qui servait
plus spécialement au nettoyage des boues du port et
aussi des galets qui y pénétraient pendant les tempêtes et les grosses mers, après s'être creusé un lit
au pied du Platon, tournait brusquement pour s'é-
chapper par le chenal dont elle rongeait peu à peu
le côté Nord.

Pour remédier à cet inconvénient qui changeait
insensiblement la direction de l'entrée du port en
rongeant la falaise d'amont contre laquelle les eaux
venaient se heurter à leur sortie, quelques ouvrages
en bois furent établis de ce côté, mais ils duraient
peu ; les réparations se faisaient attendre et les débris,
roulés par la mer, rendaient souvent dangereuse l'entrée du chenal.

A la suite de difficultés qui s'étaient élevées entre
les armateurs et les moines de l'Abbaye qui, comme
on l'a vu dans la première partie de cette histoire,
possédaient le port de Fécamp depuis 1185 et perce-
vaient les revenus sans vouloir y pratiquer les réparations, même les plus urgentes, que réclamait le

commerce, les moines se virent, en 1650, déposséder de cette partie de leurs revenus, et l'administration du port passa aux mains d'un vicomte chargé des soins de son entretien.

Quelques années plus tard, Vauban fit procéder à l'étude des travaux nécessaires à l'amélioration du port, et en 1694 le programme des travaux adopté par le grand ingénieur comprenait :

1º La construction d'une troisième écluse de chasse pour mettre à profit, pour le nettoyage de l'avant-port et la chasse des galets qui s'amassaient journellement à l'entrée du port, l'énorme masse d'eau emmagasinée par la retenue ;

2º La construction d'une estacade tout autour de l'avant-port et sur les deux faces du chenal ;

3º Le prolongement de la jetée du nord ;

4º La construction d'une jetée au sud de l'entrée où il n'existait jusque là aucun ouvrage.

S'ils eussent été exécutés, ces travaux auraient fait de Fécamp un des ports les meilleurs et les plus sûrs de la Manche ; mais faute d'argent et par la mauvaise volonté évidente de l'administration supérieure, la plupart d'entre eux restèrent à l'état de projet.

Bien qu'approuvés dès 1694, les travaux ne commencèrent qu'en 1710 par les murs qui relient la jetée du nord à l'écluse de chasse de Sous-le-Bois ; mais tout se faisait avec une lenteur désespérante. La

population exaspérée s'en prit aux entrepreneurs
dont elle détériora les matériaux et endommagea les
ouvrages commencés.

Vers 1720, les deux écluses de chasse qui existaient antérieurement au projet de Vauban étaient à
peu près réparées, mais le Grand-Quai qui les reliait
était dans un état de dégradation qui faisait mal à
voir, le flot en envahissait une partie à marée haute,
et quatre bâtiments pouvaient à peine y être amarrés.

Cette situation, très préjudiciable à notre commerce et à nos armements, se prolongea jusque vers
1750, époque où le Grand-Quai fut complètement
achevé.

II.—Les premiers Armements fécampois et le commandement des Terre-Neuviers.— Ecole d'Hydrographie

Revenons pour l'instant à nos bateaux armés pour la pêche de la morue au Grand-Banc, les *Banquiers* ou *Banquais*, comme on les appela. Dès la première année, c'est-à-dire en 1728, le même armateur, M. Pierre Maze, arma trois bâtiments pour cette destination : le *Saint-Pierre*, la *Marie-Angélique* et la *Marie-Marguerite* qui, partis de Fécamp en Février, ne revinrent qu'en Décembre. Les deux premiers jaugeaient chacun 90 tonneaux et étaient montés par 18 hommes d'équipage y compris les mousses dont le nombre fixé par les Règlements devait être dans la proportion de un pour dix hommes d'équipage ; le troisième était du port de 70 tonneaux, monté par 12 hommes. Nous nous dispenserons ici d'un plus long détail sur ces premiers bâtiments, nous réservant de consacrer un chapitre spécial à la description des divers types de bateaux qui ont été successivement employés à la pêche au Banc.

Disons seulement que le personnel des officiers se composait, comme celui, d'ailleurs, de tous les terre-neuviers à cette époque de :

1º *Un capitaine au long-cours*, reçu en cette qualité après examen passé dans quelque amirauté du royaume ;

2º Un *pilote hauturier*, qui avait passé les mêmes examens que le capitaine au long-cours, mais qui ne pouvait justifier au moment de l'examen que de trois années de navigation, au lieu des cinq années exigées pour le brevet de capitaine ;

3º Un *maître* d'équipage, choisi parmi les meilleurs matelots ;

4º Un *chirurgien*, reçu et approuvé comme il a déjà été dit.

L'obligation d'embarquer ainsi deux officiers reçus au long-cours sur chaque navire envoyé à la pêche de la morue créa de nouveaux besoins.

Dès l'an 1629, une Ordonnance de Louis XIII avait décidé qu'une école d'hydrographie serait établie dans les principales villes maritimes du royaume afin que le commandement des vaisseaux ne fût plus confié désormais qu'à des officiers instruits et experts en l'art de la navigation ; mais cette ordonnance resta lettre morte.

L'Ordonnance de la Marine du mois d'Août 1681 reprit la même proposition dans les termes suivants ;

« Voulons que dans toutes les villes maritimes les
« plus considérables de notre royaume, il y ait des
« professseurs d'hydrographie pour enseigner publi-
« quement la navigation. »

C'est en application de cette ordonnance qui ne
put, comme on le comprendra, recevoir immédiatement son entier effet que, en 1745, le duc de Penthièvre, amiral de France, envoya François de Boux à
Fécamp pour y créer une école d'hydrographie. Notre
ville était donc comprise à cette époque parmi les
« villes maritimes les plus considérables du royaume.»

Conformément à l'Ordonnance de 1681, les cours
du professeur d'hydrographie étaient gratuits et ses
appointements étaient payés sur les deniers de l'octroi
de mer ; l'école devait être ouverte au moins quatre
jours par semaine ; mais le professeur avait droit de
prendre trois mois de congé par an.

L'article 5 de l'Ordonnance du 15 Avril 1689, en-
joignait au professeur d'hydrographie d'enseigner à
ses *écoliers* « l'abrégé de la sphère, la nature et l'usage
des différentes cartes, la division des temps, le
nombre d'or, le cycle solaire, l'épacte, les courants
et marées, l'usage du compas et les principes de la
boussole. » L'article 6 concerne « les instruments qui
servent à observer les astres, et les moyens de faire
un bon estime, la dérive d'un navire, la variation de
la boussole, et la manière de l'observer et la corriger.»

L'article 7 parle « du calcul des routes par le quartier de réduction. »

L'article 8 de cette même Ordonnance portait que les pilotes entretenus dans le port étaient obligés d'assister au nombre de deux à toutes les leçons qui se donnaient, tant pour en profiter que pour aider le professeur dans son enseignement aux commençants, en instruisant ces derniers en arithmétique, termes de navigation, connaissance et usage des instruments nautiques, etc., de façon à ce que le professeur ne fût point arrêté dans son cours par des élèves trop faibles.

L'article V du titre VIII, livre II de l'Ordonnance de la Marine fait en outre l'obligation au professeur d'hydrographie d'examiner avec soin en présence des pilotes hauturiers, les *journaux* de navigation que ceux-ci devaient, à leur retour de voyage, déposer au greffe de l'amirauté de leur établissement, afin de voir s'ils n'ont point erré dans leurs routes et leur faire reconnaître les causes de ces erreurs pour s'en corriger dans les voyages suivants. Les journaux de navigation ainsi corrigés étaient ensuite remis aux pilotes pour leur servir de guide au besoin dans d'autres opérations semblables.

III. — La pêche au Banc pendant les guerres de Louis XV et l'état du port de Fécamp en 1756.

Louis XV se trouvait alors engagé depuis quelques années dans la guerre de succession d'Autriche, et la lutte maritime venait de commencer entre la France et les forces navales combinées de l'Angleterre et de la Hollande.

Dès le 14 Mars 1744, M. de Maurepas, le nouveau ministre de la Marine, avisa les intéressés qu'il allait y avoir une déclaration de guerre avec l'Angleterre, et le 20 Mai suivant, un arrêt du Conseil d'Etat déclarait nuls et non avenus tous engagements intervenus avant la déclaration de guerre entre armateurs, capitaines et matelots des bâtiments destinés à la pêche de la morue, tant au Banc qu'à la côte de Terre-Neuve, et qui ne pouvaient plus quitter les ports français à cause des risques qu'ils auraient courus. Mais deux navires étaient déjà partis de Fécamp au mois de Janvier pour prendre leur sel à l'*Isle de Rey* et de là, se rendre directement sur le Banc, où ils ne furent d'ailleurs nullement inquiétés

et purent rentrer sains et saufs au port d'armement
dans le courant du mois d'Octobre.

Fait à noter : parmi ces deux navires se trouvait le
premier bâtiment de 100 tonneaux envoyé par les
armateurs fécampois pour la pêche de la morue.
C'était le *Patriarche-Abraham*, appartenant à M. A.
Bérigny, et monté par vingt hommes d'équipage.
L'année suivante, en pleine guerre maritime, le
Patriarche-Abraham resta le seul des navires de
Fécamp qui osât affronter les dangers de la campagne
de pêche dans les parages où les Anglais faisaient
tous leurs efforts pour nous arracher les riches colonies qui nous y restaient ; il fut encore assez heureux
pour échapper aux croisières ennemies ; il ne retourna
cependant pas pendant les trois dernières années
que dura la guerre. Ce n'étaient pas seulement les
Anglais de la métropole que nous avions à combattre,
nos plus dangereux ennemis dans les parages de
Terre-Neuve et du Saint-Laurent étaient les colons de
la Nouvelle-Angleterre qui ne pouvaient supporter le
voisinage des Français et qui visaient directement nos
riches pêcheries de morue dont ils voulaient nous
arracher le monopole. Ce furent eux qui, avec une
une flotte de cent navires soutenue par trois vaisseaux
de ligne anglais et quelques frégates, allèrent au mois
de Mars 1745 attaquer l'île du Cap Breton et s'em-

parer de Louisbourg qui commandait l'entrée du golfe.

Dès le commencement des hostilités avec les Anglais, M. de Maurepas avait écrit à tous les officiers de l'amirauté, leur enjoignant de favoriser autant qu'il leur serait possible les navires armés en course contre les Anglais et les Hollandais, mais il ne paraît pas que nos armateurs aient alors tenté ce genre d'opération, malgré tous les avantages qu'il pouvait leur offrir pendant toute cette période de désarmement général et d'inaction forcée. Ce ne furent pourtant pas les facilités qui leur manquèrent, car, dès 1746, les navires armés en course, jaugeant moins de 50 tonneaux, purent être commandés par des officiers non reçus capitaines au long-cours. Cette abstention volontaire de prendre part à une curée certaine, nous semble bien extraordinaire quand nous la comparons aux habitudes de pillage d'épaves et d'attaque à main armée des navires en détresse, que les historiens de cette époque prêtaient volontiers aux marins de Fécamp et d'Yport. Mais nous ne trouvons aucun document nous permettant d'établir leur participation directe à la guerre acharnée que les corsaires des autres ports de Normandie, et de Dieppe en particulier, faisaient alors aux navires marchands anglais ainsi qu'aux bateaux de guerre isolés qu'ils rencontraient dans la Manche. Un grand nombre de prises furent ainsi rapportées dans le port de Fécamp qui, par sa situation, se prêtait admirablement à ce genre d'opérations. Que firent, pendant ce temps, les marins de notre quartier maritime ? C'est ce que nous ne pourrions dire.

La paix fut rétablie par le traité d'Aix-la-Chapelle, signé le 18 Octobre 1748, et en vertu duquel chacun des belligérants rendit ses conquêtes. Nos négociants recommencèrent aussitôt leurs armements et, dès le mois de Février suivant, le *Patriarche-Abraham* et deux autres bâtiments, du port chacun de 70 tonneaux, furent envoyés sur le Banc.

L'année 1751 voyait s'augmenter considérablement le tonnage de nos banquais avec l'*Assurance*, jaugeant 120 tonneaux, la *Providence* et le *Saint-Pierre* du port chacun de 150 tonneaux; mais le dernier ne revint pas. Bien que tout neuf, il fut abandonné sur le Banc où il coula bas en Juillet, à la suite d'une voie d'eau qui s'y était déclarée.

En même temps que le tonnage de nos banquais s'augmentait, le personnel de leurs officiers se modifiait en s'élargissant. Aux quatre officiers que nous avons cités pour 1728, le capitaine, le pilote, le maître et le chirurgien, viennent s'ajouter le *saleur* et l'*étesteur*; puis, dans les bateaux où la morue est préparée à la hollandaise et salée en tonnes, on trouve un *contre-maître tonnelier* comme officier non marinier;

13

quelques grands navires de cette époque avaient aussi un *contre-maître charpentier* avec le même titre que le précédent.

En 1752, notre flottille se composait de 7 bâtiments dont deux seulement sont inférieurs à 100 tonneaux, mais il semblerait qu'à partir de ce moment un vent de malheur ait soufflé sur nos pêcheurs; il ne se passe pas de campagne où l'un des nôtres ne soit pris par les Anglais sans pourtant qu'il y eût de déclaration de guerre entre la France et la Grande-Bretagne : c'est l'*Espérance* en 1753 et le *Saint-Jean-Amazone* en 1754; l'année suivante, les deux seuls navires fécampois qui se hasardent à sortir du port, *Le Frondeur* et le *Jacques-François* subissent le même sort.

C'est alors que survient la guerre de Sept-Ans, de 1756 à 1763, qui arrête complètement la pêche. Trois navires cependant tentent la fortune sans réussir mieux que leurs devanciers : c'est d'abord l'*Espérance* qui, en 1757, se met à la côte près de Granville pour éviter les Anglais, mais ne peut échapper à l'incendie de leurs brûlots; en 1759, *Les Deux-Amis* qui semblait être plus heureux et rentrait au port avec sa pêche après une saison pendant laquelle il avait su éviter nos implacables ennemis, il fait naufrage et se perd à l'entrée des jetées; enfin le *Saint-Léger* est pris par les Anglais le 21 Août 1760.

Ainsi, depuis six ans, aucun bâtiment parti de Fécamp pour aller faire la pêche de la morue sur le Grand-Banc, n'avait pu rentrer au port ; aussi, nos négociants cessèrent-ils complètement tout armement en attendant des temps meilleurs.

La paix fut rétablie par un traité signé à Paris en 1763.

L'année précédente, une réorganisation ou plutôt un remaniement avait été effectué dans le personnel des amirautés, et Fécamp fut encore une fois victime de son mauvais sort. Notre port fut placé dans le département de la Marine de Dieppe et perdit son *Commissaire des classes*, pour ne plus avoir, à la tête de son service maritime, qu'un *Ecrivain de la Marine*.

Voici, à ce sujet, un document que nous copions dans les Archives du Bureau de la Marine de notre ville :

Extrait des Etats des Officiers de plume avec les titres et appointements fixés par Sa Majesté, à compter du 9ᶜ Avril 1762.

SAVOIR :

DÉPARTEMENT DE DIEPPE

DIEPPE

Commissaire des Classes : Le Hervé, appoint^ts . 2.400 livres

Loyer et frais de bureau   800   »

DÉPENDANCES DE DIEPPE

Quartier de Fécamp

Un Ecrivain de la Marine : Le Richer, appoint.   1.000 livres

Loyer et frais de bureau   500   »

Saint-Valery-en-Caux

Un Syndic des Classes : Grenier, app. et frais de bur.   100 livres

Fait à Versailles, le 27 Mars 1762.

Signé : LOUIS.

Et plus bas : Duc de CHOISEUL.

Pour copie :

MISTRAL

Commissaire général de la Marine, Ordonnateur en Normandie au Havre.

Quelques années auparavant, en 1756, le chevalier de Bonneval avait été chargé d'étudier, pour le compte du roi, les ressources qu'on pouvait tirer du port de Fécamp, ainsi que les réparations les plus urgentes à y apporter pour le mettre en état de pouvoir rendre des services à la flotte nationale.

Nous empruntons à l'*Histoire de Fécamp*, de M. Alphonse Martin, les passages les plus saillants du rapport qu'il adresse à cet effet au roi :

« Ce port est, dans la Manche, avantageusement
situé pour relâcher en temps de paix et en temps de
guerre; il y a, au devant, cinq quarts de lieue de bon
mouillage où l'on peut se mettre assez près du rivage
pour y être sous la protection des batteries. Il y a
trois brasses et demie d'eau à 80 toises de la grève;
on peut y attendre l'entrée au port, l'atterrissage est
si net que, si on fait un chenal d'entrée au moyen
d'une deuxième jetée, on empêchera qu'il ne se forme
des bancs de sable à l'entrée de ce port, qui chan-
gent et disparaissent selon les vents, et on pourra y
entrer sans les secours des pilotes côtiers.

« Des bâtiments venant de l'ouest, chassés par
l'ennemi, ne peuvent se sauver au Havre à cause de
la marée basse, mais ils peuvent aller à Fécamp; de
même ceux de l'est et du nord, par vent du sud-ouest
forcés, ne pouvant sans danger doubler Antifer et la
Hève pour aller au Havre, ils prennent Fécamp; les
corsaires y ont conduit beaucoup de prises.

« On ne doit pas révoquer en doute qu'il serait
très avantageux pour le commerce et pour le roi de
mettre ce port dans un meilleur état.

« On peut tout y faire; mais la rade étant trop
découverte, on peut rendre l'entrée plus facile par la
construction d'une deuxième jetée, en établissant des
quais autour du port, pour tenir à flot 25 ou 30 bâtiments et pour les navires fins et les frégates du roi,

ne pouvant supporter l'échouage; en guerre, pour protéger le commerce et la pêche, ces bâtiments y entreront aisément en établissant le radier de l'entrée du bassin assez bas pour qu'il y monte 18 à 20 pieds d'eau dans les vives-eaux ordinaires. »

Ce rapport ne fit guère avancer les choses qui, pendant plus de treize ans encore, restèrent dans l'état où M. de Bonneval les avait trouvées en 1756.

IV.—Suppression du Chirurgien à bord
des Banquais

Le 10 Mars 1763, une dépêche du duc de Choiseul, alors ministre de la Marine, fait connaître aux intéressés que les hostilités ont enfin cessé entre la France et l'Angleterre, et que les armateurs pourront, en toute sécurité, envoyer leurs bateaux pêcher la morue tant au Banc qu'à la côte de Terre-Neuve.

Sur la foi de cette assurance, les armements recommencent à partir de 1764, mais très timidement d'abord et avec des bâtiments d'un plus faible tonnage que ceux dont on s'était servi avant la guerre.

Pendant les dix ou quinze années qui suivirent, la jauge moyenne de nos banquais ne dépassa pas 80 tonneaux.

Avec d'aussi petits navires, dans lesquels l'équipage dépassait rarement 18 hommes, on comprendra facilement qu'un corps d'officiers composé comme nous l'avons exposé plus haut, et comprenant deux officiers reçus au long-cours et un chirurgien, constituait une charge bien lourde pour l'armateur. Aussi, des réclamations se produisirent-elles de toutes parts.

Ce fut surtout contre l'obligation d'embarquer des chirurgiens que la campagne fut menée avec le plus d'énergie ; car, avec les faibles appointements qui leur étaient offerts, ces praticiens se faisaient plus rares d'année en année, au point que les armateurs avaient souvent beaucoup de peine à s'en procurer. Ces difficultés étaient d'ailleurs communes aux armateurs des navires marchands faisant le long-cours. Or, ceux-ci, faisant meilleur marché que nos pêcheurs des prescriptions de l'Ordonnance de la Marine du mois d'Août 1681, ainsi que du règlement du 5 Juin 1717 sur l'esprit duquel les commentateurs eux-mêmes n'étaient pas d'accord, interprétèrent en leur faveur l'obscurité du texte de ce dernier document pour se dispenser, dans la plupart des cas, d'embarquer le chirurgien demandé. En présence de cet abus qui tendait à se généraliser, les réclamations des armateurs de Fécamp et des autres ports d'armement pour Terre-Neuve et le Banc eurent d'abord un résultat diamétralement opposé à celui qu'ils en attendaient.

En effet, par une Déclaration en date du 15 Novembre 1767, confirmant et précisant l'Ordonnance de 1681, l'embarquement d'un chirurgien fut obligatoire pour tous navires allant au long-cours ou à la pêche de la morue tant que l'équipage ne dépassait pas 50 hommes ; un second chirurgien était nécessaire pour un équipage de 51 hommes et au-dessus.

Cela ne fit pas l'affaire de nos pêcheurs qui exposèrent alors au roi les difficultés et souvent même l'impossibilité dans laquelle ils se trouvaient de se procurer ce chirurgien sans lequel le congé leur était refusé par l'amirauté. Il leur fut répondu par la lettre suivante :

A Versailles, le 11 Février 1769.

« J'ay reçû, Monsieur, avec votre lettre du 28 du
« mois dernier, la liste qui y étoit jointe des bâtiments
« du quartier de Fécamp qui doivent armer pour aller
« faire la pesche de la morüe verte sur le Banc de
« Terre-Neuve ; sur ce que vous m'avez marqué que
« les armateurs de ces navires ne peuvent trouver des
« chirurgiens pour embarquer, j'en ay rendu compte
« au Roy, et Sa Majesté a bien voulu qu'il ne fût
« point fait de difficulté de délivrer des expéditions
« pour ces bâtiments, quoy qu'il n'y soit point
« embarqué de chirurgiens ; Sa Majesté consent qu'il
« en soit usé de même pour les autres navires que
« les négociants seroient actuellement dans l'intention
« d'armer pour la même destination ; vous pouvez
« agir en conséquence, et j'écris aux officiers de
« l'amirauté de Fécamp au sujet des deux navires
« que le Sʳ Bérigny fait actuellement armer, pour
« que de leur côté, ils se conforment aux intentions
« de Sa Majesté, et je donne de semblables ordres

« aux officiers de l'amirauté de St-Valery-en-Caux
« pour ce qui concerne le navire que le Sr Gautier
« doit armer pour la même destination ; il m'a paru
« qu'il pouvoit y avoir moins d'inconvéniens à se
« relâcher pour ces navires de ce qui est porté par la
« déclaration de Sa Majesté du mois de Novembre
« 1767, concernant l'embarquement des chirurgiens ;
« Sa Majesté veut bien aussy que les navires en
« armement pour aller à Terre-Neuve faire la pesche
« de la morüe sèche puissent n'embarquer qu'un
« chirurgien quand l'équipage excéderoit le nombre
« de cinquante hommes. Je sens bien que quelque
« avantage qu'il y eût de tenir strictement la main à
« l'exécution de la loy, il seroit peut-être convenable
« d'y apporter quelque modification pour les bâtiments
« destinés pour des climats tels que ceux où l'on va
« faire la pesche de la morüe, qui, étant plus sains,
« exposent moins les équipages à des maladies, et je
« suis très disposé à procurer au commerce tout ce
« qui peut tendre à le protéger et à l'encourager ; on
« ne doit cependant pas perdre de vüe que dans le
« cours de la traversée pour aller faire la pesche de
« la morüe verte, et, pendant le temps de la pesche,
« indépendamment des maladies ordinaires aux-
« quelles les équipages peuvent être sujets, comme
« ils le seroient à terre, il peut arriver des accidens
« qui exigent des secours prompts, et, que par rap-

« port aux équipages des bâtiments qui vont faire la
« pesche de la morüe sèche, ces accidens peuvent
« encore se multiplier lorsque ces gens rendus à leurs
« destinations sont occupés à faire du bois et à tra-
« vailler aux échaffauts pour les sècheries, et que,
« par ces raisons, un chirurgien sur chaque navire
« de cette dernière espèce ne seroit peut-être pas
« suffisant. Ces équipages étant fort nombreux ; étant
« donc intéressant de ne pas exposer les gens de mer
« à manquer des secours nécessaires, il seroit à
« désirer que sur la quantité des bâtiments qui
« s'arment à Fécamp pour la pesche de la morüe
« verte, on embarquàt, du moins, sur quelques-uns
« un chirurgien, afin que tous ces bâtiments étant
« rendus au lieu de la pesche, ces chirurgiens
« pùssent, dans les occasions où leur ministère de-
« viendroit nécessaire, secourir ceux des gens de
« mer de ces équipages qui seroient dans le cas d'en
« avoir besoin. Je vous prie d'examiner si cet arran-
« gement seroit praticable, et les moyens de l'effectuer
« de la manière la plus convenable, aux armateurs
« qui seroient dans le cas de contribuer tous en
« commun à la modique dépense qu'occasionneroient
« les embarquemens de ces chirurgiens ; vous exami-
« nerez aussi si un seul chirurgien doit-être suffisant
« sur les navires qui vont à Terre-Neuve faire la
« pesche de la morüe sèche, quoy que les équipages

« excèdent cinquante hommes. Ces armateurs ont
« allégué que l'obligation d'embarquer des chirur-
« giens est une charge qu'on impose au commerce
« par la déclaration de 1767 ; de tout tems, il a dû
« en être embarqué sur ces navires de la manière
« expliquée par cette déclaration, et ce n'a été que
« par une suite d'abus qu'on s'en est dispensé ; cet
« arrangement, loin de pouvoir être regardé comme
« une charge, doit, au contraire, être considéré
« comme un avantage pour le commerce même ;
« puisqu'indépendamment de la conservation des
« hommes en général qu'il a pour objet, un armateur
« est personnellement intéressé à la conservation des
« gens de mer embarqués sur ces navires, et princi-
« palement lorsqu'il n'y en a qu'un petit nombre,
« parce que comme le travail est pour lors plus forcé,
« pour peu qu'il s'y en trouve quelques-uns qui, par
« maladie, soyent hors d'état de remplir leur service
« sur le navire, l'armateur court risque de voir man-
« quer les opérations de son commerce.

« Toutes ces considérations ne pouvant être trop
« examinées, vous me marquerez ce que vous en
« pensez après avoir bien pesé tous ces objets.

« Je suis, Monsieur, entièrement à vous.

« Signé : Le duc de PRASLIN. »

A Monsieur Thirat, à Fécamp.

L'autorisation accordée par cette décision du ministre de la Marine était exceptionnelle et applicable à la seule saison de pêche de 1769.

Une solution définitive de la question ne tarda pas à suivre, autorisant les armateurs pour la pêche de la morue sur les Bancs de Terre-Neuve à ne plus embarquer de chirurgien, à l'avenir, dans les bâtiments dont les équipages n'atteignent pas vingt hommes. Voici en quels termes cette décision fut portée à la connaissance de nos armateurs par l'intermédiaire de M. Thirat, chef du service de la marine à Fécamp :

A Marly, le 20 Juin 1769.

« J'ay rendu compte au Roy, Monsieur, des repré-
« sentations faites par les négocians qui arment pour
« les pesches de la morüe, à l'effet d'obtenir une mo-
« dification à la déclaration du 15 Novembre 1767,
« concernant l'embarquement des chirurgiens, et des
« motifs qui, d'après les différentes observations que
« j'ay reçües en réponse aux éclaircissemens que
« j'avois demandés à ce sujet dans les ports où se
« font ces armemens, m'ont paru pouvoir déterminer
« à favoriser, à cet égard, cette branche de commerce.
« Sa Majesté a bien voulu que, pour cette destination
« seulement, on pût s'écarter des dispositions de
« cette loy et qu'il continue d'en être usé par la suite

« dans chaque endroit comme il se pratiquoit avant
« ladite déclaration. Vous pouvez, en conséquence,
« n'exiger à l'avenir l'embarquement d'un chirurgien
« sur les navires destinés pour la pesche de la morüe
« verte que dans le cas où leurs équipages seroient
« de vingt hommes et au-dessus, à l'égard de ceux
« qui vont faire la pêche de la morüe sèche, quoy que,
« pour le présent, il ne se fasse point d'armement de
« cette espèce dans votre département, comme il
« peut arriver que par la suite il en soit fait quel-
« ques-uns, je vous préviens qu'il ne doit non plus
« être fait aucune difficulté aux armateurs pour les
« obliger à embarquer deux chirurgiens, Sa Majesté
« voulant bien aussy qu'ils puissent être expédiés
« avec un seul chirurgien, quoy que l'équipage soit
« de cinquante hommes et au-dessus. Vous voudrez
« bien, en ce qui vous concerne, agir dans cet esprit.

« Je suis, Monsieur, entièrement à vous.

« Signé : Le Duc de PRASLIN »

M. Thirat, à Fécamp.

Pour les navires armés au commerce, et dans
cette catégorie étaient rangés les terre-neuviers qui,
en fin de campagne, transportaient la morue sèche de
Saint-Pierre ou de Terre-Neuve directement aux

colonies, la question de l'embarquement du chirurgien ne fut réglée que plus tard par une dispense
accordée seulement aux bâtiments ayant un maximum
d'équipage de quinze hommes y compris les mousses.
La raison qui en fut donnée était que ces bâtiments
visitaient des pays à température excessive où les
maladies étaient beaucoup plus à craindre que sur le
Banc de Terre-Neuve.

C'est en cette même année 1769 que l'administration se décida enfin à entreprendre les travaux
destinés à fixer le chenal d'entrée de notre port au
sud où la mer d'une part et de l'autre le courant de
chasse de l'écluse du sud, après s'être brisé sur le mur
en pierre qui protégeait le côté nord, rongeaient la
roche friable de marne argileuse qui le forme, et
ouvraient ainsi un passage de plus en plus grand au
poulier de galets qui venait à chaque instant obstruer
l'entrée du port.

Une jetée en bois, qui faisait déjà partie des plans
de Vauban de 1694, y fut établie pour la première
fois en 1769-1770 ; mais les travaux exécutés présen-
taient si peu de solidité que, dès le mois de Novembre 1791, c'est-à-dire moins de vingt ans après leur
complet achèvement, le milieu de cette jetée était
emporté par la mer sur une longueur d'environ 35
mètres, ouvrant ainsi aux galets une ouverture plus

dangereuse que la première, car le poulier venait se former au beau milieu du chenal.

Pour combattre ce nouvel envahissement, des réparations furent entreprises aussitôt, à la bonne saison de 1792; mais les circonstances particulières dans lesquelles se trouvait le nouveau gouvernement ne permirent pas de les achever. Elles furent suspendues à la fin de 1793.

V.— Les Corsaires à Fécamp

La campagne menée par nos armateurs pour
arriver à être dispensés d'embarquer un chirurgien
à bord de leurs banquais et qui se termina comme
on l'a vu à leur entière satisfaction, fut pour ainsi
dire le seul incident notable qui soit à signaler dans
l'histoire de la pêche au Banc, pendant la période de
paix dont jouit la France de 1763 à 1778. Mais, quand
arriva la guerre de l'Indépendance américaine, à
laquelle notre pays prit une large part, autant pour
faire échec à l'Angleterre, son ennemie séculaire, que
pour manifester sa sympathie pour les idées de liberté qui devaient faire explosion chez nous quelques
années plus tard, les dangers recommencèrent pour
nos terre-neuviers.

L'*Anonime*, le seul navire de 100 tonneaux qui
fut alors affecté à la pêche de la morue au Banc, fut
capturé par nos ennemis et emmené en Angleterre
avec son capitaine et tout son équipage en 1778. Cette
prise remit en mémoire le souvenir des pertes subies
au début de la dernière guerre de Sept-Ans, et un
nouveau désarmement général s'en suivit. Aucun

14

autre navire ne fut expédié pour la pêche au printemps de 1780.

C'était un nouveau désastre à ajouter aux désastres antérieurs, car la gène et bientôt la misère ne
tardèrent pas à se faire sentir parmi les nombreuses
familles des marins qui ne comptaient, pour sub-
sister, que sur les ressources que leur procurait la
pêche de la morue et qui, à cause de la guerre, ne
pouvaient espérer un autre embarquement.

Dès l'ouverture des hostilités, le gouvernement
de Louis XVI, manquant à la fois de marins expérimentés pour monter ses bâtiments et de l'argent
nécessaire pour les approvisionner en vue d'une campagne dont la durée pouvait se prolonger, fit appel
à tous les propriétaires de bateaux marchands et pêcheurs désarmés dans les ports du royaume, à tous
les capitaines inoccupés et à leurs équipages licenciés,
pour s'armer en guerre et se lancer à la poursuite
des navires marchands anglais ou chargés de marchandises à destination de l'Angleterre, et suppléer
ainsi à l'insuffisance manifeste de la marine royale.

Les corsaires, qu'il ne faut pas confondre avec
les pirates, forbans et autres écumeurs de mer qui,
de tout temps chez nous, ont été mis hors la loi,
étaient soumis à des règlements particuliers destinés
à prévenir les abus qui pouvaient résulter de leur

destination elle-même et à protéger contre eux les
bâtiments nationaux, ainsi que les alliés ou amis.

Nul ne pouvait armer à la course s'il n'était
muni préalablement d'une commission spéciale de
M. l'Amiral, lequel, d'ailleurs, ne la refusait jamais.
Faute de cette *commission*, le navire eût été réputé
pirate et traité comme tel ; s'il avait échappé à ce
traitement, le moindre mal qui pouvait lui arriver
aurait été sa confiscation et celles de ses prises au
profit du roi et de l'amiral. C'est ainsi qu'on vit des
bâtiments marchands de bonne foi qui, à la suite
d'une attaque dont ils avaient été l'objet, étant parvenus non-seulement à se défendre par leur propres
moyens, mais encore à se rendre maîtres de leur
assaillant, furent ensuite condamnés par les tribunaux à la confiscation de leur prise, sous prétexte
qu'ils n'avaient pas de *commission en guerre*.

En outre de cette première formalité, l'armateur
qui voulait faire la course était tenu de verser une
caution de quinze mille livres pour répondre des
déprédations et dommages pouvant être causés par
l'équipage du corsaire envers des nationaux, alliés ou
neutres.

Les corsaires devaient aussi combattre sous le
pavillon de M. l'Amiral qui était le pavillon de France,
et ils devaient hisser ce pavillon avant de tirer le
coup de semonce. Cependant, il leur était permis

d'arborer un pavillon étranger, voire même celui de l'ennemi lorsqu'ils le croyaient nécessaire, soit pour échapper aux bâtiments de guerre qui auraient pu leur donner la chasse, soit pour approcher de plus près et reconnaître un navire qu'ils voulaient attaquer.

Une autre obligation imposée aux armements en course prescrivait que les deux tiers au moins des équipages fussent composés de matelots français et commandés par des officiers français.

Lorsque toutes ces formalités étaient remplies, tout bâtiment pris sur l'ennemi ainsi que tout navire trouvé en mer porteur de marchandises à destination de l'Angleterre était réputé de bonne prise et adjugé comme tel au corsaire qui le ramenait dans un port français où la vente devait en être faite aux enchères publiques. Une retenue de six deniers par livre, soit deux et demi pour cent, était d'abord prélevée sur le produit de la vente au profit des invalides de la marine et le reste était réparti entre l'armateur et les gens du corsaire dans la proportion de deux tiers pour le premier et d'un tiers pour l'équipage.

Pour stimuler encore l'ardeur des corsaires, et les pousser à attaquer même les navires de guerre, le roi promit une gratification de 100 livres pour chaque canon enlevé à l'ennemi, de 4 livres de balles jusqu'à 12 livres; cette gratification était portée à 150 livres pour les canons au-dessus de 12 livres, et

une somme de 30 livres devait, en outre, être payée
pour chaque prisonnier. Quand il y avait eu combat
pour s'emparer du navire ennemi, la même somme
de 30 livres était comptée pour chaque homme d'é-
quipage se trouvant à bord de l'ennemi au commencement de l'action.

Tous ces avantages, considérables pour l'époque,
la haine que l'on portait aux Anglais, ainsi que le
désir de se venger de leurs procédés déloyaux, étaient
bien faits pour stimuler nos marins.

Fécamp, cette fois, eut ses corsaires. Réduits à
l'inaction, nos armateurs s'étaient décidés à armer
quelques-uns de leurs bateaux pour la course, suivant en cela l'exemple donné dans les précédentes
guerres par les autres ports du littoral, et notamment
par Dieppe, Saint-Malo et Dunkerque. Il nous semble,
à la vérité, que ces armements n'ont jamais dû avoir
chez nous une bien grande importance, car leur histoire est restée bien effacée à côté des glorieuses
prouesses de leurs émules des autres ports ; et là
encore nous nous heurtons devant la difficulté de
nous procurer des documents précis sur cette période
intéressante de notre vie maritime. Les archives de
l'ancienne amirauté ne parlent, en effet, que des prises
qui ont été amenées dans le port de Fécamp, et elles
restent muettes sur les circonstances dans lesquelles
ces prises ont été faites. Les rapports de mer qui

devaient accompagner chacune d'elles ont disparu
pour la plupart, et ceux qui nous sont restés sont
trop sobres de détails. La correspondance même qui
fut échangée à ce sujet entre le ministère de la Marine et l'amirauté de Fécamp laisse beaucoup de
points dans l'ombre; nous y voyons cependant que
le gouvernement du roi trouvant insuffisants les encouragements dont nous avons déjà parlé, offrit
encore des canons et même des bâtiments aux capitaines et négociants que des difficultés pécuniaires
seules empêchaient d'armer en course.

Le 11 Juillet 1778, une dépêche de M. de Sartine
à M. Thirat, commissaire des classes à Fécamp, lui
faisait connaître que Sa Majesté ordonnait à tous les
vaisseaux et autres bâtiments armés en course dans
le port, de faire la chasse à ceux du Roy d'Angleterre
ainsi qu'aux navires appartenant à ses sujets, de s'en
emparer et de les conduire dans les ports du royaume.

Les corsaires n'avaient pas attendu cet ordre pour
se mettre en chasse, car, dès le commencement du
mois précédent, nous trouvons à Fécamp des matelots
anglais retenus comme prisonniers de guerre et qui
n'avaient pu y être amenés que par les navires armés
en course. Quelques-uns de ces Anglais se distin-
guèrent même par leur courage et leur dévouement
à l'occasion d'un naufrage qui eût lieu sur nos côtes.
Nous trouvons, en effet, la lettre suivante dans les
archives de l'amirauté :

Versailles, le 13 Juin 1778.

« J'ai été informé, Monsieur, par M. de la Pelouze,
« major du régiment de Champagne, du courage avec
« lequel la capitaine Cooper, anglais, commandant
« l'un des navires détenus dans le port de Fécamp,
« s'est porté dans le courant du mois dernier à aller
« secourir quatre grenadiers de ce régiment qui,
« étant allés se promener sur la mer, seraient péris
« sans ce capitaine qui s'est exposé lui-même à perdre
« la vie pour les sauver.

« J'en ai rendu compte au Roy, et Sa Majesté,
« voulant récompenser une aussi belle action, m'a
« chargé de donner les ordres nécessaires pour que
« ce capitaine eût la liberté de sortir du port avec son
« navire, dont elle lui accorde la remise et lui laisse
« la disposition. J'écris, en conséquence, aux officiers
« de l'amirauté de Fécamp, afin qu'ils se conforment
« aux intentions de Sa Majesté, mais je suis étonné
« que vous ne m'ayez pas rendu compte d'un fait
« aussi digne d'éloges.

« Je suis, Monsieur, votre très humble et très
« obéissant serviteur.

« Signé : de SARTINE. »

A Monsieur Thirat, commissaire des classes,
   à Fécamp.

A l'origine, les équipages des bâtiments capturés par les corsaires devaient être remis, aussitôt l'entrée de la prise dans un port français, aux officiers de l'amirauté qui les faisaient interner dans la prison du roi ou celle du seigneur, mais peu à peu on se relâcha de cette sévérité, et les officiers des navires de guerre, ainsi que les capitaines des bâtiments marchands purent être laissés libres sur parole. Ils choisissaient eux-mêmes leur lieu de résidence où ils vivaient comme bon leur semblait, à la condition, toutefois, de se présenter devant les officiers du roi, chaque fois qu'ils en étaient requis.

. Avant de leur accorder cette liberté, le chef du service de la marine du port où ils avaient été amenés leur faisait signer l'engagement suivant, dont le modèle avait été envoyé le 26 Octobre 1778 à M. Thirat :

« Je soussigné   ci-devant
« sur le   anglais pris par
« actuellement prisonnier de guerre en ce port,
« donne ma parole d'honneur à M. le Commissaire
« des classes, chargé dans ledit port de la police des
« prisonniers de guerre de ne point sortir de la ville
« de   dans laquelle il m'a été permis
« d'aller résider, d'observer dans ma conduite la
« décence convenable, ainsi que les égards dus aux

« lois du Royaume, et de n'entretenir, pendant ma
« détention comme prisonnier de guerre, aucune
« correspondance directement ou indirectement avec
« l'Angleterre, qu'au moyen de lettres qui seront
« remises ouvertes à M. le Maire de la ville de ma
« résidence pour qu'elles puissent être lues et ap-
« prouvées.

« Laquelle parole d'honneur je m'oblige à tenir
« inviolablement.

« Fait à Fécamp, le

(Signature)

Ils devaient, en outre, pour garantir aux intéressés le paiement de la rançon qu'ils représentaient
fournir entre les mains du commissaire des classes
une caution prise parmi les notables commerçants de
la localité.

Voici, à titre de curiosité, l'un de ces cautionne-
ments :

« Je soussigné Louis-Charles Lemesle, négociant,
« cautionne la personne du sieur Jean Thompson
« de Withy, capitaine du bâtiment anglais « le Com-
« merce de Withy» actuellement prisonnier de guerre
« en cette ville et qui doit se rendre à celle de Bolbec
« jusqu'à ce que son échange ait lieu, et m'oblige
« de le représenter toutes fois et quantes il le faudra
« au commissaire des classes de la Marine de ce port

« et à deffaut de payer la somme de deux milles
« quatre cent livres.

« A Fécamp, le 12 Septembre 1778.

« Signé : L.-C. LEMESLE. »

Afin qu'ils pussent se procurer la nourriture et
le logement ainsi que les autres choses nécessaires à
la vie, tous les officiers anglais, prisonniers sur parole,
recevaient, sur les fonds du trésor royal, une solde
journalière variant suivant leur grade, et dont le
montant était fixé comme suit :

Capitaine de vaisseau de guerre	3 livres
— de frégate	2 —
Chirurgien major	2 —
Lieutenant de vaisseau	30 sols
Enseigne de vaisseau	30 —
Capitaine de corsaire	18 —
Capitaine de navire marchand	18 —
Ministre des cultes	18 —
Chirurgien	18 —
Officiers mariniers	15 —
Seconds capitaines marchands	15 —
Ecrivains	15 —

Les autres gens de l'équipage recevaient simplement la ration.

La guerre avait, comme on le sait, été déclarée
officiellement le 24 Mai 1778, et l'Angleterre, pour
prévenir autant que possible nos armements en course
qui lui faisaient plus de torts que toutes les flottes

royales combinées, avait cherché à empêcher les corsaires de sortir de leurs ports d'armement ou d'y
ramener leurs prises en établissant de nombreuses
croisières dans la Manche. Fécamp eut aussi la sienne,
et nous en trouvons la preuve dans la lettre suivante
adressée par le secrétaire d'Etat de la Marine à
M. Thirat.

Versailles, le 28 Août 1778.

« J'ai reçu, Monsieur, votre lettre du 16 de ce
« mois, par laquelle vous m'informez qu'il paraît
« depuis quelques jours un brigantin anglais de 12 à
« 16 canons, dont la croisière, établie à deux lieues
« au large de Fécamp, cause d'autant plus d'inquié-
« tude aux négociants qui ont des bâtiments dehors,
« que ce port est absolument sans défense.

« Il ne m'est pas possible, dans ce moment, d'af-
« fecter une frégate ou une corvette pour croiser
« particulièrement dans ces parages, mais M. le
« comte de Montbarey, instruit de la situation où se
« trouve le port de Fécamp, s'occupe des moyens de
« protéger les bâtiments qui pourraient craindre
« d'être enlevés par les corsaires en dedans des jetées.

« Je suis, Monsieur, votre très humble et affec-
« tionné serviteur.

« Signé : De SARTINE. »

A Monsieur Thirat, commissaire des classes,
      à Fécamp.

La situation, comme on le voit, n'était pas des plus rassurantes pour nos armateurs, puisque le ministre lui-même prévoyait l'éventualité d'une attaque des Anglais et d'une incursion de leurs pirates jusque dans l'intérieur du port, sans qu'il soit possible d'y opposer aucun navire de guerre de la marine royale.

La défense des côtes, à laquelle s'était voué Vauban au temps de Colbert, paraissait alors absolument compromise. Il fut ordonné une inspection générale des ouvrages fortifiés qui y avaient été établis un siècle auparavant, et les résultats furent déplorables pour la partie du littoral la plus directement exposée aux attaques de l'ennemi, depuis Dieppe jusqu'au Havre.

On y remédia aussitôt, et dès le mois de juin 1779, on trouvait sur cette partie de nos côtes dont Fécamp occupe le centre seize batteries en bon état, qui se répartissaient de la manière suivante :

Dieppe	2	batteries
Pourville	1	—
Saenne	1	—
Saint-Aubin	1	—
Montfalaisette	1	—
Saint-Valery-en-Caux	1	—
Fécamp	2	—
Yport	1	—
Etretat	1	—
La Hève	1	—
Le Havre	4	—

Les deux batteries dont il est ici question pour Fécamp sont celles du cap Fagnet et des Batifoux dont nous parlerons plus longuement dans le chapitre suivant; les ouvrages qui les composaient étaient aussi solidement établis qu'admirablement placés pour couvrir la rade; mais ils étaient si mal armés et si mal défendus que les corsaires n'avaient qu'une très médiocre confiance dans leur efficacité.

Cela n'empêcha pas que Fécamp eut aussi son heure d'importance et de gloire.

Le 7 Septembre 1778, le corsaire *Le Rusé* rentrait au port ayant à sa remorque le sloop anglais le *Soleil-Levant* dont il s'était emparé; les matelots prisonniers sont d'abord internés dans la prison de Fécamp, puis transférés ensuite à Dinan.

Le 30 du même mois, le corsaire *Le Furet* amène le sloop *La Betzy*.

Le 30 Novembre suivant, le capitaine Fiquet, commandant le corsaire *La Racrocheuse*, soutient, devant Fécamp, deux combats successifs contre les croiseurs anglais qui ne parviennent pas à s'en rendre maîtres, malgré l'énorme supériorité de leurs armements, et il rentre sain et sauf au port. Le ministre de la Marine, informé de ces beaux faits d'arme, envoie à Fiquet une lettre de félicitations pour le sang-froid et la bravoure dont il avait fait preuve en la circonstance. M. Thirat reçoit en même temps

l'ordre de porter le capitaine du corsaire sur la liste
de ceux qui devront participer aux encouragements
prévus par l'Ordonnance royale du 24 Juin 1778.

Les vaisseaux de guerre eux-mêmes amenaient à
l'occasion leurs prises dans notre port qui jouissait
alors d'une activité toute particulière et présentait
l'aspect d'une petite place de guerre avec la garnison
que le roy y avait envoyée pour repousser au besoin
une attaque des Anglais.

Sur ces entrefaites, M. de Sartine écrivait au
commissaire des classes pour l'autoriser à faire connaître aux intéressés que, les vaisseaux de Sa Majesté
ayant fait prise de plusieurs navires de marche qu'elle
ne saurait utiliser pour l'instant, elle mettait à la
disposition des négociants ceux qui se trouvaient
dans le port de Fécamp pour leur faciliter les armements à la course. Le gouvernement était, en effet,
si satisfait des services que lui rendaient les corsaires,
et il désirait tant voir se développer ce genre d'armements qu'il les encourageait et les favorisait par tous
les moyens en son pouvoir. C'est ainsi qu'il décida
que, non content de fournir les navires, il donnerait
encore l'artillerie nécessaire pour les armer, ainsi
que cela se faisait déjà d'ailleurs pour les navires
particuliers ayant la même destination.

Il ne restait donc plus à l'armateur qu'à former
l'équipage et fournir l'approvisionnement en vivres

et munitions de guerre ; et, comme le bâtiment ne lui appartenait pas, il ne courait que le risque de perdre ses avances. Il est vrai de dire que ces avances devenaient plus importantes d'année en année. Les matelots, les soldats et les volontaires abusaient souvent du besoin que les armateurs avaient d'eux pour compléter leurs équipages pour se faire payer plus cher. Un grand nombre d'entre eux exigeait même, avant la signature du contrat et en dehors des *avances* ordinaires, un *pot-de-vin* non imputable sur leur part de prise. Quant aux avances, l'usage généralement établi était de les fixer aux deux tiers du montant des gages convenus pour la durée de l'engagement, lequel était habituellement de trois mois. L'autre tiers était payable au retour, mais il n'était point dû si le navire était perdu ou pris.

Nons ne nous étendrons pas davantage sur ce genre d'armement qui dura autant que la guerre qui l'avait fait naître. Disons cependant que, selon toute apparence et malgré les encouragements prodigues par le roi qui alla jusqu'à céder ses propres bateaux à des particuliers pour qu'ils fussent envoyés en course, le zèle de nos négociants semble s'être bien refroidi vers la fin de la guerre.

Ajoutons que l'Angleterre avait ses corsaires comme la France avait les siens. La guerre de course était alors élevée à l'état d'institution, et une entente internationale réservait aux équipages des bâtiments de commerce armés en guerre, en vertu d'une commission authentique, le sort des autres prisonniers de guerre quand ils avaient le malheur d'être pris par leurs ennemis. Ils pouvaient donc être considérés, par rapport à l'armée navale, comme les francs-tireurs par rapport à l'armée régulière de terre, avec cette différence, toutefois, qu'ils rendirent des services autrement importants, et décidèrent plus d'une fois du sort des campagnes.

Pendant plusieurs siècles, ces corsaires sillonnèrent les mers pour se lancer à la poursuite des convois anglais chaque fois que la guerre se rallumait entre les deux pays, et l'on a peine à croire que Napoléon III, par un traité authentique, se soit engagé, au nom de la France, à ne plus les autoriser ni même les reconnaître dans les guerres futures.

VI. — Les Smogleurs

On a quelque peine à se bien pénétrer du rôle véritable que jouèrent ces industriels, sorte de contre_bandiers officiels autorisés et patentés par le Gouvernement du roi pour transporter en fraude en Angleterre certaines marchandises désignées à l'avance, qu'ils venaient charger dans quelques ports français de la Manche. L'histoire des dernières années de l'ancien régime révèle vraiment d'étranges coutumes.

Tandis que les corsaires étaient tenus d'avoir un équipage français, ou composé d'au moins les deux tiers de marins français, les *Smogleurs* (1) étaient anglais et naviguaient sous pavillon anglais avec un congé de l'amirauté anglaise ; mais ils étaient munis d'un sauf-conduit qui leur était délivré sous certaines conditions par le roi de France ou l'amiral.

Par Ordonnance royale du 13· Février 1779, les bateaux smogleurs furent autorisés à venir armés dans le port de Fécamp pour y charger des marchandises françaises ; mais ces fraudeurs, dit l'autorisation,

---

(1) Ce nom, qu'on avait francisé pour l'occasion, vient de l'anglais **smuggler** (contrebandier).

ne pouvaient avoir que les armes nécessaires pour
se défendre contre les bateaux de la douane anglaise
qu'ils devaient éviter pour n'avoir pas à acquitter les
droits prohibitifs dont nos produits étaient alors
frappés à leur entrée dans les ports du Royaume-Uni
de Grande-Bretagne et d'Irlande.

Cette ouverture de notre port aux smogleurs au-
rait-elle été ordonnée pour compenser, en sa faveur,
le détriment qui lui avait été causé, en 1717, par
son exclusion de la liste des ports ouverts au commerce direct avec les colonies d'Amérique ; ou bien,
ne serait-ce point seulement parce que Fécamp, à
cause de l'abandon dans lequel il avait été laissé jusque
là, était presque délaissé par la marine royale, et ne
pouvait, par suite, donner aux étrangers aucun renseignement précis sur le mouvement de notre armée
navale pendant ses opérations contre les ennemis ?
Nous inclinerions plutôt accepter cette dernière hypothèse, car nous voyons partout les smogleurs écartés
avec soin des grands ports où les escadres du roi
avaient l'habitude de relâcher, soit pour éviter les
mauvais temps, soit pour venir s'approvisionner entre
deux croisières.

D'un autre côté, nous voyons que l'immense
majorité des smogleurs était composée d'Irlandais,
ces antagonistes-nés des institutions anglaises que
Jacques II nous avait habitués à voir se réclamer de

l'alliance française, et qui employaient toutes leurs facultés à faire échec à leurs douanes. De tout temps, depuis les guerres de Louis XIV, les corvettes et les frégates du roi, ainsi que les corsaires français avaient protégé tacitement les bâtiments des malheureux Irlandais.

Pour en revenir à ces smogleurs dont la tolérance dans nos ports semblait avoir le double but de frustrer d'une part le gouvernement anglais, déjà passablement endetté par ses dernières guerres avec la France, des produits qu'il espérait pouvoir retirer de ses douanes, et de favoriser, d'autre part, le débouché de nos marchandises et principalement des vins et eaux-de-vie dont l'Angleterre faisait une très grande consommation et que la guerre avait accumulés dans nos magasins au grand détriment des producteurs, nous croyons devoir reproduire la lettre suivante pour donner à la question tout l'éclaircissement qu'elle comporte.

Elle émane de M. de Sartine et est adressée au commissaire des classes à Fécamp :

« Marly, 19 Octobre 1778.

· « J'ai pris les ordres du roy, Monsieur, sur le
« commerce que font les fraudeurs anglais nommés
« *Smogleurs*, dans les différents ports du Royame.

« Sa Majesté a reconnu que les détails de ce com-
« merce composaient un objet fort intéressant pour
« ses sujets, et que s'il y avait quelques dangers à le
« tolérer, on perdrait des avantages certains en le
« supprimant ; elle a pensé que les ports auxquels il
« pouvait être restreint, n'étant pas regardés comme
« les premiers dépôts des forces de l'Etat, n'offraient
« pas des détails très intéressants pour la curiosité
« de ses ennemis, qu'outre les raisons du commerce
« qui la décident à admettre les smogleurs dans
« quelques-uns de ses ports, la permission qu'ils
« auraient de continuer ce commerce empêcherait
« les matelots, qui y seraient employés, de servir sur
« les vaisseaux du Roy d'Angleterre, ou dans des
« armements particuliers.

« Mais, malgré toutes ces considérations, Sa Ma-
« jesté a cru devoir prendre des précautions contre
« les abus que l'admission des smogleurs pouvait
« entraîner, et vous aurez le soin de soumettre tous
« les capitaines des bâtiments anglais qui continue-
« ront ce commerce aux conditions suivantes :

« 1º Les fraudeurs qui désireront fréquenter votre
« port donneront les noms de leurs bâtiments et de
« leurs capitaines, et ne pourront aborder dans au-
« cun autre port du Royaume, à moins d'y être forcé
« par la tempête, auquel cas ils ne pourront y faire
« aucun achat de marchandises ;

« 2⁰ Les bâtiments ne devront pas être armés de
« canons ni de pierriers, et n'avoir que 12 à 15
« hommes d'équipage ;

« 3⁰ Ils seront tous adressés à des négociants de
« votre port connus et solvables, et qui se rendront
« caution de la somme de vingt mille livres pour
« chaque voyage des abus que le capitaine ou les
« gens de son équipage pourraient faire de la permis-
« sion qui leur est accordée ;

« 4⁰ Il sera prescrit aux smogleurs de ne pas
« s'écarter de leur route directe à moins de force
« majeure ou pour éviter les bateaux de la Douane
« Anglaise ;

« 5⁰ Le capitaine et le mousse seront seuls autorisés
« à descendre à terre, et devront loger dans une mai-
« son connue du Commandant de la Place.

« Je suis, Monsieur, votre humble et obéissant
« serviteur.

« Signé : De Sartine. »

VII. — Les armements de Fécamp pour la pêche errante au Banc de 1728 à 1792

Vaincue en de nombreux combats, tant en Amérique qu'aux Indes, et épuisée par les sacrifices qu'elle s'était imposés pour soutenir cette nouvelle lutte, l'Angleterre se résigna enfin à demander la paix qui fut signée à Versailles le 10 Janvier 1783, et dont le principal article fut la reconnaissance de l'indépendance de la République des Etats-Unis. La France ne sut pas profiter des avantages qu'elle y avait remportés, et elle se contenta de rentrer en possession des colonies qu'elle possédait avant l'ouverture des hostilités, et dont les Anglais s'étaient emparés au cours de la guerre.

A Fécamp, comme dans tous les autres ports de pêche, les corsaires disparurent pour faire place à de nouveaux armements pour la pêche de la morue. Quant aux smogleurs, il ne semble pas qu'ils se soient résignés aussi facilement à abandonner un commerce resté aussi lucratif, puisque les tarifs de douane n'avaient pas été modifiés, et que le rétablissement de la paix avait rendu plus facile en supprimant une grande partie des obstacles qu'ils avaient à vaincre précédemment. On serait même tenté de croire que plus d'un patron de barque de Fécamp, d'Yport et autres ports voisins, commencèrent alors à se livrer couramment à l'exercice de la contrebande de mer dont les smogleurs leur avaient donné l'exemple.

Mais, cette contrebande n'eut aucune influence sur les armements à la pêche de la morue, de sorte que, dès le printemps de 1785, nous assistons à une véritable résurrection de cette industrie.

Ce ne sont plus seulement quatre terre-neuviers qui sortent de notre port comme en 1777, mais bien sept dès la reprise des armements en 1785, et ce nombre passe bientôt à huit en 1786 et à dix en 1787. C'était un résultat très joli pour l'époque, mais, en même temps que leur nombre s'augmentait, le tonnage des bâtiments affectés à la pêche de la morue s'était considérablement diminué. C'est ainsi que l'on voit M. J. Bérigny envoyer au Banc un bateau de 40 tonneaux seulement, six autres de 50 tonneaux et un de 60 tonneaux qui se trouvait, par cela même, le plus fort de notre flottille de pêche.

Voici, d'ailleurs, pour compléter ces notes, la liste détaillée et complète de tous les bâtiments armés au port de Fécamp pour aller faire la pêche sur les Bancs de Terre-Neuve de 1728 à 1792.

INTENDANCE DU HAVRE

QUARTIER DE FÉCAMP   PAROISSE DE FÉCAMP

Navires armés pour Terre-Neuve

Pêche errante sur les Bancs

1728

Noms des Navires	Jauge	Armateurs	Capitaines	Nombre d'hommes d'Equipage
St-Pierre	90 tx	Pierre Maze	Jean-Morice	18
Marie-Angélique	90 tx	—	Jacques-Maté	18
Marie-Margueritte	70 tx	—	Maté	12

1729

St-Pierre	90 tx	Pierre Maze	Jean-Morice	18
Marie-Angélique	90 tx	—	Jacques Maté	18

1730

St-Pierre	90 tx	Pierre Maze	L. Cavelier	18
Marie-Angélique	90 tx	—	Jacques-Maté	18

1731

St-Pierre	90 tx	Pierre Maze	L. Cavelier	18
Marie-Angélique	90 tx	—	Hollet	18
Jacques-Margueritte	70 tx	Tougard	M. Deshayes	12
Marie-Margueritte	70 tx	Pierre Maze	Fiquet	15

1732

St-Pierre	90 tx	Pierre Maze	L. Cavelier	18
Marie-Angélique	90 tx	—	Hollet	18
Jacq.-Margueritte	70 tx	Tougard	M. Deshayes	12

1733

Noms des Navires	Jauge	Amarteurs	Capitaines	Nombre d'hommes d'équipage
Jacq.-Margueritte	70 tx	Tougard	L. Cavelier	12

1734

Jacq.-Margueritte	70 tx	Tougard	Antin	15

1735

Jacq.-Margueritte	70 tx	Tougard	Antin	15

1736

Jacq.-Margueritte	70 tx	Tougard	Antin	15
Marie-Margueritte	70 tx	Pierre Maze	Fiquet	15
Marie-Angélique	90 tx	—	Berthelot	18
Joseph-Marie	95 tx	—	Dubosc	20

1737

Jacques-Margueritte	70 tx	Tougard	Antin	15
Marie-Margueritte	70 tx	Pierre Maze	Fontaine	15
Marie-Angélique	90 tx	—	Cordonnier	18
Joseph-Marie	95 tx	—	Dubosc	20

1738

Jacq.-Margueritte	70 tx	Tougard	Antin	15
Marie-Margueritte	70 tx	Pierre Maze	Sénécal	15
Joseph-Marie	90 tx	—	Dubosc	20

1739

Jacq.-Margueritte	70 tx	Tougard	Antin	15
Marie-Angélique	90 tx	Pierre Maze	Delestre	18
Joseph-Marie	95 tx	—	Fontaine	19
St-Nicolas	90 tx	N. Anquetil	J. Follin	18
Madelaine	70 tx	Jean Vasse	Louis Cavelier	15
St-Jacques	70 tx	—	P. Cordonnier	15
St-Louis	70 tx	Rigout	Pierre Feray	15
Marie-Hélène	70 tx	Cotelle	R. Canard	15

1740

Noms des Navires	Jauge	Armateurs	Capitaines	Nombre d'hommes d'Équipage
Madelaine	70 tx	Jean Vasse	P. Alexandre	15
St-Jacques	70 tx	—	Dumoulin	15
St-Louis	.70 tx	Rigout	Pierre Feray	15

1741

Madelaine	70 tx	Jean Vasse	P. Cordonnier	15
St-Louis	70 tx	Rigout	R. Canard	15

1742

St-Nicolas	90 tx	N. Anquetil	Lehot	18
Madelaine	70 tx	Jean Vasse	P. Cordonnier	15
Marie-Hélène	70 tx	Cotelle	Lachelier	15
St-Louis	70 tx	Rigout	R. Canard	15

1743

La Perle	70 tx	Rigout	Lachelier	15
St-Nicolas	90 tx	N. Anquetil	Lehot	18
St-Louis	70 tx	Rigout	Jean Thierry	15

1744

La Perle	70 tx	Rigout	Lachelier	15
Patriarche-Abraham	100 tx	A. Bérigny	Ch. Fiquet	20

1745

Patriarche-Abraham	100 tx	A. Bérigny	Ch. Fiquet	20

1746, 1747, 1748

(Pas d'armement)

1749

Patriarche-Abraham	100 tx	A. Bérigny	Jean Fiquet	20
La Perle	70 tx	Cotelle	Lehomme	15
St-Louis	70 tx	Rigout	P. Billard	15

1750

Noms des Navires	Jauge	Armateurs	Cap itaines
Patriarche-Abraham	100 tx	A. Bérigny	Jean Fiquet
La Perle	70 tx	Cotelle	Cordonnier
St-Louis	70 tx	Rigout	P. Billard

1751

St-Jean-Amazone	70 tx	Duthuit	Legros
La Providence	150 tx	Pierre Maze	R. Canard
St-Louis	70 tx	Rigout	Regnier
L'Assurance	120 tx	Anquetil	Lachelier
St-Pierre	150 tx	Jean Lehot	Jean Lehot

1752

St-Jean-Amazone	70 tx	Duthuit	Legros
Patriarche-Abraham	70 tx	A. Bérigny	Jean Fiquet
L'Assurance	120 tx	Anquetil	Lachelier
La Providence	150 tx	Pierre Maze	R. Canard
Le Victorieux	130 tx	Ph. Fauconnet	Philippe Alexandre
L'Espérance	100 tx	J. Fauconnet	Jean Thierry
La Grippe	120 tx	Ph. Fauconnet	Pierre Billard

1753

St-Jean-Amazone	70 tx	Duthuit	Lergos
Patriarche-Abraham	70 tx	A. Bérigny	Jean Fiquet
l'Espérance	100 tx	J. Fauconnet	Pierre Feron
La Grippe	120 tx	Ph. Fauconnet	Ph. Cappert
Jacques-François	115 tx	Jean Lehot	C. Cordonnier
N.D.-de-Bonsecours	140 tx	V. Rigout	Monnier
L'Assurance	120 tx	Anquetil	J. Thierry

1754

| St-Jean-Amazone | 70 tx | Duthuit | Legros |
| La Providence | 150 tx | Pierre Maze | R. Canard |

1754

Noms des Navires	Jauge	Armateurs	Capitaines
Jacques-François	115 tx	J. Lehot	G. Cordonnier

1755

La Providence	150 tx	Pierre Maze	R. Canard
Jacques-François	115 tx	J. Lehot	G. Cordonnier

1756

(Pas d'armement)

1757

Espérance	85 tx	F. Remond	F. Remond

1758

(Pas d'armement)

1759

Les-Deux-Amis	70 tx	P. Vasse	J. Tocques

1760

St-Leger	120 tx	Ve Rigout	Ridel

1761, 1762, 1763

(Pas d'armement)

1764

Quatre-Amis	120 tx	Tougard	A. Legros
Marguerite	80 tx	J. Bérigny	P. Mettey
La Vigilante	80 tx	A. Gauthier	Jean Thierry

1765

Quatre-Amis	120 tx	Tougard	Cordonnier
Marguerite	80 tx	J. Bérigny	P. Mettey
La Vigilante	80 tx	A. Gauthier	Jean Thierry

1766

Marguerite	80 tx	J. Bérigny	P. Mettey
La Vigilante	80 tx	A. Gauthier	N. Burette

1767

Noms des Navires	Jauge	Armateurs	Capitaines
Marguerite	80 tx	J. Bérigny	P. Mettey
La Vigilante	80 tx	A. Gauthier	N. Burette

1768, 1769

Marguerite	80 tx	J. Bérigny	P. Mettey

1770

Patriarche-Abraham	80 tx	A. Bérigny	Jean Jouette
Margueritte	80 tx	J. Bérigny	P. Mettey

1771

Patriarche-Abraham	80 tx	A. Bérigny	Jean Jouette
Marguerite	80 tx	J. Bérigny	P. Mettey

1772

Patriarche-Abraham	80 tx	A. Bérigny	Jean Jouette
Marguerite	80 tx	J. Bérigny	P. Mettey

1773

Patriarche-Abraham	80 tx	A. Bérigny	Jean Jouette
Marguerite	80 tx	J. Bérigny	André Villon
Jeune-Marguerite	70 tx	—	P. Mettey

1774

Patriarche-Abraham	80 tx	A. Bérigny	Jean Jouette
Marguerite	80 tx	J. Bérigny	F. Fournier
Jeune-Marguerite	70 tx	—	Joseph Mettey

1775

Patriarche-Abraham	80 tx	A. Bérigny	Jean Jouette
Marguerite	80 tx	J. Bérigny	Moïse Maze
Jeune-Marguerite	70 tx	—	P. Mettey

1776

Patriarche-Abraham	80 tx	A. Bérigny	Jean Jouette
Marguerite	80 tx	J. Bérigny	Joseph Mettey

1776

Noms des Navires	Jauge	Armateurs	Capitaines
Jeune-Marguerite	70 tx	J. Bérigny	P. Mettéy
Jeune-Agathe	70 tx	Le Duey	E. Auger
L'Anonime	100 tx	A. Gauthier	Burette

1777

Jeune-Marguerite	70 tx	J. Bérigny	P. Mettey
Jeune-Agathe	70 tx	Le Duey	Et. Auger
La Victoire	80 tx	J. Bérigny	Joseph Mettey
L'Anonime	100 tx	A. Gauthier	Burette

1778

Jeune-Agathe	70 tx	Le Duey	Et. Auger
L'Anonime	100 tx	A. Gauthier	Burette

1779

Jeune-Agathe	70 tx	Le Duey	Et. Auger

1780, 1781, 1782, 1783

(Pas d'armement)

1784

Jeune-Héloïse	102 tx	A. Bérigny	C. Auger

1785

Jeune-Héloïse	102 tx	A. Bérigny	C. Auger
Le Patriarche	82 tx	—	Massif
St-Jean	50 tx	J. Bérigny	J. Mettey
Jeune-Julie	50 tx	—	Lehuby
La Liberté	50 tx	—	L. Fouqueray
St-Laurent	60 tx	—	Lefournier
Marie-Louise	60 tx	Le Duey	G. David

1786

Le Patriarche	82 tx	A. Bérigny	Massif
Marie-Louise	60 tx	Le Duey	G. David

1786

Noms des Navires	Jauge	Armateurs	Capitaines
St-Jean	50 tx	J. Bérigny	J. Mettey
Jeune-Julie	50 tx	—	Lehuby
La Victoire	50 tx	—	Lebaillif
La Liberté	50 tx	—	L. Fouqueray
St-Laurent	60 tx	—	Lefournier
St-Jacques	50 tx	—	A. Massif

1787

St-Jean	50 tx	J. Bérigny	L. Fouqueray
La Victoire	50 tx	—	Lebaillif
St-Laurent	60 tx	—	Lehuby
Jeune-Julie	50 tx	—	Dillais
La Liberté	50 tx	—	Noël
St-François	40 tx	—	Lefournier
St-Jacques	50 tx	—	A. Fouqueray
St-Thomas	50 tx	—	Sandillau
Marie-Louise	60 tx	Le Duey	G. David
St-Jean	45 tx	Amaret et Sénécal	Pottier

1788

St-Jean	50 tx	J. Bérigny & ses Fils	L. Fouqueray
St-Jacques	50 tx	—	Massif
La Victoire	50 tx	—	Palfray
Jeune-Julie	50 tx	—	Neïl
La Liberté	50 tx	—	Dillais
St-François	40 tx	—	Lefournier
La Marie	50 tx	—	Lehuby
Aimable-Thérèse	75 tx	—	P. Fouqueray
St-Jean	45 tx	Amaret & Sénécal	E. Lehuby
Marie-Louise	60 tx	Le Duey	G. David

1789

Noms des Navires	Jauge	Armateurs	Capitaines
St-Jean	50 tx	J. Bérigny & ses Fils	L. Fouqueray
Jeune-Julie	50 tx	—	Noël
La Liberté	50 tx	—	Dillais
St-Erançois	40 tx	—	Lefournier
St-Thomas	50 tx	—	Th. Jouette
La Marie	50 tx	—	Palfray
Aimable-Thérèse	75 tx	—	P. Fouqueray
St-Jean	45 tx	Amaret & Sénécal	Lehuby
Marie-Louise	60 tx	Le Duey	G. David

1790

La Victoire	50 tx	J. Bérigny & ses Fils	Lemaître
Jeune-Julie	50 tx	—	Laurent
La Liberté	50 tx	—	Dillais
St-François	40 tx	—	Fouqueray
St-Jacques	50 tx	—	Massif
St-Thomas	50 tx	—	Th. Jouette
Louise-Marie	50 tx	—	Leroux
Aimable-Thérèse	75 tx	—	P. Fouqueray
Marie-Louise	50 tx	—	L. Fouqueray
Le Bon-Patriote	50 tx	—	J. Jouette
Marie-Louise	60 tx	Leduey	G. David
St-Jean	45 tx	Amaret & Sénécal	Lehuby

1791

La Liberté	50 tx	J. Bérigny & ses Fils	Lefournier
St-François	40 tx	—	Fouqueray
St-Jacques	50 tx	—	Massif
St-Thomas	50 tx	—	Th. Jouette
La Marie	50 tx	—	Leroux

1791

Noms des Navires	Jauge	Armateurs	Capitaines
Aimable-Thérèse	75 tx	J. Bérigny & ses Fils	P. Fouqueray
Marie-Louise	50 tx	—	L. Fouqueray
Le Bon-Patriote	50 tx	—	J. Jouette
Marie-Louise	60 tx	Le Duey	G. David
St-Jean	45 tx	Amaret & Sénécal	Lehuby

1792

La Liberté	50 tx	J. Bérigny & ses Fils	Lefournier
St-François	40 tx	—	D. Fouqueray
St-Jacques	50 tx	—	Massif
St-Thomas	50 tx	—	Th. Jouette
La Marie	50 tx	—	Leroux
Aimable-Thérèse	75 tx	—	P. Fouqueray
Marie-Louise	50 tx	—	L. Fouqueray
Le Bon-Patriote	50 tx.	—	J. Jouette
Marie-Louise	60 tx	Le Duey	E. Fouqueray
St-Jean	45 tx	Amaret & Sénécal	Lehuby

VIII.—Les anciens modes de pêche et de préparation de la morue sur le Banc

Après avoir retracé à grands traits l'histoire de la pêche au Banc au xviiie siècle et donné le tableau aussi complet que possible des armements de Fécamp pour cette pêche pendant toute cette période, il nous semble intéressant de dire quelques mots sur les procédés employés par nos anciens terre-neuviers, tant pour pêcher la morue que pour préparer le poisson qu'ils prenaient.

Ces quelques détails, qui rentrent d'ailleurs dans le cadre de notre ouvrage, sont même nécessaires pour faire mieux ressortir les améliorations et progrès qu'ils ont successivement apportés dans leurs procédés, et démontrer péremptoirement que les armateurs comme les pêcheurs normands, bien loin de s'en tenir à la vieille routine, comme on les en accuse trop souvent à tort, se sont, au contraire, toujours préoccupés de perfectionner l'industrie morutière au double point de vue de l'augmentation de la production et de l'amélioration du sort des marins pêcheurs.

Nous avons déjà dit que l'industrie de la pêche au Banc diffère complètement, dans son ensemble comme dans ses détails, de celle qui est pratiquée par les côtiers et que nous avons exposée à la fin du chapitre précédent.

En effet, tandis que le poisson pris au filet dans les pêcheries de la côte de Terve-Neuve ou des îles Saint-Pierre-et-Miquelon est aussitôt séché sur les graves de ces îles par une partie des équipages laissée à terre, les morues prises à la ligne sur le Grand-Banc et les banquereaux sont salées à bord du bateau pour être ainsi rapportées en France et livrées à des industriels qui leur font subir la dernière opération.

Mais ce qui caractérise surtout la pêche au Banc, c'est que les navires côtiers, aussitôt arrivés à destination, sont désarmés et ancrés au fond des havres où ils trouvent un abri sûr pour toute la durée de la campagne ; la moitié de leur équipage reste continuellement à terre pour préparer le poisson, et l'autre partie y rentre tous les soirs pour se coucher dans les cabanes, ne se livrant à la pêche que quand l'état de la mer le leur permet, de sorte qu'ils ne courent, pour ainsi dire, jamais aucun danger. Au contraire, dans la pêche à laquelle se sont adonnés nos pêcheurs depuis l'origine, le navire reste en pleine mer pendant toute la durée de la saison de pêche, exposé à tous les dangers que présentent ces parages que les brumes

couvrent quelquefois pendant des mois entiers, dé-
robant aux yeux pourtant exercés des marins, l'approche des glaces flottantes détachées des banquises
du nord et que le courant entraîne vers le sud avec
une vitesse qui rend leurs chocs souvent aussi dangereux que l'abordage des grands navires marchands
suivant également cette route pour se rendre d'Europe
en Amérique.

A moins de circonstances fortuites : de grosses
avaries qu'il faut aller réparer à Saint-Pierre, le
manque de sel ou l'impossibilité de se procurer de
l'appât sur les fonds de pêche, beaucoup de navires
ne quittent pas le Banc avant d'avoir terminé leur
pêche; ils se contentent de se déplacer au fur et à
mesure que le poisson disparaît pour le suivre dans
ses courses capricieuses.

A l'origine, les départs des ports d'armement
avaient lieu en Janvier et Février, lorsque le navire
allait prendre son sel à *l'isle de Rey* ; ils s'effectuaient
seulement en Février et Mars, lorsque le sel était
déjà à bord. Ce sel était arrimé en *vrague* ou en tonnes,
selon que l'on voulait préparer le poisson *au plat* ou
à la hollandaise. Le retour du Banc s'effectuait en
Juillet quand le même bateau ne faisait qu'un voyage;
il avait lieu en Décembre seulement, lorsqu'il faisait
deux voyages dans la même saison, de sorte que la
pêche se pratiquait surtout pendant les mois d'Avril,

Mai, Juin, Juillet, Août, Septembre et Octobre ; quelquefois même, elle se prolongeait pendant une grande partie du mois de Novembre.

Plus tard, quand, après la guerre d'Amérique, Fécamp n'envoya plus sur le Banc que de tout petits bateaux d'une jauge moyenne de 40 à 50 tonneaux qui avaient été construits tout spécialement pour faire la pêche du hareng, et que l'on détournait ainsi de leur destination primitive, les départs n'eurent plus lieu qu'en Mars et Avril, c'est-à-dire quand la saison du hareng était terminée en Manche. Le retour s'effectuait aussi plus tôt, vers la fin d'Août ou le commencement de Septembre.

D'après Sonini, dans son *Histoire Naturelle* publiée à Paris l'an XI de la République, nos pêcheurs attaquaient le Banc par le Sud, où ils commençaient à prendre la morue en Mars et en Avril ; puis, ils s'avançaient graduellement vers le Nord en passant par l'Est, et ils revenaient au Sud vers les mois de Septembre et Octobre, en passant par le milieu du Grand-Banc.

Le même auteur nous donne des détails sur les appâts dont se servaient, à cette époque, nos banquais pour *boëtter* leurs lignes. Il y en a une nombreuse variété parmi lesquels nous y voyons figurer des maquereaux salés, emportés de Fécamp ou d'Angleterre, du hareng et du capelan pêchés au début de la campagne dans les eaux de Saint-Pierre-et-Miquelon ou sur la côte du Petit-Nord de Terre-Neuve, des sardines du Golfe de Gascogne, d'Espagne ou du Portugal, des oiseaux de mer pêchés à la ligne sur le Banc comme de véritables poissons, enfin, des crustacés et des mollusques de toutes sortes. « Nos marins ayant « reconnu, dit-il, que les morues étaient très friandes « de coquillages, en pêchaient pour *embecqueter* les « hameçons. »

Lorsque les bateaux de Fécamp commencèrent à aller sur le Banc, ils pratiquèrent ce que l'on appelle la *pêche errante* avec des lignes de main et pendant le jour seulement.

Une fois arrivés sur le Grand-Banc, ils carguaient toutes leurs voiles, et chaque vaisseau attachait de côté la barre de son gouvernail, ce qui, d'après M. de Lamare, à qui nous empruntons ces détails, « le tient en état presque autant que s'il était à l'ancre. » Les charpentiers travaillaient alors à faire un échafaud le long d'un des côtés du navire et en dehors, à moins que le beau temps n'eût permis à l'équipage de faire ce travail pendant la route. Ils posaient sur cet écha-faud des tonneaux de la grosseur d'un demi-muid, et qui ne venaient en hauteur que jusqu'à la ceinture. Chaque pêcheur, chaudement vêtu, prenait alors place dans un de ces tonneaux avec un grand tablier de cuir appelé *cuirier* qui lui allait depuis la gorge jusqu'aux genoux ; le bas de ce tablier se mettait par dessus le tonneau et en dehors, pour faire en sorte qu'en tirant la morue, l'eau qui vient avec ce poisson, ne pénétrât point dans le tonneau où, par mesure de précaution, on avait encore établi un double fond.

C'est de là que le pêcheur laissait filer sa ligne, consistant en une corde très forte, de la grosseur d'un tuyau de plume, longue de 100 brasses et munie à son extrémité d'un plomb de huit à dix livres ; sur cette ligne principale s'attachait une corde plus fine, appelée *empile*, qui portait le *haim* ou hameçon et qui avait de six à dix mètres de longueur. Avant le départ de France, on donnait à chaque pêcheur dix à douze de ces lignes, avec des hameçons en nombre plus considérable pour remplacer ceux qui s'accrochaient au fond ou que les morues emportaient quand l'empile n'était plus assez solide pour résister aux efforts que faisait le poisson pour s'échapper.

Lorsque le pêcheur avait filé sa ligne, il lui fallait la remuer tout le temps pour que le *haim* restât entre deux eaux et visible au poisson.

La première amélioration apportée à ce système, fut l'installation, en dedans du navire, des barils dans lesquels se plaçaient les pêcheurs qui furent ainsi appuyés par devant à la lisse, et accotés par derrière au moyen d'une vergue pour qu'ils pussent résister au roulis.

Plus tard, on installa devant eux, à la hauteur de

leur figure, un pavois de toile goudronnée, afin de les garantir un peu de la pluie, du vent et des autres intempéries, car ces installations se trouvaient toujours du côté du vent pour faciliter la pêche pendant la dérive et empêcher que les lignes ne se prissent sous le navire.

Lorsque la morue avait mordu, ce qu'il reconnaissait par les secousses qu'elle imprimait à la ligne, le pêcheur la tirait à fleur d'eau, la saisissait avec un petit crochet de fer nommé *gaffot*, et l'amenait à bord ; lorsque le poisson pris à l'hameçon était très gros, le ligneur se servait, pour le sortir de l'eau, d'un filet à main nommé *manet* ou *truble*.

Une fois la morue hors de l'eau, celui qui l'avait prise l'attachait par le derrière de la tête à un petit instrument en fer, appelé *élangueur*, planté sur la lisse à côté du ligneur ; puis, il lui arrachait la langue qu'il gardait par devers lui pour rendre compte de sa pêche le soir au capitaine. Quelquefois aussi, quand il en avait besoin pour boëtter sa ligne, il ouvrait le ventre du poisson, et en retirait les entrailles avant de le passer aux habilleurs chargés de lui faire subir les préparations nécessaires à sa conservation.

Sur le pont du navire, derrière les pêcheurs, était disposée une grande table, ou, pour en tenir lieu, une sorte d'établi nommé *étal*. Un matelot, appelé *étesteur*, y posait la morue et lui coupait la tête. Une partie de ces têtes était mise à bouillir et formait la base principale de la nourriture de l'équipage pendant toute la durée de la campagne ; l'autre partie était jetée à la mer ou réservée pour servir d'appât. Le poisson ainsi *décollé*, l'étesteur lui retirait le foie qu'il jetait dans un baril appelé *foissière* où se préparait l'huile connue sous le nom d'huile de foie de morue ; puis, il lui enlevait, s'il y avait lieu, les œufs ou *rogue* qui étaient salés à part dans des tonnes pour servir d'appât aux pêcheurs de Bretagne pour prendre la sardine. Enfin, il passait la morue à un autre matelot, appelé *habilleur*.

Quand on voulait préparer la morue *au plat* pour être salée en grenier, ce dernier la fendait d'un bout à l'autre, enlevait l'arête dorsale et nettoyait la cavité abdominale en la lavant dans une baille remplie d'eau de mer pour enlever le sang qui y restait adhérent.

La morue était alors passée au saleur qui se tenait dans la cale pour lui donner son *premier sel*. Pour cela, il empilait les poissons les uns sur les autres, en séparant chaque lit par une couche de sel.

Quand le poisson devait être préparé *à la hollandaise* pour être salé en tonnes, l'habilleur ne le fendait que jusqu'à l'anus, et n'enlevait qu'une partie de l'arête dorsale pour conserver, à la partie postérieure du corps, sa forme ronde ; il la lavait comme précédemment et la passait au saleur qui lui donnait son

premier sel dans les tonnes où elles étaient pressées
à l'aide d'un cric.

Le soir, la pêche se terminait aux dernières lueurs
du crépuscule, lorsqu'il n'était plus possible de distinguer les lignes. Chaque homme apportait alors au
capitaine les langues qu'il avait coupées et qui donnaient le nombre exact des morues qu'il avait pêchées
dans la journée ; ce nombre était inscrit par le maître.
Celui qui en avait le moins rapporté recevait comme
punition la corvée de nettoyer les barils ou parcs et
de jeter les breuilles et les têtes à la mer pendant
que les autres allaient se coucher.

Lorsqu'une morue avait été prise en même temps
aux lignes de deux pêcheurs, ce qui arrivait souvent
à cause de la proximité de ces lignes et de la voracité
du poisson qui se précipitait successivement sur plusieurs proies, elle était jugée appartenir à celui dont
l'hameçon était le plus près de l'œil, parce que l'on
présumait que l'hameçon parvenu dans la gorge du
poisson établissait la négligence de l'autre qui aurait
dû sentir que la morue était prise et qu'il était bon
de le punir de cette négligence.

IX. — Améliorations apportées dans les méthodes de pêche

REMPLACEMENT DE LA LIGNE A MAIN PAR LA LIGNE DE FOND

Cette manière de pêcher au moyen des lignes à la main était, on en conviendra, des plus fatigantes et des moins productives ; elle se continua cependant jusque vers 1789.

C'est le capitaine Sabot, de Dieppe, qui eut, le premier, l'idée de remplacer cette ligne à la main par une *ligne dormante* ou *ligne de fond* comme les Normands s'en étaient déjà servi autrefois pour prendre la morue dans la Manche, où l'usage s'en était d'ailleurs conservé pour la pêche des gros poissons de fond.

Avant son départ de France, il avait muni son bateau d'un fort câble en chanvre, de manière à pouvoir mouiller sur le Banc au lieu de le laisser aller à la dérive sous ses voiles de cap comme faisaient alors tous les autres banquais.

Puis, pour établir ses nouveaux engins, il attacha,

au bout l'une de l'autre, plusieurs pièces de ligne précédemment destinées à la pêche à la main, et qu'il garnit, de distance en distance, d'empiles et d'hameçons boëttés comme précédemment. Le canot du bord, mis à la mer, servit à porter ces lignes lovées dans un fond de barrique et qu'on filait au fur et à mesure ; arrivé au bout, on y attachait une grosse pierre et on laissait le tout séjourner la nuit dans l'eau.

Le lendemain matin, on levait les lignes en les tirant du bord ; puis on répétait l'opération plusieurs fois dans la journée.

Cette nouvelle manière d'opérer réussit à merveille. Dès la première année, Sabot fit une pêche extraordinaire pour l'époque : deux fois il revint à Dieppe avec un chargement complet de *morues vertes*.

En apprenant cet heureux résultat, les autres capitaines ne tardèrent pas à expérimenter la nouvelle méthode que les matelots eux-mêmes désiraient voir adopter, malgré le danger qu'elle présentait, pour échapper à la fatigante immobilité à laquelle ils étaient condamnés dans leurs barils ; mais plusieurs accidents étant arrivés, le Gouvernement interdit ce genre de pêche.

Cette défense ne produisit aucun effet ; non-seulement les capitaines qui avaient, dès la saison suivante, suivi l'exemple du capitaine Sabot, persistèrent dans sa méthode, mais encore ceux qui avaient conservé l'ancien procédé ne tardèrent pas à y renoncer entièrement.

Bientôt même on y apporta des améliorations dont la première fut le remplacement des bras de l'homme pour tirer les lignes dormantes par un moulinet avec une seule aile. Il y avait trois hommes pour faire l'opération à l'aide de ce moulinet : l'un tournait la manivelle ; l'autre, faisait parer les hameçons, et le troisième, gaffait la morue.

Un peu plus tard, on installa deux moulinets et deux tessures de ligne : celle de babord avait vingt-quatre pièces de soixante brasses chacune et était tirée du bord avec le moulinet ; celle de tribord avait trente-cinq pièces de soixante brasses. Cette dernière était levée soit du bord, soit de la bouée du large par le canot.

Les avançons avaient une brasse environ ; l'appât était mis sur de gros hameçons en fer étamé, de fabrication française ; les lignes et les avançons étaient en chanvre tanné.

Les principaux ports qui armaient pour la pêche au Banc au XVIIIᶜ siècle étaient Dieppe, St-Valery-en-Caux, Fécamp, le Havre, Honfleur, Granville, St-Malo, Nantes, La Rochelle, Bordeaux et Bayonne. C'est dans ces mêmes ports que les bateaux rapportaient les produits de leur pêche, pour leur y faire subir la dernière préparation avant d'être **livrés au** commerce. Or, de tous ces centres, Nantes fut, sans contredit, le marché le plus important pour la morue verte pendant tout le xviiie siècle. Cela tenait uniquement à la position exceptionnelle de ce port bâti à l'embouchure de la Loire, cette grande artère centrale de la France, qui le mettait en rapport presque direct avec les grandes villes de l'intérieur où la consommation de la morue était alors le plus considérable. Aussi, non-seulement les pêcheurs nantais, mais encore un grand nombre de banquais des autres ports venaient-ils y apporter leurs produits.

Aussitôt débarquée, la morue était triée et répartie en quatre catégories qui ne différaient entre elles que par la taille et surtout par le poids du poisson. C'étaient :

1° La *grande morue* ou poisson marchand, dont le cent, en compte, devait peser 900 livres ;

2° La *morue moyenne*, estimée un tiers en moins que la précédente et dont le cent devait par suite peser 600 livres ;

3° La *petite morue* ou *raguet*, qui ne pesait que 300 livres au cent ;

4° Enfin, *le rebut* et *les lingues* qui comprenaient non-seulement les toutes petites morues pesant moins de deux livres l'une, mais encore les lingues, les colins et autres petites variétés du genre morue que le commerce estimait moins que la morue franche.

La vente se faisait au *grand compte* de 62 poignées ou 124 morues pour cent.

En Normandie, où le commerce de la morue verte, sans atteindre celui qui s'en faisait à Nantes, était cependant très important, on tirait d'un chargement six sortes de morue :

1º La *gaffe*, d'une grandeur extraordinaire ;

2º La *morue marchande* ou grand poisson ;

3º La *trie* ou poisson moyen ;

4º La *lingue* et le *raguet* qui passaient ensemble ;

5º La *valide* ou *patelet*, la plus petite de toutes ;

6º Enfin le *rebut*.

La vente s'en faisait au *petit compte* de 54 poignées ou 108 poissons pour 100.

Certains bateaux rapportaient leur morue salée en tonnes *à la hollandaise* ; elle se vendait alors au last de 12 barils de 66 poignées le baril.

Le baril en sel pesait 150 livres sans sauce ; avec sauce (saumure) il devait peser 300 livres.

Au moment de la Révolution, le commerce de la morue, tant verte que sèche, provenant du Banc et des côtes de Terre-Neuve, produisait une somme d'environ seize millions de francs.

D'après un rapport fait à la Convention nationale par le ministre Roland, et qui constitue la dernière pièce authentique concernant la pêche de la morue au XVIIIe siècle, pendant le premier semestre de 1792, c'est-à-dire immédiatement avant la guerre de la Révolution, la France armait, tant pour le Banc que pour la côte de Terre-Neuve, 202 vaisseaux formant un ensemble de 191,153 tonneaux.

Pour ce qui concerne cette industrie, à Fécamp en particulier, un Rapport de M. Lescaille, daté du 20 Frimaire an III (11 Décembre 1794) et que nous avons déjà cité dans le premier volume de cet ouvrage, nous donne le chiffre de 350.000 livres comme valeur du produit de pêche de nos banquais (1).

(1) Voir tome 1er, p. 66 de notre ouvrage.

X.— Fécamp et son port à la fin du
XVIII° siècle

Lorsque l'Assemblée nationale, par son décret du 22 Décembre 1789, voulut donner à la France une nouvelle organisation administrative et judiciaire en divisant les provinces en départements, et remplaçant les bailliages par des districts ou arrondissements, le pays de Caux fut divisé en deux districts dont les chefs-lieux furent attribués à deux villes d'une importance très secondaire : Montivilliers qui n'avait que 2,500 habitants, et Cany qui n'en comptait pas 1,500. Fécamp, dont le chiffre de la population atteignait 7,000 en 1789, fit partie du premier de ces districts, et perdit ainsi sa haute justice et son amirauté ; notre ville ne conserva qu'un Tribunal de Commerce et une Justice de Paix.

Tous les habitants protestèrent unanimement contre le décret de l'Assemblée nationale qui leur causait un tel préjudice en les plaçant sous la dépendance d'une ville qui avait eu autrefois son heure de célébrité comme nous l'avons déjà vu, mais qui était bien déchue depuis la création du port du Havre.

17

Dans un mémoire qui fut, à cette occasion, présenté à l'Assemblée nationale par MM. Videcoq et Desportes, nous relevons les passages suivants :

« Ce n'est point au centre géométrique que trace
« le compas sur la carte que l'on doit placer les chefs-
« lieux de districts ; c'est au centre politique, aux
« points qui donnent le mouvement et la vie aux
« départements.

« Que le bourg de Cany soit un marché, qu'il
« soit un des points de réunion pour l'apport des den-
« rées que le laboureur y vendra toutes les semaines,
« voilà sa vraie destination.

« Que Fécamp reçoive de Cany ses riches produc-
« tions pour en transmettre le superflu hors du ter-
« ritoire ; que cette ville attire dans son port ces
« graines de lin de Hollande, que le laboureur préfère
« à celle de son sol ; des fers et des planches de
« Suède, ces métaux et ces charbons de terre que
« l'Anglais nous envoie ; qu'il fasse des armements
« pour nos colonies ; qu'il soit, par ses pêcheries,
« une école et une pépinière de marins ; qu'il dé-
« cuple, par son industrie, les richesses que le labou-
« reur versera dans ses comptoirs ; qu'il fasse en-
« tretenir dans l'étendue du district des chemins
« sûrs et faciles pour le service des terres et le trans-
« port des denrées qu'il recevra de toutes parts :
« voilà la vraie destination d'une ville telle que Fé-

« camp. Elle est le point central de l'importation et
« de l'exportation.

« C'est donc là que doit être établi le bureau du
« district. »

Dans sa séance du 3 Mars 1790, le Conseil général
de la commune de Fécamp se joint aux protestataires
en déplorant « la misère de tous les ouvriers et mate-
« lots, l'état chancelant des colonies, la rareté du
« numéraire, la spoliation de tous les tribunaux de la
« justice seigneuriale et de ses différents sièges d'at-
« tribution et d'amirauté, sans aucune part, aux
« nouveaux établissements, malgré son importance
« et sa population. »

Malgré toutes ces protestations, malgré l'appui
qu'elles reçurent au sein de l'Assemblée nationale de
la part de Bailly, de Pétion et d'autres orateurs du
parti libéral qui avaient des relations de famille dans
le pays, Cany et Montivilliers triomphèrent, et les
intérêts maritimes de Fécamp furent encore une fois
sacrifiés.

Cela n'empêcha pas nos armateurs de continuer
leur commerce au milieu des difficultés nouvelles que
chaque jour leur apportait. Ils montrèrent aux pouvoirs publics qu'ils étaient dignes d'un sort meilleur
que celui qui leur était réservé, et ils trouvèrent
encore des esprits assez indépendants pour élever la

voix en leur faveur alors que la déchéance de leur port était passée à l'état de chose jugée.

Dans un ouvrage descriptif sur *Le District de Montivilliers*, publié à Rouen, l'an VII de la République (1798), M. S.-B.-J. Noël nous trace le tableau suivant du port de Fécamp à la fin du xviiie siècle :

« Le port de Fécamp, écrit M. Noël, est un des
« meilleurs de la côte.

« La distance entre les deux jetées qui forment
« l'entrée de ce port est de près de quarante doubles-
« mètres (40 toises). Le bassin et l'entrée du chenal
« sont maintenus dans leur état nécessaire de pro-
« fondeur au moyen d'écluses de chasse construites
« il y a cent ans à peu près ; la retenue de ces écluses
« est formée par les eaux des pleines mers.

« La rade de Fécamp n'est pas moins recomman-
« dable ; elle passe généralement pour une des plus
« sûres de la côte ; le fond, mêlé de sable et de gra-
« vier, est d'une excellente tenue.

« Quand la paix sera venue réparer les pertes de
« ces derniers temps, et cicatriser les plaies de la
« guerre, il appartiendra au commerce qui ranime et
« vivifie toutes choses, de procurer à Fécamp l'im-
« portance qu'il peut obtenir. Entouré d'un sol fécond,
« baigné d'une mer poissonneuse, riche d'une popu-
« lation nombreuse, dans laquelle se confondent et
« s'unissent la vigueur et la beauté, Fécamp a de

« grands avantages ; il dépendra de son industrie de
« les mettre à profit et de les faire fructifier pour
« l'utilité publique. »

Ces notes d'un contemporain sont d'autant plus
intéressantes à reproduire ici que leur auteur, n'étant
ni fécampois ni fonctionnaire, ne saurait être taxé
de partialité pour une ville qu'il n'habitait pas.

Les espérances que M. Noël fondait ainsi sur
l'avenir du port de Fécamp n'étaient que très naturelles à concevoir par quelqu'un qui avait vu de près
la vitalité de notre population maritime et la volonté
énergique de nos armateurs que rien ne semblait
rebuter, ni les désastres que leur avaient causés les
guerres maritimes, ni le mauvais vouloir apporté par
l'administration à l'entretien de leur port. Ils ne désar-
maient que pendant les périodes les plus mauvaises,
et alors seulement que leurs vaisseaux couraient à
une perte certaine en s'aventurant sur mer, pour
réarmer aux premiers bruits de pacification. Malheureusement, l'auteur du *District de Montivilliers* comptait sans les rivalités·de clocher et la mauvaise volonté
évidente des chefs de service du Havre ou de Dieppe,
sous l'autorité desquels se trouvait alternativement
placé notre port, et qui le sacrifiaient sciemment au
profit de ses deux rivaux.

Pour appuyer cette assertion, nous ne pouvons
mieux faire que de reproduire la requête que M.

Alexandre Virginus, sous-commissaire de la Marine et chef de service à Fécamp, présenta le 10 Novembre 1802, à Bonaparte, lors de la visite que le premier Consul fit de notre port pour se rendre compte *de visu* des ressources qu'il pourrait en tirer en vue d'une nouvelle guerre maritime avec l'Angleterre.

Voici le texte de ce document que nous empruntons aux archives du Bureau de l'Inscription maritime :

« *A Bonaparte, premier Consul de la République Française, à son passage à Fécamp, département de la Seine-Inférieure, le 18 Brumaire an XI, (10 Novembre 1802).*

« A l'honneur d'exposer, Alexandre Virginus, sous-commissaire de Marine au port et arrondissement du quartier dudit lieu.

« Que la guerre dernière ayant cruellement affligé les marins et leurs familles, ainsi que partie des armateurs de ce quartier, composé de presque tous pêcheurs dont majeure partie sont dans une indigence absolue et hors d'état de se remonter, les uns de filets, les autres de bateaux pour faire dans ces parages, ainsi que dans toutes les parties de la Manche, de même qu'au Banc de Terre-Neuve, la pêche en grand, telle ils avaient l'usage de la faire avant cette dernière guerre.

« C'est assez en dire à l'homme sans pareil, le sauveur et le régénérateur de la France auquel je me permettrai de faire une seconde observation.

« C'est que notre port, en apparence trop voisin de celui du Havre, paraît, pour ainsi dire, oublié.

« De temps immémorial, et avant qu'il fût question du Havre, il y avait un ingénieur qui, probablement par ses représentations, obtenait des fonds du Gouvernement pour entretenir au moins le port en bon état. Depuis quelque temps, nous en sommes privés et réduits au point que nos jetées, construites en bois, en assez mauvais état, menacent ruine et peuvent être anéanties par le premier ouragan, faute principalement d'être remplies de galets, soi-disant par manque de fonds ; et cette besogne ne coûterait pas 1,200 francs.

« Une partie du quai, indispensable pour le halage des navires, près l'entrée du port, est écroulée, de sorte que si on n'y remédie pas promptement, il n'y restera plus de passage pour communiquer aux jetées. C'est encore une faible réparation, mais à qui on ne fait rien faute de fonds.

« Une de nos deux écluses, celle du côté du nord, menace aussi ruine depuis longtemps. Le commerce est venu au secours dernièrement et l'a fait étanchonner momentanément à ses frais ; elle peut tomber au premier moment. Elle reste ainsi telle faute de fonds, de sorte que, faute de peut-être cinquante mille francs, le port de Fécamp est exposé, d'un moment à l'autre, à être anéanti.

« Pour comble, il n'est point compris dans le nombre de ceux qui ont qualité pour recevoir les denrées coloniales, n'ayant point d'entrepôt, quoiqu'on y ait armé depuis la guerre, et qu'on y arme encore maintenant divers navires pour les colonies.

« Je m'arrête principalement aux deux premiers cas :

« Les jetées tombant, il n'existe plus de port ;

« Les jetées tenant, et l'écluse s'écroulant, il sera également anéanti, puisque, faute de la chasse des écluses, il sera obstrué par le galet, ce qui ne laisse aucun doute. »

XI. — L'Eclairage des Côtes au xviiie siècle

On peut être surpris, en parcourant cette première partie de l'histoire de nos pêcheries au Banc, d'y relever aussi peu d'accidents de mer, échouements et naufrages, malgré l'état si pitoyable dans lequel est resté le port de Fécamp pendant cette longue période. On le serait encore davantage, si l'on jetait un coup d'œil sur le balisage et l'éclairage des côtes normandes à ces mêmes époques.

Si l'on considère que pendant tout le moyen-âge la France, proprement dite, se trouvait resserrée dans le bassin de la Seine, et que son commerce maritime avec l'étranger ne se faisait que par les ports de Normandie, les marchandises à destination de Paris, remontant la Seine par eau, on comprend à peine l'incurie de l'administration royale qui ne fit jamais rien pour faciliter ce courant commercial naturel.

La Normandie était depuis longtemps déjà réunie aux possessions directes du roi dont elle formait un des plus beaux fleurons de la couronne, et il en

tirait les plus clairs profits sans que personne, ni le
roi ni l'amiral qui le représentait dans toutes les
choses de mer, eût jamais songé à éclairer la nuit
les principaux points de la côte pour signaler aux
marins les dangers de cette côte et leur en faciliter
les atterrages.

Ni les intérêts généraux de la pêche et du commerce maritime, ni les nécessités des guerres maritimes avec l'Angleterre n'avaient pu faire sortir
l'administration royale de cette indifférence si nuisible aux intérêts de la navigation.

Un premier essai fut cependant tenté vers le milieu
du xive siècle pour indiquer aux navigateurs étrangers
l'embouchure de la Seine par laquelle ils se rendaient
à Paris, mais cet acte resta isolé ; les autres points
de la côte demeurèrent plongés dans la plus dangereuse obscurité, et la navigation de nuit continua
de ne pouvoir y être pratiquée que dans des circonstances tout-à-fait exceptionnelles de beau temps et
de pûreté du ciel. Les atterrages, comme l'entrée au
port, ne pouvaient s'effectuer que de jour.

On juge, sans peine, combien cet ordre de chose
était préjudiciable au commerce comme à la pêche,
et avec quelle prudence nos bâtiments, venant de
Terre-Neuve, s'avançaient la nuit dans la Manche
pour éviter de s'approcher trop près des terres qu'ils
ne pouvaient apercevoir dans l'obscurité, et sur les

rochers desquelles le moindre courant de marée pouvait les porter et les perdre. Et cependant, cela dura ainsi jusqu'à la fin du xviiiᵉ siècle.

M. R.-J. Valin dans son *Nouveau Commentaire de l'Ordonnance de la Marine du mois d'Août 1681,* malgré tout l'esprit de courtisanerie qu'il y montre pour le duc de Penthièvre, alors amiral de France, fait à cette occasion l'aveu suivant :

« Nos feux, avec cela, ne sont peut-être pas assez
« multipliés ; s'ils le sont trop en Angleterre, et si, par
« cette raison, les droits qu'il faut payer à ce sujet
« sont exhorbitans, on a du moins l'avantage de navi-
« ger sur les côtes de ce royaume avec autant de
« sûreté la nuit que le jour. »

Cette triste constatation ne remonte pas au-delà de l'année 1766, c'est-à-dire moins d'un quart de siècle avant la Révolution. Il faut avouer qu'en effet, à cet époque, les feux étaient encore rares sur les côtes françaises et particulièrement sur celles de la Manche, et l'on comprend à peine que Colbert, qui créa la marine royale, et Vauban qui creusa ses ports et mit les côtes en état de défense, n'aient pas songé un seul instant à les éclairer pendant la nuit.

Le premier phare qui fut construit sur les côtes normandes est celui du *Chef de Caux* qui remonte, comme nous l'avons dit plus haut, au milieu du xivᵉ siècle.

Le roi Charles V, par son ordonnance du mois d'Avril 1364, s'exprime ainsi à ce sujet dans le sommaire publié en tête de cet acte : « L'on entretiendra pendant la nuit du feu au *Groing* ou *Cap de Caux*, afin que les vaisseaux qui viendront aborder sur les costes puissent connaître leur route, sans que les Castillans soient tenus de rien payer pour l'entretien de ce feu. »

Plus loin, dans l'article 6 de la même ordonnance, le roi, revenant sur le même objet, ajoute : « Nous voulons et mandons à ceux à qui il appartient que l'on fasse en tous tems de nuit feu au Groing de Caux, afin que les nefs et navires qui veuront au port de Harfleur et ailleurs on pais puissent venir seurement et pour aviser leur chemin et adresse sans ce que les diz marchans, gens, amiraux, maîtres et mariniers dedit royaume de Castelle soient tenus d'en payer aucune. »

Ce premier feu porta le nom de *Tour des Castillans*, à cause de l'immunité qui avait été accordée à ces derniers dans le payement des droits imposés à tous les autres navigateurs.

Le royaume de Castille était, en effet, à cette époque, le fidèle allié de la France, avec laquelle il faisait un grand commerce par la Seine, la seule voie navigable que les Anglais n'occupassent plus, et l'on conçoit aisément que Charles V, qui s'était

donné pour mission de relever la France des ruines
où l'avaient plongée les désastres de la première
période de la Guerre de Cent Ans, ait cherché
par tous les moyens en son pouvoir à favoriser ce
mouvement commercial. D'ailleurs, ce roi qui, le
premier en France, créa une armée régulière, avait
aussi voulu, trois siècles avant Colbert, organiser
une marine royale pour l'opposer à la flotte anglaise
et prévenir ainsi ses débarquements périodiques.
Honfleur devait lui servir de port de concentration,
et le feu du *Groing de Caux* lui était indispensable
pour assurer la sécurité des manœuvres de nuit.

Les ordres du roi furent exécutés, et à l'extrémité
du *Cap de Caux*, qui s'avançait très avant dans la
mer et que les eaux ont rongé depuis, on établit une
tour ronde en maçonnerie sur le sommet de laquelle
on faisait chaque soir un grand feu de bois que des
gardiens installés dans la tour devaient entretenir
toute la nuit. Depuis cette époque, l'allumage de ce
premier feu se fit régulièrement au grand profit du
commerce et des pêches maritimes. Il fut l'origine
des feux de la Hève. Malheureusement, les successeurs de Charles V ne continuèrent pas à suivre la
voie dans laquelle ce monarque s'était engagé et
pendant près de trois siècles, la *Tour des Castillans*
resta le seul phare de la côte normande.

Quelques ports, cependant, établirent peu à peu

des feux de marée, comme Dieppe, qui eut le sien dès le xɪvᵉ siècle ; d'autres eurent des feux intermittents qu'on n'allumait que pendant les saisons de pêche.

Bien que nous n'ayons pu nous procurer aucun renseignement précis à ce sujet, nous sommes porté à croire que Fécamp eût aussi le sien de très bonne heure. Le développement de ses pêcheries et l'importance de son commerce de cabotage, joints à la difficulté que présentait la nuit l'entrée de son *hable*, lui en faisaient, pour ainsi dire, une nécessité absolue, surtout pendant les saisons de pêche du hareng, du maquereau et de la morue, alors que des bateaux pouvaient être obligés de rentrer la nuit au port. Mais tous ces feux n'étaient que temporaires et ne pouvaient constituer un éclairage normal des côtes où seule, la Tour des Castillans était régulièrement allumée de façon à donner une indication exacte de l'entrée de la Seine ; elle fut aussi, à cause de sa proximité de Fécamp, d'un grand secours à nos navires marchands et pêcheurs qui arrivaient de nuit pour mouiller sur rade, en attendant le jour pour entrer avec plus de sécurité.

Le commerce se plaignit, à diverses reprises, de cet état de choses si préjudiciable à ses intérêts ; il demanda même à construire de nouveaux phares avec ses propres deniers, si l'amiral ou le roi ne pou-

vaient se charger de la dépense, mais il n'obtint
satisfaction qu'à la fin du XVIIIᵉ siècle.

En 1773, le roi, par lettres-patentes datées du 10
Décembre, autorisa la Chambre de Commerce de
Normandie à construire plusieurs phares pour la
sûreté des navigateurs.

Après mûres délibérations, cette compagnie décida
que, pour répondre aux besoins généraux de la navigation, trois grands phares étaient absolument indis-
pensables pour éclairer la côte normande. Les empla-
cements choisis par la Chambre de Commerce furent
les suivants :

1º La pointe de Barfleur, à l'extrémité de la presqu'île du Cotentin, qui commande le golfe de Calvados
et la baie de Seine. On y construisit un phare qui fut
allumé, pour la première fois, le 1ᵉʳ Novembre 1775 ;

2º La pointe de la Hève, près du Havre, à peu de
distance du lieu où Charles V avait fait établir la
Tour des Castillans qui avait été emportée par les
eaux avec la falaise qui la portait, et où la Chambre
de Commerce de Normandie fit construire deux phares
qui furent terminés et allumés dès 1774 ;

3º La pointe d'Ailly, située près de Dieppe, à
l'extrémité de la côte normande où il fut construit un
phare terminé vers 1775.

Les nouveaux phares furent éclairés à l'huile.
C'était le premier essai qu'on faisait en France de ce

genre d'éclairage. Les plans et devis avaient été établis par M. Duchesne, inspecteur des Ponts-et-Chaussées.

Pour faire face aux dépenses que nécessitèrent la construction de ces quatre tours et l'entretien des feux, la Chambre de Commerce de Normandie fut autorisée à contracter un emprunt et à percevoir un droit par tonneau de jauge sur tous les navires français ou étrangers fréquentant les ports de Eu, Le Tréport, Dieppe, Saint-Valery-en-Caux, Fécamp, Le Havre, Harfleur, Rouen, Honfleur, Touques, Dives, Caen, Courseulles, Isigny, La Hague-St-Vaast, Barfleur et Cherbourg.

La dépense de construction fut d'environ 250,000 livres, et les droits à percevoir ainsi fixés :

6 sols par tonneau pour les navires étrangers ;
5 —   --   — français long-courriers ;
4 —   —   — français, gr. cabot. et t.-neuv.
3 —   —   — français, pet. caboteurs ;
3 —   —   bateaux de pêche et par saison ;
1 —   —   petits cabot. de port à port de la province.

L'intendant général de Rouen avait la surveillance de ces perceptions, et les maires de chaque commune veillaient à ce que les feux fussent bien régulièrement allumés.

CHAPITRE IX.

LA PÊCHE DE LA MORUE SUR LE GRAND BANC PENDANT LE XIXe SIÈCLE

I. — Dangers courus par nos pêcheurs sous la République et l'Empire

Le xixe siècle s'annonçait mal pour les marins pêcheurs français et particulièrement pour ceux de Fécamp et des autres ports du littoral de la Manche plus rapprochés que les autres de leurs éternels rivaux anglais.

Pendant quinze années encore, la guerre maritime qui durait déjà depuis neuf ans et qui devenait, de jour en jour, plus acharnée et par conséquent plus ruineuse, se continua entre la France qui voulait établir la liberté des mers, et l'Angleterre qui s'efforçait, au contraire, d'y maintenir sa domination exclusive et tyrannique. Cette dernière nation, qui possédait déjà de riches et importants établissements aux quatre coins du monde connu, dont ses *Compagnies* s'étaient partagé le monopole de l'exploitation, cherchait encore à nous enlever les lambeaux pantelants de notre ancien empire colonial et à anéantir notre commerce maritime en ruinant à la fois notre marine marchande qui lui faisait ombrage et les derniers débris de notre marine militaire.

Pour arriver à son but, elle livra l'Europe aux horreurs d'une guerre générale et interminable, et ne recula elle-même devant aucun sacrifice, si grand qu'il pût être, semant l'or à pleines mains, achetant les consciences des hommes d'Etat pour fomenter une nouvelle guerre continentale, susciter un nouvel ennemi à la France chaque fois que l'un d'eux venait à demander grâce.

Pendant ce temps, ses flottes sillonnaient les mers où nous n'avions plus que quelques mauvais bâtiments à leur opposer. Au moment de l'ouverture des hostilités, en 1792, le savant Gaspard Monge, nommé ministre de la marine par la Convention nationale, n'avait trouvé dans les ports français que 22 vaisseaux de ligne, 32 frégates, 18 corvettes, 24 avisos, 2 chaloupes-canonnières et 10 flûtes ou gabares en état de prendre la mer. Il n'est pas besoin d'insister après cela sur l'inégalité de la partie qui allait se jouer entre les deux peuples ; cette lutte dura pourtant près d'un quart de siècle, vingt-trois années, pendant lesquelles l'héroïsme et l'endurance de nos marins leur tinrent lieu du nombre qui leur faisait défaut. Et l'histoire n'en enregistra pas moins à leur actif, de nombreuses actions d'éclat et jusqu'à de véritables victoires navales.

Mais le commerce ne devait pas compter sur leur protection en dehors d'une zône très restreinte, avoisinant les ports militaires, et, pendant longtemps, il fut matériellement impossible au Ministre de la Marine de détacher un seul de ses bâtiments pour lui confier la mission d'escorter et de défendre les convois marchands et pêcheurs, comme cela s'était pratiqué dans de précédentes guerres.

En de pareilles circonstances, c'eût été folie de penser à envoyer nos bateaux pêcher la morue sur le Banc de Terre-Neuve.

Vers 1801, cependant, une sorte de lassitude générale se manifesta chez toutes les nations soudoyées par l'or anglais, et dont les plus archarnées contre la France se sentaient elles-mêmes découragées par les efforts qu'elles déployaient depuis neuf ans en pure perte. De toutes parts, le vent soufflait à la paix. Seule l'Angleterre, qui n'avait pas encore obtenu la satisfaction qu'elle rêvait, ne voulait pas désarmer ; mais elle n'osait pas nous attaquer de front et, suivant son ancienne tactique, elle se contentait d'écumer les mers pour prendre et détruire nos bateaux un par un, et empêcher ainsi tous nos approvisionnements en produits coloniaux.

Or, non-seulement leurs croiseurs étaient constamment aux aguets pour couper l'arrivée des convois de blé que le Gouvernement faisait venir à grands frais d'Amérique, pour remédier à la disette qui se faisait sentir en France, mais encore ils faisaient une poursuite incessante aux bateaux petits et grands qui s'aventuraient sur la mer pour tâcher d'y pêcher.

Le document suivant nous donnera d'ailleurs une juste idée de l'insécurité de la mer à cette époque :

LIBERTÉ — ÉGALITÉ

« Paris, le 2 Messidor, an IX de la République.
Une et Indivisible.

« *Le Ministre de la Marine et des Colonies au Préfet maritime du Havre.*

« Les actes de violence exercées depuis quelque
« temps contre les pêcheurs français doivent, citoyen
« Préfet, inspirer une juste défiance sur les intentions
« du Gouvernement anglais relativement à la liberté
« de la pêche.

« J'ai cru devoir engager le citoyen Otto, commis-
« saire du Gouvernement français à renouveler les
« réclamations qu'il avait déjà été chargé de faire
« contre cette persécution ; mais comme les circons-

« tances politiques et les appréhensions que l'ennemi
« semble avoir conçues des préparatifs qui se font
« dans nos ports, peuvent en rendre le succès fort
« incertain, il est nécessaire que les pêcheurs et les
« armateurs français, sachent comment le Gouverne-
« ment anglais paraît entendre que la pêche est
« autorisée ; il pense :

« 1º Que la liberté de la petite pêche n'est aucu-
« nement fondée sur une convention, mais sur une
« simple concession du Gouvernement anglais, qui
« fut provoquée par l'appel fait en dernier lieu à
« l'humanité du ministère britannique et de la nation
« entière, et que cette concession sera toujours su-
« bordonnée à la convenance du moment ;

« 2º Que cette concession n'a jamais porté sur la
« Grande Pêche qui, suivant l'opinion des Anglais,
« doit être soumise aux mêmes entraves que tout
« autre commerce.

« Vous devez, en conséquence, adresser des ins-
« tructions dans les divers quartiers de votre arron-
« dissement, et vous voudrez bien prendre les me-
« sures nécessaires pour que, d'après cet avis, les
« pêcheurs soient toujours en garde contre les inten-
« tions hostiles des croiseurs ennemis.

« Signé : FORFAIT.

« Pour copie :

« Signé : POUPEL. »

II. — La Paix d'Amiens. — Espérances déçues.

Neuf mois après l'envoi de cette circulaire alarmante pour l'industrie morutière, la paix était cependant signée définitivement à Amiens, le 25 Mars 1802, entre lord Cornwalis et Joseph Bonaparte, et la liberté des mers était rétablie.

On pouvait croire, de chaque côté du détroit, que cette paix serait durable, car si la France avait souffert dans sa marine, l'Angleterre n'avait pas moins souffert dans son commerce et la misère se faisait sentir dans les deux pays avec une intensité non moins grande.

Chez nous, les armements au commerce et à la grande pêche recommencèrent aussitôt et la plus grande activité régna dans tous les ports de la Manche qui armaient autrefois pour la morue, afin de pouvoir profiter de l'ouverture de la saison de pêche de 1803 sur le Banc de Terre-Neuve.

Mais on avait compté sans l'incessante activité de Bonaparte qui venait de se faire nommer consul à vie, et sans la mauvaise foi du Gouvernement anglais qui se refusa d'exécuter les clauses du traité d'Amiens. Dès le mois de Mai 1803, l'ambassadeur anglais était rappelé et la guerre déclarée de nouveau, en même temps que l'embargo était mis sur tous nos bâtiments par nos ennemis restés ainsi fidèles à leur ancienne politique de rapines.

Disons ici que Bonaparte n'avait jamais songé sérieusement à la paix, car il avait aussitôt profité de cette accalmie passagère pour passer lui-même en revue tous les ports du littoral de la Manche et de la mer du Nord, et se rendre compte *de visu* des ressources qu'il pourrait en tirer dans une nouvelle guerre qu'il voyait prochaine avec le colosse britannique, et à la faveur de laquelle il voulait faire une descente en Angleterre pour l'attaquer en son point vulnérable, c'est-à-dire sur terre. C'est à cette occasion qu'il passa par Fécamp au mois de Novembre 1802. Au cours de cette visite, le premier Consul avait été frappé des ressources que pouvaient lui offrir le port et la ville au point de vue de la défense nationale, mais son passage fut trop court pour lui permettre de s'y arrêter suffisamment. D'ailleurs, comme nous l'avons dit plus haut, la guerre éclata moins de six mois après cette visite des côtes et toute l'attention de Bonaparte se concentra sur Boulogne d'où il prépara une descente en Grande-Bretagne.

Tous les bâtiments de pêche et de commerce que la paix avait vus reparaître, furent de nouveau réqui-

sitionnés pour le service de l'Etat et envoyés à Boulogne avec leurs officiers et les matelots valides. La
pêche fut encore une fois abandonnée.

Dans une lettre que M. Decrès, alors ministre de
la Marine et des Colonies, adressait le 19 Vendémiaire,
an XIII, au préfet maritime du Havre, nous trouvons
le passage suivant qui peint d'un trait la situation de
nos pêcheurs et de nos armateurs, en 1804.

« Les armateurs, écrivait alors le ministre, ne
« pourront employer pour la pêche que les marins
« qui, par leur âge et leur état de validité, ne peu-
« vent pas être levés.

« Les navires devront avoir des armes, de l'artil-
« lerie et des munitions de guerre à bord. »

Après ce que nous avons dit de la pêche de la
morue et de la manière dont elle se pratiquait à cette
époque, il est facile de comprendre que, dans le cas
même où la navigation eût pu se faire sans trop de
risques sur l'Océan, il eût été absolument illusoire
de chercher à armer dans ces conditions ; aussi l'élan
spontané qui s'était produit aux premières nouvelles
de la signature de la paix d'Amiens tomba-t-il aussi
rapidement ; les chantiers de constructions maritimes
où s'était développée pendant près d'une année une
activité toute fébrile, redevinrent déserts comme
auparavant : cette nouvelle interruption de l'industrie
morutière devait durer dix ans encore.

III. -- Les Corsaires à Fécamp sous la Révolution et l'Empire

Le port de Fécamp ne resta cependant pas désert pendant ces vingt-deux années d'interruption dans ses armements banquais ; des bâtiments de guerre venaient y relâcher presque journellement, soit pour se mettre à l'abri du mauvais temps, soit pour y attendre une occasion favorable de surprendre l'ennemi ; puis de nombreux corsaires y furent armés, d'autres y amenèrent leurs prises ou vinrent s'y faire réparer.

C'est un véritable poème épique que l'histoire de ces corsaires, marins hardis et aventureux qui, montés sur de misérables petits bateaux, mal armés, n'avaient d'autre pensée que de courir sus à l'Anglais, pour s'emparer de ses bâtiments et de ses marchandises, s'attaquant même quelquefois à des navires de guerre qui leur étaient de dix fois supérieurs, affrontant tous les dangers, sans aucun souci de leur propre existence ; c'est une des plus belles pages de notre histoire maritime.

« Capitaine de course, dit l'un d'eux dans une
« pétition qu'il adressait au Directoire exécutif,
« j'ai poursuivi l'Anglais avec ce zèle que tout répu-
« blicain met à combattre l'ennemi de son pays.

« Prisonnier, j'ai souffert sans murmurer, parce
« que je souffrais pour la patrie.

« A peine échappé des fers de ce gouvernement
« perfide, qui méconnaît jusqu'aux droits sacrés de
« l'humanité, j'ai fait un nouvel armement ; et, plein
« de confiance dans les lois et dans les chefs char-
« gés de leur exécution, je n'ai point balancé à expo-
« ser de nouveau ma fortune, ma liberté, ma vie.

« La loi du 29 nivôse dernier venait d'être procla-
« mée ; j'ai mis en mer sur la foi de cette loi : j'ai
« rencontré, pris et amené à Fécamp, un navire
« danois venant de Londres, chargé de denrées et de
« marchandises anglaises. »

S'il est vrai que le style peint l'homme, peut-on
trouver un caractère à la fois plus simple, plus noble
et plus énergique que celui de ce corsaire nommé
Rognon? Se voyant contester le bénéfice de la prise
qu'il avait faite au péril de sa vie, il demandait purement et simplement aux pouvoirs publics de laisser
les tribunaux compétents juger librement et impar-
tialement de la validité de cette prise. Il demandait
ce qui lui appartenait en vertu de la loi du 29 nivôse,
et il exposait les faits sans phrase, sans forfanterie,

comme s'il s'agissait d'un simple litige à la suite d'une chasse aux alouettes.

Ces hommes-là furent plus nombreux qu'on ne peut se l'imaginer tout d'abord ; il semble qu'ils aient éclos tout d'un coup sous le souffle puissant de la Révolution.

En effet, en même temps que le Comité du Salut Public décrétait la Patrie en danger et appelait tous les hommes valides à la frontière pour défendre la France contre l'invasion étrangère qui la menaçait de toutes parts, la Convention rétablissait la guerre de course, en appelant tous les gens de mer à la poursuite des Anglais, en déclarant de bonne prise tout bâtiment naviguant sous pavillon britannique, respectant d'abord les droits des neutres et défendant d'attaquer les navires portant le pavillon d'une nation contre laquelle la guerre n'était pas encore déclarée officiellement.

Mais cette tolérance à l'égard des neutres, si louable qu'elle fut en elle-même, ne tarda pas à donner lieu à des abus qui la firent bientôt retirer. Quelques-unes de ces nations privilégiées ayant eu des complaisances coupables pour l'Angleterre à laquelle elles prêtaient volontiers leurs couleurs pour garantir ses bâtiments marchands et leurs riches cargaisons contre les entreprises des corsaires français, la loi du 29 nivôse décide dans son article premier :

« L'état des navires, en ce qui concerne leur
« qualité de neutres ou d'ennemis, sera déterminé
« par leur cargaison ; en conséquence, tout bâtiment
« trouvé en mer, chargé en tout ou partie de mar-
« chandises provenant d'Angleterre ou de ses pos-
« sessions, sera déclaré de bonne prise, quel que
« soit le propriétaire de ces denrées ou marchan-
« dises. »

Le champ qui s'ouvrait ainsi à l'activité de nos
corsaires était donc vaste et bien fait pour tenter le
vieux levain de cupidité qui reste toujours à som-
meiller au fond du cœur des descendants des compa-
gons de Rollon. Aussi, sous l'influence des lois dont
nous venons de parler, de nombreux armements ne
tardèrent-ils pas à s'effectuer dans tous les ports de
la Manche, et Fécamp suivit le mouvement général.
Les demandes de *Lettres de marque* qui remplaçaient
les anciennes Commissions en course affluèrent au
ministère de la marine.

Voici un spécimen de ces lettres :

LIBERTÉ — ÉGALITÉ

RÉPUBLIQUE FRANÇAISE

Lettre de Marque.

« Les Consuls de la République permettent par la
« présente, au citoyen Le Borgne aîné de faire

« armer et équiper en guerre un corsaire nommé
« *Le Caïnan*, du port de   tonneaux avec tel
« nombre de canons, boulets, telle quantité de poudre,
« plomb et autres munitions de guerre et vivres qu'il
« jugera nécessaire pour le mettre en état de courir
« sur tous les ennemis de la République, et sur les
« Pirates, Forbans, gens sans aveu, en quelque lieu
« qu'il pourra les rencontrer, de les prendre et ame-
« ner prisonniers avec leurs navires, armes et autres
« objets dont ils seront saisis, à la charge par
« de se conformer aux Ordonnances et Lois concer-
« nant la marine et notamment aux Lois des 31
« Janvier 1793 (vieux style) et 23 thermidor, an III,
« concernant le nombre d'hommes devant former
« son équipage ; de faire enregistrer au Bureau de
« l'Inscription maritime du lieu de son départ ; d'y
« déposer un rôle signé et certifié de   et du
« capitaine, contenant les noms, surnoms, âges, lieux
« de naissance et demeures des gens de son équi-
« page, et à la charge par ledit capitaine de faire à
« son retour et en cas de relâche son rapport par
« devant l'Administrateur de la Marine.

« Les Consuls de la République invitent toutes
« les puissances amies et alliées de la République
« Française, et leurs agents, à donner audit capitaine
« toute assistance, passage et retraite en leurs ports
« avec son dit bâtiment et les prises qu'il aura pu

« faire, offrant d'en user de même en pareilles cir-
« constances. Ordonnent aux commandants des vais-
« seaux de l'Etat, de laisser passer ledit
« avec son bâtiment et ceux qu'il aura pu prendre
« sur l'ennemi, et de lui donner secours et assis-
« tance.

« Ne pourra la présente servir que pour six mois
« à compter de la date de son enregistrement.

« En foi de quoi, les Consuls de la République ont
« fait signer la présente Lettre de Marque, par le
« Ministre de la Marine et des Colonies.

« Donné à Paris, le   Messidor, l'an huitième
« de la République Française.

« Signé : FORFAIT.

« *Par le Ministre de la Marine et des Colonies,*

« Signé : J. FORESTIER. »

Il ne faut pas s'étonner, outre mesure, de la courte
durée de validité que le Gouvernement de la République attachait à ces lettres de marque ; cela tenait à
la façon toute particulière dont se pratiqua alors la
course et qui différa totalement de celle qui fut im-
mortalisée par les Flibustiers du XVIIe siècle. Les
corsaires de la Révolution et de l'Empire, au lieu de
tenir la mer comme leurs devanciers pour la parcou-

rir en tous sens, restaient prudemment à couvert dans un port, jusqu'à ce qu'une occasion propice leur fût signalée ; ils se lançaient alors à la poursuite de cette proie, l'attaquaient et la capturaient, s'ils n'étaient pas pris ou détruits eux-mêmes.

Leurs expéditions ne duraient que quelques jours.

Les armements, d'ailleurs, n'étaient faits que pour une durée limitée généralement à vingt jours effectifs de mer, mais que les événements pouvaient abréger ou prolonger suivant les cas, et après laquelle il était procédé à la liquidation des prises par le Tribunal de Commerce du lieu de l'armement.

Il n'était pas rare que, pendant ces courtes croisières, le même corsaire se rendît maître de deux, trois, quatre et quelquefois même cinq bâtiments ennemis, qu'il conduisait aussitôt dans le port français le plus rapproché, et où il était procédé à la vérification et à la vente de la prise.

Cette simple énonciation et les preuves que nous en donnerons plus loin suffiront à établir le véritable rôle joué à cette époque par les armements en course. On comprend aisément tout le tort fait par ces irréguliers de la mer au commerce maritime des Anglais et de leurs alliés. C'est par milliers de bâtiments qu'il faut évaluer l'importance de leurs prises.

Quelquefois, il arrivait que le corsaire se trouvait fort embarrassé de sa capture, soit qu'il craignît une attaque des croiseurs ennemis, devant lesquels il n'aurait pu fuir assez vite avec sa remorque, soit que cette remorque l'empêchât de se livrer à une attaque qui lui paraissait plus fructueuse, soit pour toute autre cause dont le capitaine était seul juge. Alors, il imposait au commandant du navire capturé une rançon en espèces, et il le laissait continuer sa route, après s'être fait délivrer des ôtages en garantie du paiement de la rançon.

Voici le modèle du contrat qui intervenait alors entre les deux capitaines :

TRAITÉ DE RANÇON

N°

Le

Nous, soussigné　　　　　　　　capitaine du
　　　le　　　　　　　　armé au port de
par le C°ⁿ　　　　　cautionné par le C°ⁿ
porteur d'une Lettre de Marque expédiée sous le N°
agissant d'après l'autorisation spéciale que j'ai reçue le
　　　　　desdits armateurs ;
　　Et　　　　　　　　commandant le navire le
　　　　　　　　, sommes convenus de ce qui suit :

SAVOIR :

　　Moi　　　　　, j'ai pris le　　　du présent mois
d　　　　　de l'an　　　à la hauteur de

ledit navire le   de   tonneaux, ayant
hommes d'équipage, naviguant sous pavillon   muni
d'un passe-port délivré à   appartenant à
demeurant à   chargé de   pour le compte de
             , expédié de   allant à
lequel navire j'ai rançonné à la somme de
pour laquelle j'ai remis en liberté ledit navire.

Pour sûreté de ladite rançon montant à la somme de
, j'ai reçu en ôtage :

Et moi,   commandant ledit navire
le   tant en mon nom qu'en celui de
                         propriétaires dudit navire et de sa
cargaison, déclare m'être soumis volontairement au paiement
de ladite rançon, montant à la somme de
que je m'engage à acquitter ou faire acquitter par lesdits
propriétaires, le plus promptement qu'il me sera possible.

Pour sûreté du présent Traité, j'ai donné en ôtage audit
capitaine du corsaire français le

Fait double, à bord du   le
du mois d

A défaut de la pêche à Terre-Neuve devenue matériellement impossible, et de la navigation au long
cours rendue aussi périlleuse pour les marins que
ruineuse pour les armateurs, par les aléas qu'elle
comportait, les armements à la course entrèrent si
facilement et si profondément dans nos mœurs maritimes qu'ils se traitèrent entre armateurs et intéressés comme de véritables opérations commerciales.

19

Bientôt même il se forma dans la plupart de nos ports des sociétés en commandite par actions ou par parts d'intérêts ayant la course pour objet.

Il nous suffira, pour en donner un exemple, de reproduire le document suivant :

ARMEMENT EN COURSE

CESSION D'INTÉRÊT DANS LE CORSAIRE-LOUGRE « L'AIGLE », ETC.

« Le soussigné, armateur , reconnaît et déclare céder par le présent acte, à M

action   dans la totalité du corsaire et de son armement, ainsi que dans les bénéfices qu'il pourra produire.

« S'oblige M

« 1º A payer comptant la somme de pour le montant de son intérêt, calculé sur la dépense présumée par l'article 1er de la police susdatée.

« 2º A payer la contribution de son intérêt dans l'excédent de la dépense présumée, s'il y a lieu.

« 3º Il déclare accepter, agréer et consentir toutes les conditions de l'armement exprimées dans la police du 26 Août. 1807, enregistrée le 28 du même mois, dont copie précède.

« De sa part, l'armateur s'oblige à se conformer aux dispositions des lois pour les comptes à rendre.»

Voici maintenant les principales clauses de la police d'armement dont il est parlé dans ce document :

« Les proportions du corsaire sont 56 pieds de quille traînant sur terre;

« 13 pieds de bau ;

« 5 pieds 9 pouces de creux.

« Il sera armé de 14 canons ou caronades et toutes les menues armes nécessaires, comme fusils, pistolets et sabres; l'équipage sera de 48 hommes ; sa croisière sera de *vingt* jours effectifs de mer.

CONDITIONS DE L'ARMEMENT.

« ART. 1ᵉʳ. — Cet armement sera fait par économie, et présumer devoir coûter *trente mille francs,* sans garantir le plus ou le moins : *il sera divisé en soixante actions* de cinq cents francs.

« ART. 2. — Dans le cas où la dépense présumée par l'article premier ne s'élèverait pas à la somme déterminée, l'excédent servira aux frais de relâche, ou sera réparti à la société comme bénéfice ; dans le cas contraire, les actionnaires resteront débiteurs envers l'armateur de la dépense qui excédera ladite somme de trente mille francs.

« Art. 3. — Les actionnaires s'engagent à contribuer audit armement, ainsi qu'aux frais de relâche et autres, en raison et proportion des actions énoncées par leurs signatures, et à payer comptant le montant de leurs souscriptions.

« Art. 4. — L'armement se faisant par économie, il demeure bien entendu entre les intéressés et l'armateur que si quelque événement politique empêchait la sortie du corsaire, la perte qui résulterait de cet armement tomberait au compte des actionnaires, chacun en proportion de son intérêt.

« Art. 5. — En cas de prises, l'armateur en poursuivra la condamnation et la vente, et s'oblige de faire la répartition du produit dans la quinzaine de la rentrée des fonds. Sa commission sera de 3 0/0, tant sur les frais d'armement, relâches et autres, que sur le produit brut des prises, n'importe où elles seraient conduites, et ce, nonobstant toute loi contraire. Il sera alloué la commission d'usage aux consignataires des ports.

« Art. 6. — L'armateur est autorisé à allouer au capitaine un chapeau de 5 0/0 sur le produit brut des prises ; à faire avec les capitaine et équipage les arrangements et conditions d'usage, relativement à leurs traitements et parts aux prises ; comme aussi à prendre toutes les mesures, et à faire tout ce qu'il jugera convenable pour le bien de l'armement et la

régie des prises, s'il y a lieu. Il est également autorisé à faire ou faire faire aux frais de la société tous
voyages utiles, soit à l'armement et relâches du corsaire, soit à la régie, surveillance et vente des prises.

« ART. 7. — L'armateur est autorisé à réarmer
après la course, même dans le cas où des circonstances imprévues viendraient à la rompre, mais il
consultera les actionnaires, et le consentement de la
majorité sera obligatoire pour tous.

« ART. 8. — Les actionnaires sont autorisés à
acheter aux ventes des prises ; à cet effet, il leur sera
délivré des bons par l'armateur, jusqu'à la concurrence des sommes présumées devoir leur revenir.

« ART. 9. — Pour tout ce qui n'est pas prévu par
la présente police, l'armateur consultera les intéressés, et toujours le vœu de la majorité, calculée par
le nombre d'actions, sera obligatoire pour tous. »

Quand la chance favorisait le capitaine du corsaire en faisant passer à portée de ses canons ou de
ses grapins un bâtiment marchand isolé, apportant
d'Amérique ou des Indes quelque riche cargaison
qu'il laissait rarement échapper, l'opération pouvait
devenir très brillante pour l'armateur et ses co-asso-
ciés, malgré la vente difficile et souvent faite à très
bas prix du bâtiment capturé et des marchandises
qu'il portait.

Ce n'étaient pas les occasions qui faisaient défaut,

car la Manche était la route directe et naturelle par laquelle passaient, à chaque instant, les nombreux navires battant pavillon anglais, et qui apportaient à Londres les productions variées des côtes d'Afrique et des Indes orientales et occidentales, ou qui s'en allaient porter dans le monde entier les produits ouvrés sortant des manufactures anglaises.

Mais, le plus souvent, ceux qui en valaient la peine par l'importance de leur chargement se faisaient escorter à grands frais par un navire de guerre britannique, et il fallait livrer, pour s'en emparer, une véritable bataille dont l'issue était quelquefois fatale aux nôtres, malgré la bravoure et la véritable furie dont ils faisaient preuve dans l'attaque. Mais malheur à celui qui osait s'aventurer dans la Manche, seul et sans autre défense que les moyens personnels dont il pouvait disposer à son bord ! Sa présence dans nos eaux ne tardait pas à être signalée, et il lui était bien difficile d'échapper alors aux grapins que le corsaire lui lançait pour s'attacher à ses flancs, sauter à l'abordage et faire prisonniers tous ceux de son équipage que le canon ou la hache avaient épargnés. Un seul coup d'éclat pouvait ainsi devenir une véritable fortune pour l'armateur comme pour le capitaine du corsaire, ainsi qu'une riche aubaine pour les marins et autres gens de l'équipage. En effet, défalcation faite des frais de garde, de jugement, de vente, etc. de la prise, ainsi que des 5 0/0 en faveur des Invalides de la marine, les deux tiers du produit net de cette liquidation revenaient à l'armateur et ses associés, et le capitaine, en dehors de sa part, stipulait un tant pour cent sur le produit brut de la campagne, ce qui arrondissait d'autant son lot.

En dehors de ce gros gibier, qui se faisait plus rare d'année en année, et se montrait plus difficile à approcher et plus dangereux à chasser, les corsaires se rabattaient sur le menu fretin, c'est-à-dire les navires d'un plus faible tonnage, portant un chargement moins riche, qui n'étaient pas toujours à dédaigner et dont l'abondance suppléait la valeur.

Voici d'ailleurs l'analyse du jugement de « *Liqui-* « *dation générale et définitive de la troisième croi-* « *sière de vingt jours effectifs de mer du corsaire* « *l'Espoir, armé à Saint-Valery-en-Caux, capitaine* « *Jacques-Augustin Collos; armateur, M. Victor* « *Rigoult, commencée le 18 Août 1807 et finie le* « *4 décembre suivant.* »

Pour un armement qui n'avait pas duré quatre mois, le capitaine Collos avait capturé quatre bâtiments anglais, et le produit de la croisière se formait comme il suit :

Premièrement, de la somme de quinze mille neuf cent trente-sept francs quatre-vingt-cinq centimes pour le produit net de la prise anglaise *Lisabella*, conduite au port de Fécamp, suivant liquidation particulière faite par le Tribunal de Commerce dudit lieu, le 11 décembre 1807, enregistré au même lieu, etc. 15,937 fr. 85

Deuxièmement, de la somme de onze mille, soixante-douze francs, soixante-dix-sept centimes, pour le produit net de la prise anglaise le *Northumberland*, conduite au port de la Hougue, etc., ci. 11,072   77

Troisièmement, de la somme de treize mille cinq cent cinquante francs soixante-six centimes, pour le produit net de la prise anglaise le *William*, conduite au port de la Hougue, ci   13,550   66

Quatrièmement, enfin, de la somme de quatre-vingt-treize mille quatre cent quarante-trois francs soixante-deux centimes, pour le produit net de la prise anglaise l'*Elisabeth*, conduite au port de Boulogne, etc., ci   93,443   62

Ensemble. . . . . 134,004 fr. 90

Les dépenses communes, comprenant la commission de l'armateur pour 2,213 fr. 56, et le chapeau du capitaine pour 2,680 fr. 10 s'élevant à.   7,465   42

Il restait à répartir . . . 126,539 fr. 48
Dont le tiers revenant à l'équipage était . . 42,179   83
Et les deux tiers aux intéressés   84,359   65

Le montant total des frais d'armements, avances à l'équipage, mise dehors, relâches, etc., y compris un naufrage à Fécamp, ne s'était élevé qu'à la somme relativement minime de quarante-neuf mille francs,

qui rapporta aux intéressés un bénéfice net de
43,793 fr. 50.

L'armateur, M. Victor Rigoult, avait divisé son
entreprise en soixante actions ou parts d'intérêts. Le
bénéfice net attribué par le tribunal à chacune des
parts ressortit à six cent quatre-vingt-treize francs
trente-neuf centimes quarante-trois soixantièmes.

La retenue effectuée au profit des Invalides de la
marine produisit 4,107 fr. 18.

Ce résultat était déjà suffisamment rémunérateur,
si l'on se place au simple point de vue de la spécu-
lation ; il devenait inespéré pour tous quand la seule
prise de *Fortuna*, ramené à Fécamp, le 18 Février 1809,
produisait à la vente une somme de 486,067 fr. 63,
et celle de *The Experiment*, ramené par le corsaire
l'*Espoir*, le 11 Août de la même année, et qui ne
produisit pas moins de 772,781 fr. 56.

Tous nos capitaines n'avaient pas cette même
chance ; c'est ainsi que le 5 Février 1810, la *Victoire*,
appartenant à M. Rigoult, et qui rentrait au port de
Fécamp avec un brick anglais qu'elle avait capturé
la veille, est tout d'un coup attaquée par une goëlette
et un autre brick anglais qui lui reprennent son
butin.

D'autres sont moins heureux encore et périssent
victimes de leurs audacieuses entreprises : de ce
nombre sont le *Félix* et la *Flore* qui sont coulés en

mer par l'ennemi et s'enfoncent avec leurs équipages.

Quelques-uns enfin, comme la *Clarisse*, le *Modeste*, l'*Aurore* et le *Mercure* sont pris par les Anglais, et leurs équipages vont grossir la masse des prisonniers français entassés sur les pontons britanniques de sinistre mémoire.

Un grand nombre de marins, appartenant à notre quartier maritime, subirent là de longues années de captivité, car les portes de leurs bagnes ne s'ouvrirent qu'en 1815. Toutefois, malgré la surveillance étroite dont ils étaient l'objet, quelques-uns parvenaient de temps en temps à s'en échapper. C'est ainsi que le 24 décembre 1810, vingt-quatre prisonniers français retenus sur les pontons de la rivière de Teythmouth dans le Devonshire, ayant réussi à tromper l'œil vigilant de leurs gardiens, se jetèrent à la nage, et, sous le commandement de l'un d'eux, nommé Nicolas Larrieu, aspirant de marine de la flotte impériale, attaquèrent la goëlette le *Griffon* mouillée à quelques encâblures de là, s'en emparèrent, et prirent la mer pour revenir en France. Ils ont le bonheur d'échapper à toutes les croisières anglaises, et, le 24 du même mois, ils entrent avec leur prise dans le port de Fécamp, où ils font aussitôt leur rapport devant le Commissaire de la Marine, qui les félicite de leur courage et de leur réussite.

L'année suivante, c'était le tour de trois marins

de Granville, qui, en s'échappant des pontons, s'emparent du sloop anglais *Mary-Warsah* avec lequel ils traversent la Manche et viennent s'échouer à Etretat.

Pour opposer au sombre tableau de ces défaites, nous pourrions donner la liste de plus de quarante bâtiments anglais amenés et vendus avec leurs cargaisons dans le port de Fécamp. Encore cette dernière liste serait-elle très incomplète, car les documents font défaut pour une grande partie de cette période héroïque.

Et à côté de cela, que de combats livrés aux navires de guerre pour se défendre de leurs attaques, et qui ne tournèrent pas toujours à l'avantage de l'amirauté anglaise !

Le 10 nivôse, an XIII, le lougre français le *Wiméreux* armé en course sous le commandement du capitaine Pollet, est rencontré près de Saint-Pierre-en-Port, par deux croiseurs et un corsaire anglais, qui l'attaquent de concert. Le W*iméreux,* qui jaugeait seulement 59 tonneaux, n'avait à opposer à l'ennemi que 14 canons et 55 hommes d'équipage comprenant, outre le capitaine Pollet, cinq lieutenants et un officier de santé. Se voyant dans l'impossibilité de fuir assez vite, Pollet accepte courageusement le combat qui se fait corps à corps avec le plus grand acharnement de part et d'autre. Mais les Français, qui combattent pour leur liberté, font des prodiges de valeur et, malgré sa grande infériorité, Pollet peut rentrer au port de Fécamp avec sept prisonniers anglais. De son côté, dix hommes ont été tués, et dix autres grièvement blessés. Tous ont reçu des coups de hache dans la figure ou dans la poitrine.

Le rapport du commissaire de marine Renateau, auquel nous empruntons ces détails, se termine ainsi :

« Le capitaine doit des éloges à tous les hommes « de son équipage sur la défense qu'ils ont faite.

« M. le capitaine Pollet, né à Boulogne, qui com-« mande en course, depuis 1795, a soutenu, dans cette « affaire, la réputation de bravoure qu'il s'est acquise « par ses actions précédentes, et qui lui ont mérité « l'Aigle d'honneur.

« Monté sur son banc de quart, il y est resté avec « intrépidité pendant toute l'action, sans autre arme « que son porte-voix, avec lequel il animait les siens « au combat. Il doit sa conservation à l'amour filial « de Charles Pollet, son fils, qui a toujours combattu « à côté de son père et au dévouement de ses officiers « qui ont détourné les coups qui menaçaient ses « jours. »

Sept ans après ce mémorable évènement, le 14 Février 1811, nous retrouvons à Fécamp le capitaine Pollet qui commandait alors le corsaire le *Génie*; il

était venu faire relâche dans notre port, où il fut
le héros d'une aventure que nous allons conter.

Suivant un ordre exprès, émanant du gouvernement, le commissaire de marine, qui était alors
M. Castagliota, informe le corsaire qu'un certain
nombre de ses hommes sont susceptibles d'appel, et
qu'il va les lever pour les expédier aussitôt au service
de l'empereur. En entendant cette communication,
Pollet entre dans une colère bleue ; il envoie à tous
les diables le commissaire et son messager, ainsi que
le ministre qui a donné de pareils ordres ; il jure
qu'il s'opposera par tous les moyens à l'exécution de
cette mesure qui le priverait de la meilleure partie
de son équipage et le mettrait dans l'impossibilité de
continuer sa croisière.

Devant cette résistance obstinée, le commissaire
de marine demande main-forte au commissaire de
police, au maire et au commandant de place, qui se
rendent aussitôt dans la cour de la caserne où l'équipage entier du Génie est appelé et passé en revue.

Après la vérification des livrets et du rôle, quatorze hommes sont déclarés aptes au service et retenus
par le commissaire de marine qui, malgré les protestations et les imprécations du capitaine, les fait
enfermer dans les locaux de discipline sous la surveillance d'un piquet de police commandé par un
caporal et un sergent. Puis, vers midi, tout le monde

se retire pour aller diner, remettant au soir la continuation de l'opération par la revue des équipages des corsaires le *Cerf-Volant* et le *Sauvage* également en relâche dans le port.

Mais à peine les autorités sont-elles parties que Pollet revient à la tête des hommes qui lui restent et qu'il a armés jusqu'aux dents. Les portes de la caserne sont enfoncées, la garde surprise et désarmée, et les quatorze hommes du Génie délivrés de la prison, où ils sont remplacés par les soldats chargés de leur surveillance et que les corsaires enferment à double tour pour les empêcher de donner l'alarme. Ce bel exploit accompli, Pollet, suivi cette fois de tous ses hommes, remonte à bord de son bâtiment, lève l'ancre et sort du port avant que ni le commissaire de marine, ni le commandant de place n'aient été informés de ce qui se passait.

Un rapport détaillé de cette rebellion à main armée contre la force publique qui avait stupéfié les autorités maritimes et militaires de Fécamp et jeté l'émoi dans toute notre population, fut aussitôt adressé au ministère de la marine par le commissaire. Ce dernier, furieux d'avoir été ainsi joué, demandait que le capitaine Pollet fût cassé de son grade et remis matelot « à la basse paye. »

Dans sa réponse, le ministre se montre très indulgent pour notre héros. Rappelant les services de Pollet

qui navigue depuis 1762 et commande en course
depuis 1795, il ne saurait oublier qu'en dehors
des nombreux bâtiments marchands dont le corsaire
s'est emparé, celui-ci s'est encore rendu maître tout
récemment de deux corvettes anglaises. De sorte que,
eu égard à sa conduite antérieure, le capitaine du
Génie n'est condamné qu'à quelques jours d'arrêts de
rigueur qu'il fera à son retour en France.

C'était d'ailleurs l'intérêt bien entendu du Gouvernement de ménager les hommes de cette trempe
qui étaient ses meilleurs auxiliaires dans la lutte qu'il
fallait soutenir contre la puissance maritime de l'Angleterre ; et bien des fois l'Empereur leur fit des
propositions très avantageuses pour les faire entrer
comme officiers dans la marine impériale.

Si quelques-uns, préférant l'indépendance absolue
qu'ils possédaient comme corsaires aux honneurs
qu'on leur offrait, déclinèrent ces offres, d'autres les
acceptèrent, et parmi ces officiers se trouve le grand-
père du côté maternel de l'auteur de cette *Histoire
Maritime.* Jacques-François-Henry Desprairies, né au
Havre, le 23 Décembre 1774, avait été reçu capitaine
au long cours, le 14 Fructidor, an X ; il arma successivement en course, et commanda lui-même *L'Heu-
reux-Hazard* et le *Hussard.* Fait prisonnier en 1810,
au cours d'une de ces croisières, il est emmené en
Angleterre d'où il est assez heureux de se sauver après

une captivité relativement courte. En 1812, il est nommé enseigne de vaisseau, à titre auxiliaire, dans la marine de l'Etat, où il est chargé de convoyer les navires de pêche et de commerce.

Voici la lettre qui le commissionnait à cet effet :

MARINE IMPÉRIALE

Au nom de l'Empereur

« Jean-Baptiste - Montagnies Delaroque, capitaine
« de vaisseau, officier de la Légion d'Honneur, com-
« mandant le 15ᵉ équipage de flottille, chargé de la
« défense des côtes et de la protection du commerce
« dans le deuxième arrondissement maritime,

« Ordonne à M. Desprairies (Jacques-François-
« Henry), enseigne de vaisseau auxiliaire, comman-
« dant la canonnière *la Brûlante* d'appareiller au
« premier tems favorable pour se rendre au Havre,
« sous les ordres de M. le Capitaine de frégate
« Lemaître, major du 15ᵉ équipage de flottille. Il
« prendra, sous son escorte, les bâtiments de trans-
« port, de commerce et de pêche.

« L'ennemi ayant établi sa croisière depuis Cher-
« bourg jusqu'à la distance de 4 à 5 lieues, il aura
« toujours la plus grande attention à ce que le trajet

« d'Armanches à la Percée soit toujours fait de nuit,
« à moins de circonstances majeures, dont il justi-
« fiera en cas d'événement.

« *L'habitude des convois et les connaissances locales*
« *qu'il a acquises me sont un sûr garant du succès*
« *de la mission qui lui est confiée.*

« Cherbourg, le 25 Février 1812.

« *Le capitaine de vaisseau,*
commandant le 15^e

« Signé : Montaignies Delaroque.

M. Desprairies mourut en 1820, à St-Domingue.

IV. — Les Fortifications de Fécamp

Si l'on en jugeait par la situation actuelle de
notre ville qui ne possède de nos jours aucun ouvrage
fortifié et ne comprend plus comme force armée que
quarante-deux douaniers, sous le commandement
d'un capitaine et d'un lieutenant, cinq gendarmes à
pied et deux gendarmes de marine, il y aurait lieu
de s'étonner que Fécamp ait pu, non-seulement armer en course au commencement de ce siècle, mais
encore servir de refuge et d'abri, tant aux corsaires
qui y amenaient leurs prises, qu'aux vaisseaux de
guerre poursuivis ou menacés par un ennemi supé-
rieur en nombre, sans que ce dernier songeât à
poursuivre les nôtres pour les attaquer jusque dans
un port ouvert.

Il est bien évident que les choses ne se seraient pas
passées ainsi si la situation était restée la même que
celle qui nous est exposée dans la lettre du ministre
de Sartine, du 27 Août 1778, et que nous avons re-
produite dans le chapitre précédent. Mais bien des
changements s'étaient produits depuis lors. Sans
avoir reconquis son ancienne importance, la vieille
résidence fortifiée des premiers ducs de Normandie,

si longtemps abandonnée à la négligence des moines
qui n'avaient jamais rien fait pour sa défense, était
redevenue, sous la Révolution, une sorte de petite
place de guerre. Et, si l'on n'avait rien fait pour la
défendre du côté de la terre, elle était suffisamment
fortifiée du côté de la mer pour déjouer une surprise
de l'ennemi, résister à un coup de main, et protéger
la retraite des corsaires et des bâtiments de l'Etat,
en tenant leurs agresseurs à une distance respectable
de ses canons, derrière lesquels les nôtres trouvaient
un abri sûr.

Ce fut vers la fin du xviie siècle, à la suite d'une
descente effectuée par l'armée anglaise sur nos côtes
où elle avait pillé toutes les villes du littoral, depuis
le Havre jusqu'à Dieppe, que l'ingénieur Vauban
avait fait commencer à Fécamp quelques travaux de
défense.

Ces premiers ouvrages, qui faisaient partie du
plan général de défense des côtes de la Manche, se
composèrent de trois petits fortins, élevés sur les
bords mêmes de la mer et destinés à prévenir un
nouveau débarquement de l'ennemi. Ils furent ainsi
disposés :

1º Au pied de la falaise de Notre-Dame-du-Salut,
un petit fort, connu sous le nom de *Batterie de la
côte* ou *Batterie du cap Fagnet* et dont les derniers
vestiges des fondations, emportés depuis par la mer,

se voyaient encore à la marée basse il y a une vingtaine d'années ;

2º Au centre de la vallée, vers le milieu de la
plage, une tour en briques, dont les derniers débris
disparurent vers la même époque ;

3º Enfin, au pied de la côte de Renéville, un autre
fort, connu sous le nom de *Batterie du Batifaux* et
sur l'emplacement duquel on a bâti depuis le casino,
près duquel on voit encore les murs et les fossés de
cet ouvrage.

A l'origine, l'artillerie dont on arma ces fortifications fut représentée par trois canons en bronze,
c'est-à-dire une seule bouche à feu par batterie.
C'était peu ; il paraît cependant qu'elle fût suffisante
pour tenir les Anglais en respect, car ils ne recommencèrent pas la descente qui leur avait si bien
réussi quelques années auparavant.

Mais les revers qui marquèrent la fin du règne de
Louis XIV eurent une influence désastreuse sur ces
premières fortifications que l'on délaissa malheureusement. Réparés une première fois au commencement
de 1779, les ouvrages primitifs furent complétés et
considérablement augmentés sous la Révolution par
un fossé et un mur qui couraient tout le long de la
plage depuis la jetée du sud jusqu'au Batifaux.

L'ensemble de la défense comprit alors sept ou
huit batteries ou plates formes armées de vingt et un

canons et de trois mortiers. La plus grande partie de
cette artillerie provenait de la fonte des cloches en-
levées aux différentes églises, soit de la ville, soit des
environs. Elle était servie par des canonniers volontaires de la garde civique.

En même temps, Fécamp reçut une petite garnison et fut placé sous les ordres d'un commandant de
place.

Cela ne l'empêcha cependant pas d'être bombardé
par une flotte anglaise dès la réouverture des hostilités qui suivirent la rupture du traité d'Amiens, au
mois d'Octobre 1803. Il ne semble pas que les ennemis y aient tenté un débarquement, car sa faible
garnison, composée presqu'exclusivement de volontaires qui n'avaient pas encore vu le feu, n'aurait
certainement pu résister utilement à des troupes
aguerries.

Napoléon, qui était déjà passé à Fécamp en 1802,
y revint une seconde fois en 1810, au cours d'une inspection qu'il voulut faire lui-même des côtes comprises entre Lille et Le Havre. Ce fut l'occasion de
nouveaux projets d'amélioration du port. On fit de
nouveaux plans qui tendaient cette fois, non plus
seulement à l'agrandissement du port de commerce,
mais bien à la création d'un véritable port de guerre
avec d'immenses bassins à flot, si faciles à creuser
dans notre belle vallée. L'Empereur avait, en effet,

été frappé de la position exceptionnelle de Fécamp et des ressources que son port pouvait lui offrir. Mais les événements malheureux qui marquèrent les dernières années de son règne et préparèrent son effondrement ne permirent pas de donner suite à cette idée renouvelée de Vauban et qui aurait entièrement changé les destinées de notre ville.

Pendant ce temps, et malgré le projet fort remarquable que M. de Lescaille avait déjà élaboré en 1800 et qui prévoyait, dès cette époque, la création d'un bassin à flot qui ne fut exécuté que trente ans plus tard, dans la partie sud de l'ancienne retenue occupée aujourd'hui par le bassin Bérigny, on n'effectuait pas même les réparations les plus urgentes réclamées par la sécurité des bâtiments fréquentant le port, et les anciens ouvrages en bois qui constituaient les jetées étaient emportés pièce à pièce par la mer, sans qu'on songeât à la remplacer.

Suivant M. Renaud, dans sa *Notice sur les ports de Fécamp, d'Yport et d'Etretat*, « en 1810, la mer « emporta le musoir de la jetée Sud et une grande « partie du tronçon resté debout vers le chenal ; le « restant de ce tronçon disparut vers 1811, en sorte « que, des ouvrages construits sur ce point avant 1793, « il ne restait plus que la jetée basse de garantie, le « commencement de fondations exécuté en 1793 et « l'estacade défendant la digue d'accès. Cet ouvrage

« avait été lui-même attaqué à diverses reprises par
« la mer qui se fraya, un instant, un passage jusque
« dans l'avant-port. »

La jetée du Nord, exposée moins directement à
l'action des eaux et construite plus solidement aussi,
avait moins souffert, sans cependant être complètement indemne.

Alors, quelques travaux furent ordonnés vers 1811 ;
mais les véritables réparations ou plutôt les recons-
tructions ne commencèrent qu'après le rétablissement
définitif de la paix.

V. — Reprise des Armements pour la Pêche à Terre-Neuve en 1815

La nouvelle de l'abdication de Fontainebleau fut accueillie avec bonheur par quelques-uns, avec un véritable soupir de soulagement par toute notre population maritime qui, plus que toutes les autres classes industrielles, avait souffert d'un chômage forcé de vingt-deux ans.

Il semblait à tous ces braves gens, qui avaient vécu si longtemps de privations, que le successeur de Napoléon, quel qu'il pût être, serait pour eux un véritable sauveur qui ramènerait le travail et l'aisance. L'empire n'avait été qu'une guerre ininterrompue que n'avait pas coupée la plus petite trève leur permettant de mettre un bout de ligne à la mer, sans risquer leur vie ou tout au moins leur liberté ; le nouveau gouvernement devait être la paix perpétuelle. Aussi, l'arrivée de Louis XVIII est-elle saluée avec des transports de joie, et l'espérance renaît dans tous les cœurs.

Les traités de 1814 et 1815, si désastreux qu'ils aient été pour la France, avaient au moins l'avantage de rétablir la liberté et la sécurité des mers, comme de faire rentrer dans leurs foyers tous les marins valides dont les uns, — c'était le plus grand nombre, — étaient retenus prisonniers en Angleterre, et les autres levés pour le service de l'Etat.

De toutes parts, les armements se préparent avec une fiévreuse activité. Le Gouvernement, d'ailleurs, semble prendre en mains la cause de nos pêcheurs et particulièrement de ceux qui vont chercher la morue à Terre-Neuve ; en tous cas, il se préoccupe sérieusement de la situation qui pouvait être faite à nos matelots dans des parages où la pacification pouvait n'être pas encore faite complètement.

La France, en effet, n'avait pas encore repris possession de Saint-Pierre-et-Miquelon, ni de ses pêcheries de Terre-Neuve qui lui étaient rétrocédées par les Traités, de sorte que nos pêcheurs ne pouvaient compter sur aucun secours en cas de manque de vivres et d'approvisionnements en sels ou d'avaries dans ces parages si éloignés de la métropole, et ils risquaient, le cas échéant, de compromettre leur campagne.

Ils avaient été mis en garde contre ce danger par une lettre du comte Beugnot, alors ministre de la marine, depuis la rentrée de Louis XVIII, et dont voici la teneur :

« *Le Ministre, secrétaire d'Etat au département de la*
Marine, à M. le Préfet maritime à Cherbourg.

« Paris, le 5 Janvier 1815.

« Monsieur le Préfet,

« Lorsqu'après le Traité d'Amiens, en 1802, les
« ports de France expédièrent des bâtiments à Saint-
« Pierre-et-Miquelon, pour la pêche de la morue, les
« armateurs, comptant sur les farines et salaisons que
« les Américains pouvaient y apporter, et sur les res-
« sources que leur offrirait, à cet égard, le magasin
« de l'Etat, n'eurent pas l'attention de munir leurs
« bâtiments des quantités de vivres nécessaires à la
« consommation des équipages jusqu'au retour en
« France.

« Cette négligence eût des inconvénients graves
« qu'il importe de prévenir aujourd'hui.

« Je vous prie, en conséquence, de prendre les
« mesures les plus efficaces pour qu'il ne soit auto-
« risé, dans votre arrondissement, aucune expédition
« pour la pêche qu'après avoir acquis la certitude
« que chaque bâtiment aura été approvisionné dans
« une proportion suffisante, non-seulement pour la
« traversée, mais pour le séjour et le retour.

« Vous voudrez bien pourvoir avec soin à l'exé-
« cution de cet ordre, transmettre ampliation de la

« présente dépêche dans chacun des ports de la
« dépendance de Cherbourg.

« Signé : Comte BEUGNOT. »

Quelques jours après, nos armateurs recevaient
communication d'une seconde dépêche du comte
Beugnot, qui était ainsi conçue :

« *Le Ministre, secrétaire d'Etat de la Marine et des
Colonies, au Commissaire, chef maritime au
Havre.*

« Paris, le 23 Janvier 1815.

« Monsieur,

« Plusieurs armateurs m'ont exposé, avec raison,
« qu'ils manqueraient la saison favorable pour le suc-
« cès de leurs opérations à Saint-Pierre-et-Miquelon,
« s'il ne leur était pas permis de faire sortir, dès les
« premiers jours de Mars, les navires qu'ils se pro-
« posent d'envoyer dans cet établissement.

« Vous voudrez bien, en conséquence, informer
« les négociants qui prépareraient des armements
« pour les îles dont il s'agit, que leurs expéditions ne ·
« pourront être protégées par le pavillon du roi,
« avant les premiers jours de Mai, époque présumée
« de l'arrivée dans ces parages de l'expédition de Sa
« Majesté chargée de la reprise de possession, mais

« qu'il ne sera point mis d'obstacle au départ des
« bâtiments ayant cette destination lorsque les arma-
« teurs ne verront aucun danger pour leurs intérêts
« à devancer cette époque.

« Signé : BEUGNOT. »

Sur ces entrefaites, Napoléon rentrait en France
et Louis XVIII se réfugiait à Gand, de sorte que les
expéditions préparées pour Terre-Neuve n'eurent pas
lieu cette année-là, la sécurité de nos nationaux
étant encore une fois compromise sur l'Océan.

Le 24 Avril, le duc Decrès, redevenu ministre de
la marine de l'empereur, écrivait au préfet maritime
du Havre :

« Les expéditions pour Terre-Neuve ne sont pas
« interdites ; c'est aux armateurs à apprécier les cir-
« constances et les dangers qui pourraient éventuel-
« lement naître. »

Ces dangers n'étaient que trop réels pour que nos
armateurs pussent consentir à s'aventurer de nouveau
sur les mers où les Anglais se livraient à une chasse
acharnée contre tout bâtiment battant pavillon français. Pourtant, ils ne consentaient pas volontiers à
laisser plus longtemps improductifs les capitaux qu'ils
avaient consacrés à leurs armements ; leur inaction
avait duré trop longtemps, et ils avaient hâte d'en
sortir par tous les moyens possibles.

Ils voyaient avec douleur et envie les étrangers se livrer paisiblement à la pêche de la morue sur ces mêmes bancs qu'ils avaient explorés les premiers, et où ils avaient si longtemps régné en maîtres absolus.

Mais le pavillon tricolore qu'ils étaient forcés d'arborer comme signe de leur nationalité chaque fois qu'ils en étaient requis par les navires de guerre étrangers, pouvait devenir pour eux une cause de confiscation ou de destruction par les Anglais et leurs alliés. C'était donc ce pavillon qu'il fallait pouvoir cacher à l'occasion et remplacer par celui d'une puissance neutre ou même alliée à nos ennemis.

Cette simulation de nationalité étrangère avait déjà été pratiquée sous l'empire par les navires de commerce français ; la même faculté fut demandée par nos armateurs pour les bâtiments à expédier à la pêche de la morue sur le grand banc de Terre-Neuve. Voici la réponse qu'ils reçurent, à cet effet, du duc Decrès :

« Paris, le 18 Mai 1815.

« Monsieur,

« Je réponds à votre lettre du 11 de ce mois, par
« laquelle vous demandez si les armateurs peuvent
« simuler leurs bâtiments sous pavillon espagnol ou
« portugais.

« Les armateurs sont libres de choisir le pavillon

« qui leur paraît le plus favorable, et vous leur lais-
« serez à cet égard toute liberté.

« Sa Majesté, désirant laisser encore plus de faci-
« lités, a décidé que l'autorisation de ces simulations
« serait absolue, c'est-à-dire que les armateurs seront
« libres d'admettre dans leurs épuipages, tel nombre
« de marins étrangers qu'ils jugeront convenable,
« sans être tenus d'avoir un capitaine français et les
« trois quarts de l'équipage en marins français,
« comme on l'exigeait précédemment suivant l'article
« 1er du décret du 3 Juillet 1810 et la circulaire du
« 10 Août de la même année.

« Il est bien entendu que les armateurs seront
« obligés de fournir le cautionnement prescrit par
« l'arrêté du 13 prairial, an XI, pour garantir la réin-
« tégration de leurs bâtiments sous pavillon national.

« Signé : DECRÈS. »

A cette dépêche était annexé le modèle du Permis
de simulation à délivrer par les Commissaires de
l'Inscription maritime aux armateurs qui en feraient
la demande. Voici la forme de ce document que nous
reproduisons ici à titre de curiosité :

PERMIS DE SIMULATION

Arrondissement maritime

DE

———

QUARTIER D

———

PORT D

Le   de Marine, préposé à
l'Inscription maritime au port d
d'après l'autorisation à nous donnée par la
dépêche de S. E. le Ministre de la Marine et
des colonies, du 18 Mai 1815, permet à
M   armateur domicilé
à   d'expédier sous pavillon
de   le navire français le
immatriculé au port de
en destination pour
d'en composer l'équipage en tel nombre de
marins français ou étrangers qu'il jugera
convenable.

Le présent permis de simulation n'est
valable que pour un an.

L'armateur fournira le cautionnement
presorit par l'arrêté du 13 prairial, an XI
(2 juin 1803) pour assurer le retour dudit
bâtiment sous pavillon national, et ledit
armateur reste d'ailleurs soumis à toutes les
lois et règlements sur la police de la navigation et sur les Douanes.

Il nous serait bien difficile de dire si Fécamp
bénéficia des avantages de cette décision, car nous
n'en trouvons aucune trace dans les archives de l'Inscription maritime. La mesure d'ailleurs ne dura pas
trois mois entiers.

Le 8 Juillet 1815, Louis XVIII rentrait à Paris,
dans les fourgons prussiens, et la paix était rétablie
de nouveau. Elle fut durable cette fois et nos armateurs s'empressèrent de la mettre à profit.

Quelques jours après, le 21 Juillet, sortait du port
de Fécamp l'*Eléonore*, brick de soixante tonneaux,
armé par M. Rigoult, pour aller faire la pêche de la
morue sur le Grand Banc. Ce navire commandé par
François Leborgne, capitaine au long cours, ne rentra à son port d'armement que le 6 Février 1816,
après avoir livré sa morue à Cette. L'équipage comprenait, en outre du commandant, un second, huit
matelots dont un saleur, un novice et un mousse.
Il n'y avait donc pas, comme on le voit, de changement sensible dans la composition des équipages
terre-neuviers.

Le 3 Août suivant, l'*Adolphe*, un autre brick un
peu plus fort que l'*Eléonore*—il jaugeait quatre-vingt-
quatorze tonneaux—partait également de Fécamp pour
la pêche au Banc ; il était armé par M. Leseigneur,
de Saint-Valery-en-Caux, et commandé par Lehuby.
Il ne rentra également que le 6 Février 1816, après
avoir porté sa morue à Cette.

Le courant commercial avait donc été dévié pendant la Révolution, puisque avant 1793, si l'on veut
s'en souvenir, les terre-neuviers appartenant au port
de Fécamp livraient les produits de leur pêche à

Dieppe ou Honfleur, quelquefois aussi, mais plus rarement, à Nantes, et nous voyons maintenant, à partir de 1815, nos pêcheurs prendre la route de la Méditerranée, route qu'ils ne devaient jamais oublier depuis.

Timides à l'origine, puisque deux navires seulement furent expédiés au banc pendant la première année, les armements pour Terre-Neuve prirent, dès l'année suivante, un développement aussi important qu'avant 1793. En effet, dix bâtiments appartenant à huit armateurs différents, sortirent en 1816 du port de Fécamp pour aller pêcher la morue sur le Grand Banc. Parmi eux se trouvait un brick de 147 tonneaux, le *Frédéric*, commandé par son armateur M. Gautier ; il fit deux voyages dans la même saison, mais on ne le voit pas reparaître les années suivantes. Les autres sont des bricks de 80 à 100 tonneaux ; l'un d'entre eux le *Saint-Joseph*, également commandé par son armateur M. Morillon, est capturé par les Anglais pour faits de fraude.

Outre MM. Gautier et Morillon que nous venons de citer, les armateurs qui participèrent à cette reprise de la pêche de la morue, furent MM. Leseigneur et Rigoult, de Saint-Valery-en-Caux, qui avaient déjà armé en 1815, A. Bellet, Chesnée, Prosper Couillard et Simon Thurin.

Voici, d'ailleurs, le tableau complet des armements

21

qui se firent dans notre port pour la pêche à la morue sur le Grand Banc de Terre-Neuve, pendant les cinq années qui suivirent le rétablissement de la paix, en 1815 :

Armements à Terre-Neuve, à la part avec avances et pot de vin.

1815

Noms des Navires	Jauge	Armateurs	Capitaines
Eléonore	60 tx	Rigoult	F. Le Borgne
Adolphe	94 tx	Leseigneur	Lehuby

1816

Adolphe	94 tx	Leseigneur	Lehuby
Amitié	80 tx	Prosper Couillard	Rouget
Eléonore	60 tx	Rigoult	F. Le Borgne
Saint-Joseph	83 tx	Morillon	Morillon
Jeune-Alfred	81 tx	Simon Thurin	Tanqueray
Frédéric	147 tx	Gautier	Gautier
Jeune-Mère	85 tx	Chesnée	G. Legrand
Union	87 tx	—	Jean Gin
Les Trois-Amis	89 tx	A. Bellet	L. Martin
Emile	96 tx	Rigoult	F. Le Borgne

1817

Ste-Aimée	65 tx	Cotelle	Colombel
Général-Pardo	110 tx	Ch. Le Borgne l'Aîné	Jean Gin
Les Trois-Amis	89 tx	A. Bellet	Martin
Adolphe	94 tx	Leseigneur	Lehuby
Jeune-Mère	85 tx	Chesnée	G. Legrand
Union	87 tx	—	Corbière
Jeune-Victorine	53 tx	Dupuy	Parentot

1817 (*suite*)

Noms des Navires	Jauge	Armateurs	Capitaines
Saint-Michel	61 tx	Angot	Olivier
Jeune-Alfred	81 tx	Simon Thurin	Tanqueray

1818

Général-Pardo	110 tx	Ch. Le Borgne l'Aîné	Palfray
Union	81 tx	Chesnée	Legrand
Amazone	169 tx	Chesnée	Corbière
Jeune-Alfred	81 tx	Simon Thurin	Tanqueray
Marie-Françoise	78 tx	Prosper Couillard	Jean Gin
Amitié	131 tx	—	Rouget
Jeune-Mère	85 tx	Chesnée	Le Borgne
St-Michel	75 tx	Angot	Grenier
Frédéric	147 tx	Gautier	Grandin
Père-de-Famille	67 tx	Simon Thurin	Leblond

1819

Général-Pardo	110 tx	Ch. Le Borgne l'Aîné	Palfray
Union	87 tx	Chesnée	Legrand
Jeune-Louis	62 tx	Dupuy	Lehuby
Sainte-Aimée	65 tx	Cotelle	Petitcot

1820

Eléonore	60 tx	Rigoult	Sébir
Père-de-Famille	67 tx	Simon Thurin	1ᵉʳ V. Auger 2ᵉ V. Adeluze
Adolphe	94 tx	Leseigneur	Delamare
Marie-Françoise	78 tx	Prosper Couillard	Jean Gin
Amitié	131 tx	—	Rouget
Jeune-Louis	62 tx	Dupuy	Pottier
Jeune-Victor	75 tx	Follin	Grenier
Jeune-Antoine	117 tx	Dupuy	Pauntot

1820 (suite)

Noms des Navires	Jauge	Armateurs	Capitaines
Jeune-Alfred	81 tx	Simon Thurin	Tanqueray
Saint-Michel	75 tx	Angot	Saillard
Amazone	169 tx	Chesnée	Corbière
Général Pardo	110 tx	Ch. Le Borgne l'Aîné	Palfray

On trouve dans ce tableau quelques navires de de Saint-Valery-en-Caux, dont l'entrée du port était alors obstruée par un poulier de galets, comme cela s'est reproduit à diverses reprises d'ailleurs.

Nous regrettons bien sincèrement que l'espace nous fasse défaut pour continuer cette liste et donner ici, comme nous l'avons fait dans le chapitre précédent pour la période de 1728 à 1792, le tableau complet des armements de Fécamp à la pêche au Grand Banc ; mais, malgré tout l'intérêt que ce tableau aurait présenté pour nos lecteurs, il nous aurait entraîné plus loin que nous le permettent les limites de cet ouvrage. Nous nous contenterons donc, pour la suite, de noter au passage les faits les plus saillants que nous offriront ces armements.

Au mois de Février 1818, afin de favoriser la pêche française de la morue et de lui faciliter des débouchés pour l'écoulement de ses produits, tant à l'étranger que dans les colonies de la France, le comte Molé, l'un des nombreux et éphémères successeurs du duc Decrès, au ministère de la marine, au-

torisait les armateurs à Terre-neuve qui voudraient
se servir de leurs navires pêcheurs comme transports
de Saint-Pierre-et-Miquelon à la Martinique, à la
Guadeloupe, à la Guyane et aux Indes occidentales,
à débarquer, pour être renvoyés en France, les marins qui ne seraient pas nécessaires pour la conduite
du navire pendant cette campagne de long cours.

Armés au commerce avec un équipage réduit, ces
navires porteraient ainsi la morue qui a été préparée
et séchée sur les lieux de pêche de la côte de Terre-
Neuve ou de St-Pierre aux colonies d'où ils pourraient revenir en France avec un fret pris dans ces
colonies.

Cette autorisation était d'autant plus facile à accorder par le ministre, que les terre-neuviers ne pouvaient être commandés, à cette époque, que par des
capitaines au long cours.

D'après une note jointe à la circulaire ministérielle précitée, la consommation de la morue aux
Antilles s'élevait à environ trente mille boucauts,
pesant chacun un millier. La Guyane à elle seule
consommait le quart de cette quantité, et les Indes
occidentales françaises 28,000 milliers de morues.
Malheureusement, c'était l'étranger qui fournissait
la plus grande partie de ce poisson.

Suivant la pensée du ministre, l'autorisation qu'il
accordait aux bâtiments terre-neuviers, devait four-

nir aux armateurs français les moyens de lutter avec
moins de désavantage contre leurs concurrents étrangers, et, d'après des expériences faites par la marine
de l'Etat, 75 bâtiments de 200 tonneaux pourraient
utiliser ces transports dans un avenir prochain et occuper ainsi environ 2,000 marins en dehors de la
saison de pêche.

A part quelques alternatives de décroissement
justifiés par un assombrissement de l'horizon politique ou par des pertes résultant soit de mauvaises
campagnes, soit de l'avilissement du prix du poisson
en France, les armements du port de Fécamp, pour
la pêche à la morue sur le Grand Banc, n'ont pas
cessé de s'accroître depuis leur reprise en 1816 et
1817.

De 10 qu'il était en 1816, le nombre des terre-
neuviers fécampois passe à 22 en 1820, 25 en 1828
pour atteindre 27 en 1835 et 30 en 1840.

Dans une note communiquée par la Chambre de
Commerce à l'*Association Normande*, lors des assises
que cette Société a tenues à Fécamp en 1850, M.
Corbière nous a laissé un tableau détaillé des armements pour la période des six années antérieures,
ainsi que de la valeur des produits de la pêche pendant cette période.

Voici ce document (1), tel que nous le trouvons inséré dans l'*Annuaire des cinq départements de l'ancienne Normandie*, pour 1851 :

Années	Navires	Tonnage	Marins	PRODUITS DE PÊCHE	
				en kilog.	en francs
1844	35	5040 tx	568	5,881,329	1,438,228 fr. 85
1845	32	4528 tx	521	5,644,512	1,617,766 11
1846	25	3686 tx	417	4,960,468	1,457,860 22
1847	26	4041 tx	444	5,799,588	1,624,048 »»
1848	25	4388 tx	439	5,144,395	1,442,845 47
1849	26	4606 tx	467	5,560,388	1,484,922 77

Produit moyen de la pêche de chaque homme :

En 1844 . . . . 10,354 kil.
En 1849 . . . . 11,906 kil.
Bénéfice moyen ou part par homme : 500 à 800 francs.

---

(1) Nous laissons à l'auteur de cette statistique toute la responsabilité des chiffres que nous nous contentons de reproduire dans leur intégrité, mais sur l'exactitude desquels nous sommes porté à faire quelques réserves ; le contrôle auquel nous nous sommes livré ne nous ayant pas donné toute satisfaction à cet égard.

VI.—Améliorations apportées aux procédés de pêche .

A mesure que les armements se développent, nous constatons également que de grandes améliorations se produisent dans la manière d'effectuer la pêche sur le banc.

Nous voyons pourtant reparaître au début la pêche errante avec lignes à la main, manœuvrées tout le jour durant, par les malheureux pêcheurs immobilisés dans le baril recouvert du tablier de cuir et avec lequel ils semblent faire corps.

Le *Dictionnaire des Pêches*, de M. Baudrillart, publié à Paris en 1827, nous donne encore la description avec gravures à l'appui d'un petit bâtiment de Granville, équipé pour la pêche de la morue sur le banc de Terre-Neuve, avec tous ses engins de pêche et de préparation du poisson, ses barils solidement amarrés au bord, sous le vent, pour y placer les pêcheurs et le pavois de toile goudronnée, destiné à les garantir de la pluie et de la trop grande force du vent.

« J'ai vu récemment, dit l'auteur de ce diction-

« naire, à Dieppe et à Saint-Valery, des bâtiments
« armés pour la pêche de la morue, où l'on a subs-
« titué de petits carrés en planches aux barils gran-
« villois. »

Et M. Baudrillart semble ainsi faire de la pêche
à la ligne de main, la méthode à peu près exclusivement employée sur le banc à l'époque où il publiait
son ouvrage, c'est-à-dire dix ans environ après la reprise de cette industrie.

C'est comme exception qu'il cite la *pêche à la
faux*, variété de la pêche à la ligne de main, et dans
laquelle on n'amorce point les haims ; ceux-ci sont
formés de deux ou trois crochets bien aiguisés pour
que, en les retirant par secousses brusques, on prenne
le poisson qu'on pique tantôt par un endroit, tantôt
par un autre. Ce procédé comme on le comprend, ne
pouvait donner des résultats bien satisfaisants, que
sur les fonds très poissonneux. Il se pratiquait, soit
du pont du navire, comme pour la ligne à la main
boettée, soit dans la chaloupe.

Quant à la pêche à la ligne dormante, M. Bau-
drillard n'en parle pas ; c'est peut-être parce qu'elle
était encore défendue par les prescriptions adminis-
tratives comme dangereuse pour la vie des hommes
qu'on envoyait par tous les temps à la mer pour poser
les lignes. Nous pouvons, cependant, affirmer que
l'innovation du capitaine Sabot n'était point abandon-

née à Fécamp, et que son procédé allait au contraire chaque année s'améliorant

C'est ainsi que nous voyons apparaître les chaloupes en 1815, c'est-à-dire dès la reprise de la pêche au banc. A partir de cette époque les navires qui voulurent faire la pêche aux lignes dormantes emportèrent deux grandes chaloupes dont une de rechange et un canot plus petit que l'on appelait *porte-manteau*, parce que chaque soir cette petite embarcation était hissée sur les potences de ce nom. Ces potences étaient placées verticalement par le travers du parc, entre les deux mâts des *dogres* et des *brigantins*, et les apparaux fixés à la tête des deux mâts de hune.

La voilure de ces chaloupes se composait d'un foc, d'une misaine et d'un tape-cul.

Les chaloupes de Fécamp n'étaient pas tout-à-fait gréées comme celles de Dieppe. Dans ces dernières, le mât de misaine était plus à l'avant ; le point d'amure de la voile se trouvait croché sur l'étrave et la voile était bordée à l'arrière du canot. Dans les chaloupes de Fécamp, le mât était placé plus au centre, mais, bien que la voile fût également bordée à l'arrière de l'embarcation, le point d'amure était croché sur le lof, ce qui lui permettait de serrer plus le vent. En outre de leur voilure, les chaloupes étaient encore munies de sept avirons. La plus grande de ces embarcations était généralement montée par cinq hommes et un novice ; l'équipage du *porte-manteau* ne comprenait que quatre hommes et un mousse.

La grande chaloupe prenait 35 pièces de ligne de 60 brasses chacune ; elle faisait tribord. Le *porte-manteau* ne prenait que 25 pièces de ligne, de 60 brasses chacune également ; il faisait bâbord. Il n'est pas sans intérêt de faire remarquer ici que d'une façon générale, et pendant bien longtemps encore, la tessure de bâbord est moins longue que celle de tribord.

Vers 1840, on abandonne le *porte-manteau* ; la pose des lignes se fait au moyen de deux chaloupes d'égale grandeur et montées du même nombre d'hommes ; cependant, l'anomalie que nous signalions plus haut, relativement à l'inégalité des deux tessures, se continue. Voici, à notre avis, la meilleure explication qui peut en être donnée : on confiait une moindre longueur de lignes à la chaloupe qui allait à bâbord pour qu'elle s'écartât moins du navire, les hommes qui la montaient, contrariés par le vent, devaient avoir plus de mal et mettre généralement plus de temps pour regagner le bord que ceux de l'autre embarcation. Il arrive souvent, en effet, que le vent qui est au sud-sud-ouest le matin, passe, peu à peu, vers l'ouest sous l'influence du soleil et de la température, de sorte que la chaloupe de babord se trouve avoir vent contraire, et être obligée de se servir de ses rames pour regagner le navire.

Pour répartir également cette fatigue entre les matelots, on changeait chaque dimanche l'équipage des chaloupes, de sorte que les hommes faisaient alternativement huit jours bâbord et huit jours tribord. La tessure de bâbord comprenait alors trente pièces de lignes, et celle de tribord quarante; ces lignes étaient mises le soir à la mer pour être relevées le lendemain matin.

Jusque là, on avait conservé, pour mouiller, l'usage du cable entièrement en chanvre; ce ne fut qu'en 1842 que l'on commença à l'améliorer en lui ajoutant un bas de fond en chaîne-cable en fer d'une longueur d'environ 50 brasses. Puis, en 1848, on remplace le chanvre par des chaînes-cables entièrement en fer, semblables à celles qui sont encore employées de nos jours.

L'administration, d'ailleurs, était revenue de ses préventions routinières contre les lignes de fond, et, ne pouvant remonter le courant qui s'était produit en faveur de cette méthode à la fois moins fatigante pour les hommes, et plus avantageuse pour tous les intéressés, elle s'était enfin décidée à permettre ce qu'elle n'avait pu empêcher tout en en réglementant l'usage, ou tout au moins en prescrivant des mesures de précaution à prendre par les hommes montant les chaloupes et autres embarcations détachées du navire pour aller poser les lignes ou les lever.

C'est ainsi que, dès 1821, le baron Portal, alors ministre de la marine, prescrivait l'emploi d'une ligne fixée par l'une de ses extrémités au bâtiment mouillé sur le banc, et qu'un homme de la chaloupe aurait filée au fur et à mesure, de manière à s'assurer le retour à bord en cas de brume. Il recommandait aussi l'usage des pierriers pour faire, en temps de brume, des signaux d'appel aux embarcations restées à la mer, et que le brouillard empêchait de retrouver le navire.

Voici, d'ailleurs, le texte de cette circulaire ministérielle qui fixe une date certaine à la reconnaissance officielle de la nouvelle méthode de pêche :

Police de la Navigation Nᵒ 4.

« Le Ministre de la Marine et des Colonies au Commissaire général de la Marine, au Havre.

« Paris, le 30 Janvier 1821.

« Monsieur,

« Vous trouverez, ci-joint, la copie d'une lettre qui « m'a été écrite par M. Fayolle, commandant et admi-« nistrateur pour le roi, aux îles Saint-Pierre et « Miquelon.

« Cette lettre est relative aux dangers que présente

« la pêche avec les lignes de fond au Grand Banc de
« Terre-Neuve, et sur lesquels vous avez appelé vous-
« même mon attention, le 28 Octobre dernier.

« M. Fayolle expose que les embarcations qui se
« détachent des navires pour aller tendre les lignes
« sont fréquemment dans l'impossibilité de rejoindre
« ensuite leurs bâtimens respectifs, ou du moins n'y
« parviennent que très difficilement, en raison des
« brumes épaisses qui règnent sur le banc, indépen-
« damment des obstacles que leur oppose une mer
« presque toujours agitée.

« Afin d'obvier à ce grave inconvénient, qui a
« amené des résultats funestes pendant la dernière
« campagne, M. Fayolle énonce l'opinion que chaque
« chaloupe détachée devrait être munie d'une ligne
« qui, fixée par l'une de ses extrémités à bord du
« navire, serait filée par l'un des hommes de la cha-
« loupe, dont elle faciliterait ensuite le retour. M.
« Fayolle pense, en outre, qu'il conviendrait d'em-
« barquer sur chaque navire banquier deux pierriers
« qui, dans l'occasion, donneraient au bâtiment le
« moyen de faire connaître sa position aux chaloupes
« dont les lignes se seraient brisées.

« La pécaution indiquée par M. Fayolle, du moins
« en ce qui concerne la ligne destinée à guider les
« chaloupes, semble être d'une exécution facile. Je
« vous charge d'en faire donner connaissance aux

« armateurs, dans ceux des ports du sous-arrondisse-
« ment du Havre, où il se fait habituellement des
« expéditions pour la pêche du Grand Banc de Terre-
« Neuve.

« Quant aux armateurs qui se détermineraient, en
« outre, à placer des pierriers sur leurs navires, vous
« leur accorderiez, à cet égard, l'autorisation néces-
« saire ; mais, dans ce cas, vous devriez tenir la main
« à l'exécution des formalités prescrites par la dépêche
« ministérielle du 10 Novembre 1817, sous le timbre
« artillerie, relativement à l'obligation qu'auraient
« à souscrire les mêmes armateurs de rapporter ces
« pierriers et à la mention à faire, de cet engagement,
« sur le rôle d'équipage, ainsi que de la quantité de
« poudre qui aurait été embarquée.

« Il couviendra aussi de faire remarquer aux arma-
« teurs qu'il serait à désirer, dans leur propre intérêt,
« comme dans celui des hommes qui montent les
« chaloupes, que ces embarcations, lorsqu'elles lèvent
« les lignes de fond, ne prissent point une charge
« trop considérable de poisson, sauf à revenir, dans
« un second voyage, lever les lignes qu'elles auraient
« laissées en indiquant leur situation par une bouée.

« Recevez, etc.

Signé : Baron PORTAL.

La lettre de M. Fayolle, dont il est question dans cette circulaire, était conçue en ces termes :

« *Le Commandant et Administrateur pour le Roi,*
à Saint-Pierre-et-Miquelon, au Ministre de la
Marine et des Colonies.

« Saint-Pierre de Terre-Neuve, le 14 Novembre 1820.

« Monseigneur,

« Je crois qu'il est de mon devoir de rendre
« compte à Votre Excellence, des craintes que j'é-
« prouve que des évènemens malheureux n'arrivent
« aux bâtimens du commerce qui font la pêche sur
« le Grand-Banc ; craintes fondées sur ce qui est
« arrivé cette année au capitaine du commerce Gour-
« dan, du brick *l'Auguste*, de Nantes, lequel a perdu
« sa chaloupe montée par cinq hommes.

« Le mode adopté d'abord par les pêcheurs diep-
« pois, ensuite par la totalité de ceux qui vont au
« Grand-Banc, de pêcher avec des lignes de fond,
« mode reconnu par l'expérience comme extrêmement
« avantageux, nécessite cependant des observations
« que je regarde comme du plus haut intérêt.

« Plusieurs des patrons des chaloupes détachées
« du bord de ces bâtiments, négligent de prendre
« avec eux une ligne qu'ils doivent filer à mesure
« qu'ils s'éloignent de leur bâtiment. Il en résulte

« que plusieurs de ces embarcations, prises par les
« brumes qui existent presque continuellement sur
« le Grand-Banc. Après avoir tendu leurs lignes, ces
« hommes ne peuvent, malgré leurs efforts, retrouver
« leurs navires; démunis de provisions, battus par une
« mer toujours grosse, la mort les attend, à moins
« que par un de ces secours inopinés envoyés par la
« providence, ils ne se trouvent sauvés par quel-
« qu'autre bâtiment mouillé sur le Grand-Banc.

    « Je regarde donc, Monseigneur, sous le rapport
« de l'humanité, comme un devoir indispensable,
« que des ordres positifs soient donnés aux capitaines,
« d'enjoindre impérativement à leurs officiers patrons
« de ne jamais quitter la ligne dont chaque embarca-
« tion devra être munie, et je pense, en outre, que
« chaque bâtiment du commerce destiné à cette
« pêche devrait avoir au moins deux pierriers à l'aide
« desquels le capitaine pourrait indiquer sa situation,
« dans le cas où la ligne viendrait à casser.

                  « Signé : FAYOLLE.

          « Pour copie conforme :
        « Signé : Baron PORTAL. »

Depuis lors, quelques modifications insignifiantes
se produisirent, soit dans la longueur des tessures
qui, à partir de 1855, devinrent égales entre elles et

se composèrent d'abord de 75 pièces de 60 brasses chacune, pour atteindre 90 pièces chacune en 1871, soit dans l'accroissement de l'équipage des chaloupes et le nombre de ces embarcations dont chaque bâtiment emporte trois, à partir de 1855. Le seul changement important qui soit à noter dans ce genre d'idée est le remplacement des lourdes chaloupes si encombrantes et si difficiles à manier, par les *doris* actuelles, dans lesquelles deux hommes seulement peuvent prendre place, mais elles sont si légères qu'on peut les remonter chaque soir sur le pont et si peu encombrantes qu'on les empile les unes dans les autres pendant les traversées d'aller et de retour.

Ces doris sont d'invention américaine ; il y avait longtemps qu'elles étaient employées à la pêche de la morue, sur les bancs, par les marins de cette nationalité, quand l'essai en fut fait pour la première fois, en 1875, par nos pêcheurs. L'expérience fut si concluante que, quelques années plus tard, tous nos bâtiments en étaient armés. Il en résulta nécessairement un nouveau changement dans la manière de pêcher ; les hommes durent prendre moins de lignes n'étant que deux pour les filer et les relever.

Nous exposerons, avec tous ses détails, dans un chapitre spécial, consacré à la pêche sur le banc en 1896, la nouvelle méthode de pêche qui fut la conséquence de l'adoption des doris et qui constitua, à part quelques modifications insignifiantes, la méthode employée de nos jours.

En même temps que se produisait cette importante réforme dans l'armement, une transformation complète se produisait dans les engins employés ; les anciens hameçons français en fer étamé étaient remplacés par des hameçons en acier de fabrication anglaise, norvégienne ou française ; les grosses lignes d'autrefois, avec leurs avançons devinrent plus fins, et le coton fut employé pour leur fabrication, au lieu du chanvre qui avait été précédemment la seule matière première mise en œuvre pour cet usage.

VII. — Conditions d'engagement des Equipages

Au moment où les questions du salariat et du rapport entre le capital et la main-d'œuvre présentent leur plus grande acuité, nous sommes heureux et fiers de constater qu'à Fécamp, le principe qui a toujours présidé au règlement du salaire des marins pêcheurs à Terre-Neuve, est celui de l'engagement à la part que nous avons déjà vu fonctionner dans les armements à la Grande-Pêche du hareng et du maquereau. Dans ces conditions toutes particulières, les matelots comme les officiers sont intéressés au bon succès de l'entreprise dont ils partagent avec l'armateur les bonnes comme les mauvaises fortunes, sans, toutefois, participer aux pertes nettes qui pouvaient se produire.

Ces engagements à la part pourraient donc, avec plus de raison, être appelés engagements avec partage des bénéfices et exonération des pertes.

A l'origine et jusqu'en 1743, les conditions d'engagement pouvaient varier suivant les navires : chaque armateur ayant conservé sa liberté d'action vis-à-vis

de ses équipages et pouvant modifier, par suite,
certains points particuliers de la convention généralement adoptée. Ils s'écartaient, cependant, très peu
des conditions suivantes, que nous relevons sur un
contrat de 1728.

Les quatre cinquièmes du produit de la vente du
poisson revenaient à l'armateur qui avait fourni le
navire complétement gréé et avitaillé pour la saison
de pêche; le cinquième restant, appartenait à l'équipage qui se le partageait.

Avant le départ pour le Banc, chaque homme
recevait de l'armateur des avances se montant aux
chiffres suivants :

Le capitaine recevait.	150 livres
Le pilote	90 —
Le maître	80 —
Le chirurgien	80 —
Les autres officiers, chacun	75 —
Chaque matelot	60 —
Chaque novice.	30 —
Et chaque mousse.	15 —

Ces avances étaient retenues à l'arrivée, sur la
part de bénéfices afférente à chacun pour être rem-
boursées à l'armateur.

Le 27 Mars 1743, une assemblée générale des
intéressés eut lieu, avec la permission du roi, sous la
présidence de M. Ch. Le Tourneur, commissaire des

classes de la Marine, pour le département de Dieppe, dans le ressort duquel se trouvait le port de Fécamp, aux fins d'élaborer un Règlement général fixant pour l'avenir les conditions des engagements et les principales clauses des rôles d'équipage pour la pêche au Banc.

Les intérêts respectifs des parties furent représentés et défendus à cette réunion tant par les armateurs que par les capitaines et officiers de navires, et une entente définitive s'établit sur des bases qui ne différaient pas sensiblement les conditions que nous avons énoncées plus haut. Le règlement qui intervint fut homologué le 25 Mai suivant par l'Amirauté.

Cette réglementation particulière mutuellement consentie, en 1743, fut religieusement observée pendant toute la fin de l'ancien régime et même à la reprise des opérations de pêche, en 1815.

Elle n'eut cependant jamais un caractère d'obligation absolue pour ceux-là même qui l'avaient rédigée et consentie à l'origine, et les armateurs comme les marins eussent pu, s'ils l'avaient voulu, ne point s'y conformer. Les uns et les autres avaient conservé la faculté, qui ne peut jamais être prescrite, de faire entre eux, pour chaque armement, telles conventions ou arrangements qui leur paraîtraient le plus conformes à leurs intérêts,

Il était d'ailleurs expressément observé dans la délibération du 27 Mars 1743, que « quoique l'uni-« formité fût établie par les conventions entre les « armateurs et les équipages des navires expédiés à la « pêche de la morue, l'acquiescement des deux « parties pouvait faire considérer les dispositions « consignées dans la délibération du 27 Mars 1743, « comme une collection de conventions spéciales et « individuelles faites par chaque armement. »

Cependant, l'usage une fois établi, personne ne songea à profiter de cette faculté de déroger à un ordre de choses qui n'avait fait que confirmer ce qui se pratiquait précédemment.

Ce ne fut qu'en 1817 que les armateurs de Dieppe et de Fécamp jugèrent bon d'apporter quelques modifications à l'ancien Règlement dont quelques prescriptions étaient devenues surannées et ne pouvaient plus être appliquées.

Les temps d'ailleurs étaient mauvais ; les guerres du premier empire avaient été désastreuses pour nos populations maritimes qu'elles avaient décimées au point que les armateurs éprouvaient les plus grandes difficultés à recruter leurs équipages dans les limites du quartier maritime. Ces difficultés rendaient les marins plus exigeants ; le chiffre des avances qu'on avait eu l'habitude de leur verser en les engageant fut augmenté dans des proportions notables, en même temps que ces avances prenaient le caractère de véritables pots-de-vin ; il fut, en effet, convenu que ces avances ne seraient plus retenues à l'arrivée comme elles l'avaient été jusqu'alors au moment du règlement des parts.

Pour préciser tous ces points, des réunions eurent lieu chaque année à Dieppe, dans le courant du mois de Janvier, entre les négociants de Dieppe, de Fécamp et de Saint-Valery-en-Caux se proposant d'armer pour la pêche au Banc, et chaque année un nouveau règlement fut voté ; il n'était valable que pour un an et n'engageait que les signataires.

Parmi tous ces règlements successifs qui ne différaient d'ailleurs que par quelques points de détail, nous reproduirons, ci-après, celui de 1819 qui nous paraît être le plus complet en la matière.

RÈGLEMENT

Adopté en 1819, par les Armateurs de Dieppe, Fécamp et Saint-Valery-en-Caux, pour la Pêche de la Morue a Terre-Neuve, en 1819.

« ART. 1er. — Les Armateurs fourniront leurs navires entièrement gréés, munis en suffisance de vivres et d'objets de pêche ; les pertes et avaries jusqu'à l'embarquement du sel pour leur compte particulier.

« ART. 2. — Le sel nécessaire à la pêche étant embarqué à bord du navire, et le capitaine étant muni de ses expéditions, les frais de sortie et les pertes d'ustensiles de pêche, câbles, ancres, canots, avirons et autres objets dépendant de l'armement seront considérés comme avaries communes, ainsi que celles arrivées au gréement et au corps du navire; il en sera de même pour les frais de relâche postérieurs à l'embarquement du sel.

« ART. 3. — Les avances seront consenties entre l'armateur, le capitaine et l'équipage, et portées sur le rôle. Elles seront regardées comme pot-de-vin et sans répétition sur le produit du voyage.

« Elles sont, pour l'année 1819 seulement, fixées de la manière suivante :

« Au capitaine 300 francs, plus 100 francs de gratification pour les peines et soins à l'armement jusqu'à la mise dehors du navire, et indemnité de nourriture, pour tous bâtiments gréés en trois-mâts, bricks et goëlettes ; cinquante francs seulement pour ceux gréés en bateaux dogres (1) et flambarts.

« Au second, 120 francs s'il n'est pas saleur, et dans le cas où il serait second et saleur .   140 fr.

---

(1) Sorte de petites goëlettes.

« Au saleur. . . . . 100 fr.

« Aux matelots. . . . . 80 »

« Aux novices à 3/4 . . . . . , ... 60 »

« Aux — 2/3 . . . . 54 »

« Aux mousses . . . . 40 »

« ART. 4. — Les avances payées, l'armateur sera libre de faire prendre au navire son sel, dans le port d'armement ou tout autre à sa convenance, sans que l'équipage puisse demander une indemnité, ni l'armateur une réduction.

« ART. 5. — Indépendamment des lots stipulés sur le rôle d'équipage, il sera alloué les pratiques suivantes à titre d'encouragement :

« Au capitaine, le tiers du produit des huiles rapportées, jusqu'à la concurrence de 3 barriques, et 10 0/0 sur ce qui excédera ce nombre, sous la condition que les diverses espèces d'huiles ne seront pas mélangées ; le produit d'un baril de langues jusqu'à la concurrence de 20,000 morues et un quart de baril par chaque 5,000 morues excédant cette quantité ; 10 0/0 sur le produit des rogues et 250 kilog. de morue par chaque cargaison.

« Au second, la moitié des pratiques allouées au capitaine s'il est second et saleur, et dans le cas où il ne remplirait pas les deux fonctions, la somme résultant de cette moitié se partagera avec le marin embarqué en cette qualité de saleur dans la proportion suivante :

« Deux tiers au second.

« Un tiers au saleur.

« Les différentes sommes résultant des pratiques ci-dessus seront comme d'usage portées en dépenses au chapitre des avaries communes.

« ART. 6. — Seront réputées avaries communes les barillages qui auront servi à contenir le produit de la pêche, soit en morues, huiles, rogues ou autres abatis.

« Il en sera de même pour la différence entre le prix du sel des marais français et les sels blancs de Saint-Ubes ou autres provenant de l'étranger.

« ART. 7. — Lorsque les armateurs croiront convenable, pour l'intérêt commun, de faire opérer le retour du navire dans un autre port que celui de l'armement, toutes les dépenses (y compris les vivres du bord et autres fournies à l'équipage) qui auront lieu jusqu'à la mise à terre de l'entière cargaison seront classées dans la catégorie des avaries communes.

« Dans le cas où après la décharge opérée, le navire relèverait pour retourner à son port de désarmement, les dépenses qu'il pourrait faire continueront à être classées dans la même catégorie.

« Si le bâtiment trouve un fret en retour, le

produit en sera porté en recette, au profit de la communauté, et le capitaine aura un chapeau de 5 0/0 sur le fret.

« ART. 8. — Si l'équipage exigeait d'être payé du montant du voyage au lieu de la vente, il lui sera fait une retenue pour garantir sa part des avaries et dépenses qui pourraient avoir lieu jusqu'à la remise du navire au port de désarmement.

« ART. 9. — Le navire arrivé dans son port de désarmement, les frais de dégréement et la mise d'icelui en magasin seront au compte de la communauté.

« ART. 10. — Après la déduction de toutes les avaries, y compris la commission de vente de l'armateur à 4 0/0 sur le produit brut de la cargaison, le surplus du produit net sera partagé par cinquièmes, dont quatre pour l'armateur et un pour l'équipage, lequel sera divisé en autant de lots qu'il y aura de têtes à bord, plus un second lot pour le capitaine.

La différence en bonification de masse servira à l'armateur pour compléter les suppléments qu'il consentira suivant l'usage en faveur du capitaine, second et saleur ou de tout autre qu'il aurait intérêt, pour le bien commun, à encourager.

« ART. 11. — Le navire amarré à quai, les voiles serrées et la pompe franche, l'équipage sera congédié. Cependant, il sera préféré, pour travailler au désarmement, mise à terre de la cargaison et le jet à la mer du sel immonde. Ses journées seront payées au cours de la place, et les dépenses résultant de ces diverses opérations seront portées au chapitre des avaries communes.

ART. 12. — Il sera délivré à l'armateur douze poignées de morues de choix dites de présent, pour faire tel usage qu'il croira convenable.

« ART. 13. — Le présent Règlement n'aura lieu que pour l'année 1819 seulement; il sera revu au mois de Janvier 1820, en assemblée générale de tous les armateurs, pour y faire telle augmentation ou réduction que l'expérience aura démontrée nécessaire et indispensable, attendu que quelques armateurs ont insisté pour qu'il fût passé en avaries communes divers articles que la majorité n'a pas cru devoir, quant à présent, accueillir favorablement, à cause de l'état vraiment malheureux dans lequel les équipages se trouvent réduits par suite des circonstances pénibles qui affligent notre pays.

« ART. 14. — Les contestations qui pourraient survenir entre l'armateur et l'équipage seront jugées par quatre arbitres du choix des parties, dont deux pris parmi les armateurs et deux parmi les capitaines, lesquels s'adjoindront, en cas de désaccord, telles ou telles personnes qu'ils croiront à propos ;

lesquels jugeront souverainement sur les points en litige.

« ART. 15. — Le présent sera imprimé au nombre de deux cents exemplaires pour être distribués aux armateurs soussignés.

« Fait et signé triple à Dieppe, le cinq Février mil huit cent dix-neuf, pour une expédition être déposée au Bureau de la marine, une autre à la Chambre de Commerce et la troisième ès-mains de MM. Frédéric et Georges Legriel frères, stipulant pour la communauté des armateurs.

« Signé : F. et G. LEGRIEL FRÈRES, D. DESLANDES, LUCAS, Vallery BRETEL, B. VASSE, V. CA-VELIER ET FILS, J. B. VINCENT, SAMSON ET FILS, E. LE BARON, LEBORGNE, FLOUEST, J. D. LE CANU FILS ET SŒURS. »

VIII. — Le Commandement des Terre-Neuviers

Non-seulement les matelots faisaient défaut, mais encore il était fort difficile de trouver les capitaines au long-cours que la loi exigeait pour le commandement des navires se rendant sur le Banc de Terre-Neuve ; il y avait, en effet, pénurie de ces officiers. Pendant toute la durée des guerres de l'empire les inscrits maritimes valides avaient été levés dès l'âge de seize ans, et très peu d'entre eux avaient pu suivre les cours d'hydrographie assez longtemps pour pouvoir se faire recevoir.

Puis, et c'est là le point principal, les commandants des navires terre-neuviers ne doivent pas seulement faire preuve de connaissances nautiques nécessaires pour pouvoir diriger le navire, assurer la sécurité des équipages en mer et les ramener à bon port en fin de campagne ; ils doivent encore posséder des connaissances spéciales en matière de pêche et de préparation des produits de cette pêche, une pratique suffisante de ce genre d'opérations qui leur permette de devenir sur le Banc, non plus un officier de marine marchande, mais bien un véritable chef d'exploitation auquel l'armateur, son commettant, puisse confier en toute sécurité un capital d'une centaine de mille francs qu'il doit faire fructifier par une bonne pêche.

Pour cela, un capitaine au long-cours fut-il le plus instruit et le plus intelligent, ferait toujours un très mauvais commandant de terre-neuvier s'il n'avait pas l'expérience de la pêche de la morue, et l'armateur qui lui confierait le commandement de son navire serait obligé de lui adjoindre, pour diriger l'opération sur les lieux de pêche, un pêcheur expérimenté et muni de sa confiance, mais qui n'a pas les capacités requises pour commander l'équipage pendant la route.

D'un autre côté, ce pêcheur expérimenté auquel l'armateur est tout disposé à confier ses intérêts est parti trop jeune comme mousse pour avoir acquis à l'école primaire, qu'il a peu ou point fréquentée, l'instruction élémentaire absolument indispensable pour suivre avec profit les cours d'hydrographie et se faire recevoir capitaine au long-cours. Le programme de cet examen était trop élevé pour cette catégorie d'élèves, et les décourageait au point que le nombre des candidats allait chaque année en diminuant.

C'est ce que les armateurs exposèrent au Ministre de la Marine, en lui demandant d'être autorisés à confier le commandement de leurs navires à des maîtres au cabotage dont les connaissances en navigation sont suffisantes pour faire le voyage du Banc, où ils sont allés chaque année depuis leur plus jeune âge. Le recrutement de ces maîtres au cabotage pouvait être facilement assuré parmi les pêcheurs eux-mêmes.

Le Ministre ne se rendit pas immédiatement aux raisons des négociants ; il accorda cependant quelques autorisations exceptionnelles ; mais les armateurs ne se tinrent pas pour battus ; ils renouvelèrent chaque année leur demande jusqu'à ce que la loi du 21 Juin 1836 vint leur donner gain de cause en autorisant les maîtres au cabotage à commander tous navires armés pour la pêche de la morue, soit au Banc, soit à la côte de Terre-Neuve.

Il leur fut toutefois interdit de commander les transports autorisés, comme nous l'avons vu, à porter la morue sèche de St-Pierre aux Antilles, ni même à prendre, au départ de France, un fret pour les lieux de pêche.

CHAPITRE X.

LES ANCIENS ARMEMENTS
POUR LA PÊCHE AU BANC

Nous avons dit dans la première partie de cet ouvrage que les armateurs de Fécamp qui se livrèrent les premiers à la pêche de la morue sur le Grand-Banc de Terre-Neuve se servirent au début de leurs bateaux harenguiers radoubés à cet effet, pour pouvoir affronter sans trop de dangers une navigation aussi longue et aussi périlleuse. Nous avons en même temps expliqué ce qu'étaient ces bateaux dont la jauge ne dépassait guère cinquante tonneaux, dont l'aménagement était tout-à-fait rudimentaire et dont l'équipage ne se composait que d'une douzaine d'hommes; aussi, quand on réfléchit aux distances qu'ils avaient à parcourir, à l'aller comme au retour, aux mauvais temps qu'ils avaient à essuyer, au dur travail auquel ils étaient soumis par les exigences de la pêche errante, sans jamais mouiller une seule fois pendant toute la durée de la campagne, on serait tenter de crier à l'invraisemblance si les registres de l'amirauté n'étaient là pour l'attester.

Mais si ce furent sur de légères *crevelles*, *cara-velles* ou *caravacelles* que nos hardis marins fécampois risquèrent d'abord leur vie dans cette pêche, où ils devaient plus tard être les premiers, on employa surtout, dans le courant du xviiie siècle, les *dogres*, espèces de goëlettes sans voiles hautes et les brigan-tins, qui comportaient 24 hommes d'équipage, dont un capitaine en premier, un capitaine en second, un pilote hauturier, un chirurgien, un charpentier, un saleur, un étesteur, ces cinq derniers ayant rang d'officiers mariniers, onze matelots, trois novices et trois mousses.

Pendant le xixe siècle, au contraire, les dogres et les brigantins furent successivement abandonnés pour faire place aux trois-mâts dont les dimensions s'accrurent progressivement pour répondre aux be-soins des nouveaux procédés de pêche et qui arrivent aujourd'hui à porter de cinq à six cents tonnes en lourd.

Mais il ne faudrait pas croire qu'il se soit, à aucune époque, établi une uniformité complète dans les armements pour Terre-Neuve, et, d'une façon générale, on peut dire que, dans tous les temps, toutes les sortes de bateaux furent utilisées pour la pêche qui nous occupe. Il y a quelques années encore, à Fécamp même, on envoyait sur les bancs, des bateaux qui n'avaient jamais fait auparavant que la pêche du hareng.

Il faut bien reconnaître toutefois qu'à moins de circonstances exceptionnelles, les grands navires seuls peuvent donner de bons résultats dans ce genre d'industrie, surtout dans les années d'abondance comme celles qui viennent de s'écouler ; les prix de la morue sont tombés si bas à Saint-Pierre et à Bordeaux, qu'il faut en pêcher des quantités considérables, — 6,000 quintaux environ (1), impossibles à loger dans de petits bateaux, — si l'on veut arriver à réaliser un bénéfice appréciable. Encore n'y peut-on parvenir que par une stricte économie de temps et d'argent, par la suppression des relâches à St-Pierre qui coûtent très cher et font perdre quinze jours ou trois semaines d'un temps précieux au milieu de la campagne de pêche, car il n'est pas rare de voir, pendant qu'on est sous voiles, les navires concurrents prendre plusieurs milliers de poissons à la marée.

(1) Si l'on considère que le poids moyen du poisson qui est pêché de nos jours sur les Bancs a considérablement diminué, il faut compter sur une pêche totale de 300 à 350,000 morues pour atteindre ce poids, ce qui représente environ 2,000 poissons à la marée. Il ne faut pas perdre de vue, d'un autre côté, que toutes ces morues sont prises à l'hameçon et non au filet.

Pour s'éviter une relâche aussi préjudiciable, il est indispensable d'avoir un grand navire où l'on puisse, d'une part, saler et arrimer dans sa cale le produit complet de la pêche d'une campagne, et, d'autre part, emporter de Fécamp tout ce qui est nécessaire en sel et autres approvisionnements, pour permettre de rester la saison entière sur le Banc, et revenir en France, sans avoir été obligé de toucher terre.

Cependant, si depuis quelques années on a pu obtenir ce résultat à Fécamp avec les grands trois-mâts qu'on y arme, nous devons à la vérité de dire que près de la moitié de nos anciens terre-neuviers sont encore obligés d'aller verser leur première pêche à Saint-Pierre, et il devra se passer un certain laps de temps avant que tous nos armateurs puissent s'exonérer de cette pratique si préjudiciable à leurs intérêts.

En dehors de ces améliorations apportées dans leur tonnage et leur gréement, les bâtiments terre-neuviers ont dû subir, depuis 1728, bien des transformations successives, que nous croyons intéressant d'étudier rapidement ici.

Parmi les bateaux de faible tonnage, montés par un équipage tout-à-fait restreint, nous voyons progressivement paraître la crevelle, caravelle ou caravacelle, le lougre, le dogre ou petite goëlette sans voiles hautes dont nous avons déjà parlé plus haut, puis la goëlette ordinaire, la goëlette latine et le dandy ou dundée.

Les navires d'un plus fort tonnage nous offrent le brick-goëlette, le brick, le trois-mâts, le trois-mâts-goëlette, type américain, le trois-mâts-goëlette français et le trois-mâts carré.

Les bâtiments armés aujourd'hui à Fécamp pour aller faire la pêche de la morue sur le Banc sont des trois-mâts et des trois-mâts-goëlettes de 400 à 500 tonneaux de port; nous donnerons, d'ailleurs plus loin, la liste complète et détaillée des navires terreneuviers armés dans notre port pour la campagne actuelle.

Au début du XVIIIᵉ siècle, lorsque l'industrie de la pêche au Banc commença à s'implanter chez nous, les banquais fécampois, comme les autres pêcheurs de morue de cette époque, n'avaient guère d'aménagement spécial pour la préparation et la conservation du poisson, ni même pour le logement des hommes et les approvisionnements. Nous voyons seulement qu'ils avaient un grenier sur lequel reposaient alternativement le sel, puis la morue et un entrepont à la partie arrière sur lequel on mettait les provisions.

Il en fut à peu près ainsi jusqu'à la Révolution.

Ce ne fut qu'à la reprise des opérations en 1817, quand on vint à se servir de navires plus spacieux, que le grand entrepont de l'arrière disparut. Il fut

alors remplacé par deux coupées sous le pont, l'une
à l'avant, l'autre à l'arrière, qui servirent à recevoir
le cidre, l'eau et les autres provisions ; sous ces
coupées, on établit des parcs ou compartiments
destinés à recevoir les appâts salés, harengs, sardines,
capelans, etc., emportés de France ou pris à Saint-
Pierre pour boëtter les lignes. Ces parcs permirent
de supprimer les barils trop encombrants qui servaient
précédemment au transport et à la conservation de la
boëtte.

Cette dernière innovation ne fut pas la seule,
car, vers 1820, les parcs furent établis sur le pont
des navires normands pour recevoir les morues pêchées et en cours de préparation. Les Bretons les
imitèrent, mais plus tard, car nous voyons encore
dans le *Dictionnaire des Pêches*, de M. Baudrillart,
ouvrage avec plans et gravures publié à Paris en 1827,
la description d'un navire de Granville sur le pont
duquel on ne trouve aucune trace de ces installations,
et qui est au contraire garni de barils comme les
anciens navires armés dans notre port avant la Révolution.

Lorsque vers la même époque la ligne de fond du
capitaine Sabot vint à remplacer définitivement la
ligne à main, la nouvelle méthode de pêche qui
obligeait le navire à mouiller ses ancres pour envoyer
ses embarcations à la mer, et à relever chaque fois

que le fond était épuisé, força les armateurs à perfectionner leur outillage et à modifier leur armement. Ils commencèrent, comme nous l'avons déjà dit dans le chapitre précédent, par embarquer de forts câbles en chanvre assez longs pour permettre de jeter l'ancre sur tous les fonds, et laisser en même temps assez de jeu au navire pour obéir à la houle et aux vagues. Puis, comme il fallait virer assez souvent, les écubiers furent changés et garnis d'une collerette en plomb pour diminuer l'usure du câble qui ne tardait pas à se couper par un frottement trop fréquent. En même temps, le grossier engin qui, précédemment, ne servait qu'accidentellement pour lever l'ancre dans un port ou une rade de relâche fut progressivement amélioré pour arriver au guindeau à bringuebales actuel.

Ce câble de chanvre qu'on employa d'abord dans tous les bateaux, présentait, certes, de sérieuses qualités par son élasticité et sa mobilité ; mais, malgré la collerette de plomb de l'écubier, malgré les garnitures dont on avait soin de le munir pour le garantir contre le frottement, il s'usait très rapidement et était de plus très encombrant pour un bâtiment où l'espace est mesuré si parcimonieusement. Aussi, vers 1842, quelques armateurs firent l'essai d'un câble mixte fait mi-partie de chanvre et mi-partie de métal. Les résultats obtenus ayant été jugés satisfaisants, Fécamp adoptait définitivement en 1848 la chaîne-

câble en fer ; quelques-uns de nos armateurs continuèrent, cependant, pendant longtemps encore à se
servir de l'ancien câble en chanvre qui ne disparut
définitivement que dans ces dernières années.

Puis, comme complément de cette mesure, pour
conserver aux nouveaux câbles une certaine élasticité,
et afin que le navire rappelle moins sec au tangage,
nos armateurs y ajoutèrent, en 1872, un *stoppeur*
placé entre l'écubier et le guindeau, et garni de ron-
delles en caoutchouc.

Il nous est impossible, comme on le comprendra, de suivre, par le détail, toutes les modifications
et améliorations apportées chaque année aux armements terre-neuviers ; nous nous contentons donc de
citer les plus importantes, parmi des centaines
d'autres ; mais d'une façon générale, nous devons dire
à l'honneur des armateurs fécampois qu'ils ont été et
qu'ils sont toujours les premiers dans la voie du progrès, aussi bien pour l'armement du navire proprement dit, que pour la transformation du matériel de
pêche, l'amélioration de la situation des hommes
de leurs équipages et leur sécurité en mer pendant
les manœuvres.

C'est ainsi que les huniers pleins des anciens
trois-mâts, si difficiles et si dangereux à carguer par
gros temps, ont fait place successivement aux huniers
à baleston, puis aux doubles-huniers. Le fil de fer

a remplacé le filin dans les dormants du navire où l'acier, d'ailleurs, est employé aujourd'hui pour un grand nombre d'usages. Les carènes doublées en cuivre ont été substituées aux anciennes coques en bois, dans lesquelles les voies d'eau s'ouvraient si facilement par suite d'une usure très rapide.

Au point de vue de l'alimentation, les caisses à eau, dont tous nos terre-neuviers sont aujourd'hui pourvus, assurent à l'équipage pour toute la durée de la campagne une eau saine et de bon goût, au lieu de l'eau saumâtre et nauséabonde qu'il trouvait autrefois dans ses barriques en bois; les conserves ont également remplacé avantageusement les anciennes salaisons si souvent rances et permettent de varier, autant qu'il est possible, le menu du bord.

Le poste où couchent les hommes s'est agrandi et a été disposé de façon à recevoir toute l'aération exigée par une hygiène rationnelle ; les chambres réservées au capitaine et aux officiers sont vastes et bien aménagées.

En outre de la pompe de cale, on a établi une pompe spéciale pour laver la morue sur le pont pendant sa préparation et une autre pour enlever la saumure et le sang qui découlent des morues empilées dans la cale. Les embarcations elles-mêmes et les engins de pêche ont suivi le cours des transformations de l'armement qui arrive aujourd'hui à coûter cin-

quante mille francs par bâtiment ; mais la perfection
est loin d'être atteinte et nous verrons certainement,
dans un avenir prochain, nos navires avoir une
machine à vapeur auxiliaire qui servira à actionner
les pompes, le guindeau, le sifflet d'alarme, etc., et
leur donnera l'électricité qui jouera un rôle probablement important dans la pêche, et permettra en
outre à nos navires, d'avoir des feux d'une intensité
assez grande pour percer la brume et signaler leur
présence aux rapides steamers qui sont, pour eux, un
danger continuel.

CHAPITRE XI.

LA PÊCHE DE LA MORUE

SUR LE GRAND-BANC DE TERRE-NEUVE, EN 1896

I. — L'Armement d'un Terre-Neuvier

Nous ne saurions terminer l'historique de la pêche à la morue sur la Grand-Banc de Terre-Neuve, sans donner un aperçu de la manière dont elle se pratique de nos jours, et montrer l'importance des armements qu'elle nécessite, afin que chacun puisse se faire une juste idée des intérêts qui y sont engagés et qui représentent, pour Fécamp seulement, au départ des terre-neuviers pour le Banc, la somme ronde de cinq millions de francs. Encore cette somme ne comprend-elle pas les équipements particuliers des équipages.

Ces équipages se composent en moyenne de 30 hommes, comprenant :

1 capitaine;

1 second, qui fait généralement l'office de trancheur sur les lieux de pêche ;

1 saleur qui fait l'office de lieutenant ou de chef
de quart ;

12 patrons de doris ;

12 matelots ;

2 novices ;

2 mousses.

Les navires sont de grands trois-mâts, solides et
élégants, jaugeant de 300 à 425 tonneaux, et gréés
les uns en barque, avec des vergues au mât de misaine et au grand-mât ; les autres en goëlettes, avec
des vergues au premier de ces mâts seulement.

La valeur de ce navire, quand il est neuf, est
d'environ 175,000 francs, y compris 15,000 francs
environ de *purs dons* et de pots-de-vin donnés à
chaque équipage au moment de l'engagement.

Le matériel d'armement comprend essentiellement :

500 brasses de chaînes-câbles en fer ;

4 ancres de pêche de 425 à 450 kilog. chacune ;

18 doris avec leur gréement et leurs avirons ;

75 ancres de doris ;

650 pièces de lignes mesurant chacune 75 brasses ;

150,000 avançons de 1 mètre à 1 m. 10 ;

150,000 hameçons en acier ;

Les cordes pour bouées et pour la pêche aux bulots ;

Les chaudrettes, mannes et paniers pour cette même pêche ;

50 barils de hareng salé pour servir d'appât ;

300 tonneaux de sel ;

10 tonneaux de charbon de terre, du bois et toutes les victuailles pour un équipage de 30 hommes qui doit être absent pendant six longs mois ;

120 pièces bordelaises de cidre ;

10 barriques de vin ;

100 litres de genièvre ;

2,000 litres d'eau-de-vie ;

5,000 kilog. de biscuit ;

1,500 kilog. de pommes de terre ;

Le lard et le bœuf salé ;

Les conserves de viande et de légumes ;

Le beurre, la graisse et l'huile ;

En un mot tout ce qu'il faut pour que ce navire n'ait besoin de rien pendant cette longue campagne pour laquelle on doit tout emporter, même son eau potable qui est renfermée dans des caisses en tôle où elle se conserve très pure et salutaire.

Les navires terre-neuviers armés comme celui qui nous sert d'exemple, le sont pour faire la campagne complète, c'est-à-dire partir de Fécamp pour la pêche, effectuer cette pêche et revenir en France sans avoir eu besoin de toucher nulle part pendant cette campagne.

Nous supposons un navire pris parmi les derniers construits ou achetés, et susceptible de rapporter 6,000 *quintaux* de chacun 55 kilog. de morue verte en France.

II. — L'Engagement des Equipages

On a déjà vu que, depuis la loi du 21 Juin 1836, le commandement des navires destinés à faire la pêche de la morue sur le Banc de Terre-Neuve, qui était précédemment réservé aux capitaines au long-cours, peut être confié à un maître au cabotage ; mais le programme des connaissances que l'on exige, aujourd'hui, des candidats à ce grade, et les conditions dans lesquelles on leur fait passer l'examen, sont des garanties suffisantes pour assurer la sécurité des équipages et la bonne conduite de l'opération. Aussi, la plus grande partie de nos terre-neuviers n'ont-ils à leur tête qu'un maître au cabotage qui porte à son bord le titre de capitaine. Il arrive même quelquefois que le commandant, tout en étant un excellent marin et un parfait manœuvrier, manque des qualités spéciales qui font un bon pêcheur ; alors, s'il n'a pas toute l'expérience de la pêche et de la préparation des produits qu'exige la bonne réussite de l'entreprise, l'armateur lui adjoint comme *subré-cargue* un simple matelot dépourvu de tout brevet, mais reconnu comme bon pêcheur, et qui est chargé de la direction de l'opération aussitôt que le bâtiment est sur le Banc, tandis que le capitaine se renferme entièrement dans les fonctions de *porteur*. Le subré-cargue est alors l'homme de confiance de l'armateur, celui qui le représente dans toutes les occasions où ses intérêts sont en jeu ; sur le navire on l'appelle le *maître*.

Le recrutement de l'équipage est une chose pres-que aussi importante que le choix du capitaine ou du maître, car de là peut dépendre la bonne ou la mauvaise réussite de la campagne, et un matelot, excellent au commerce, peut être très mauvais sur le Banc ; le choix des hommes est généralement confié au capitaine ou au subrécargue s'il y en a un.

Ce recrutement se commence dès l'arrivée en France des marins qui ont fait la campagne précé-dente : chacun cherche à s'assurer les meilleurs pêcheurs, et il se produit alors un véritable achat d'hommes, car, en les engageant, on leur verse, de la main à la main, un *pur don*, sorte d'arrhes ou de denier-à-Dieu, qui varie suivant les sollicitations dont l'homme se trouve l'objet, et s'élève d'après les capacités et la bonne réputation du pêcheur, depuis 200 jusqu'à 350 francs.

Ce pur don, qui n'est pas porté sur les rôles d'équipages, n'est point soumis à la retenue des 3 0/0, en faveur de la Caisse des Invalides de la

Marine ; mais il augmente d'autant la part qui revient ensuite à chaque homme dans la liquidation qui se fait au Bureau de l'Inscription maritime, à la fin de la campagne, et qui est seule accusée par les statistiques officielles.

Tous les engagements sont faits à la part, c'est-à-dire que les hommes ne reçoivent pas des salaires mensuels fixes comme dans les armements au commerce.

Avant le départ, en passant au Bureau de Marine, où les engagements portés au projet de rôle sont rendus définitifs, les équipages reçoivent de nouveau une somme fixe, nommée *pot-de-vin*, répartie de la manière suivante :

Le capitaine	500 fr.
Le second et le saleur, chacun	450 —
Chaque matelot	300 —
Chaque novice	250 —
Chaque mousse.	150 —

Bien qu'il n'y soit pas obligé, l'armateur peut encore faire à ses hommes, des avances à reprendre plus tard sur la part qui leur reviendra au règlement définitif.

A la fin de la campagne, lorsque la morue est vendue et payée, le règlement définitif est fait devant le Commissaire de l'Inscription maritime du port d'armement, et d'après les bases suivantes qui sont communes à tous les armements.

Les avaries communes sont déduites du produit brut de la pêche.

Sont considérées comme avaries communes, les frais de relâches, la nourriture pendant les dites relâches, en dehors des vivres du bord, tous les objets perdus ou brisés, le réhabillage des barils rapportés, les barriques servant aux huiles, l'entretien et la réparation des doris et canots, les pratiques des officiers, les patronages des patrons de doris, les frais de décharge, les droits de courtage, pilotages, commissions, y compris la commission de 4 0/0 accordée à l'armateur et tous autres frais faits pour la sortie et l'entrée du navire, tant en France qu'à Saint-Pierre-et-Miquelon ; l'appât, les gages et vivres consommés pendant la décharge, les frais de rapatriement des hommes congédiés au port de première arrivée ou de décharge en France, et la moitié des pilles et hameçons non rapportés ; les gratifications accordées aux capitaine, officiers, patrons et matelots, ainsi que les purs dons faits au moment de l'engagement.

Cette déduction opérée, l'armateur retire les quatre cinquièmes et l'équipage se partage l'autre cinquième de la manière suivante :

Le capitaine reçoit deux lots, plus un troisième lot à titre de gratification si le gain du voyage dépasse trois cents francs au lot. Il a, en outre, 2 0/0 de pratiques sur le produit brut de la pêche, escomptes et commissions déduits, et 15 francs par 1,000 morues pesant 2 kilog. 250 sur l'excédent de 50,000 morues ramenées à ce poids moyen.

Le second et le saleur reçoivent chacun un lot et demi, plus un demi pour cent de pratiques sur le produit net de la pêche.

Les patrons de doris reçoivent un lot et un patronage de 60 francs. Il est, en outre, établi trois primes : la première, de 100 francs ; la seconde, de 60 francs, et la troisième, de 40 francs, en faveur des trois doris qui ont la meilleure pêche et que chaque patron partage avec son matelot.

Les matelots ont chacun un lot ;

Les novices ont trois quarts de lot ;

Les mousses ont un demi lot ;

La totalité des salaires est payée aux familles des marins qui viennent à décéder ou à disparaître en mer même dans la première moitié de la campagne.

Ce n'est pas tout encore. Aussitôt leur arrivée en France, au lieu de débarquement des produits, les équipages sont *mis au commerce*, c'est-à-dire payés au mois, après congédiement d'une partie des hommes qui, comme on l'a vu, sont rapatriés au port d'armement.

L'équipage compte alors :

Le capitaine	150 francs par mois.	
Le second	80 —	—
Le saleur.	70 —	—
14 hommes, chacun . . .	50 —	—
Le novice	35 —	—
Les mousses, chacun. . .	25 —	—

La durée de l'armement au commerce est en
moyenne de deux mois au cours desquels le navire
peut, s'il en trouve, prendre un fret de retour sur
lequel le capitaine reçoit son chapeau ordinaire.

En dehors de ces conditions générales, des conventions particulières et spéciales qui interviennent
entre l'armateur et le capitaine ou subrécargue viennent encore favoriser ces derniers en les encourageant
à faire une meilleure pêche.

C'est ainsi qu'une gratification de 1,000 francs
leur est généralement accordée lorsque le produit de
la vente atteint, après défalcation de la commission
et de l'escompte, une valeur d'au moins 80,000 francs ;
au-dessus de ce chiffre, la gratification est augmentée
des 10 0/0 de l'excédent de cette valeur de 80,000
francs.

En résumé, l'armement d'un navire à la pêche de
la morue au Banc de Terre-Neuve, avec un équipage
de trente hommes, rapporte à cet équipage, pour les
neuf mois que dure la campagne :

Pur don au moment de l'engagement, environ 6,600 fr.

Pot-de-vin payé au Bureau de Marine avant le

départ 9,150

Partage, au retour, du cinquième à l'équipage 14,500

Salaire des deux mois du commerce. 2,170

Total . . . . 32,420 fr.

Il résulte de ce qui précède, que le salaire moyen des hommes engagés comme pêcheurs dans nos terre-neuviers peut être établi, comme il suit, pour une période de neuf mois :

Pur don et pot-de-vin avant le départ . . . . . 600 fr.

Valeur moyenne du lot à l'arrivée 400

Salaire des deux mois de commerce. 100

Total . . . . 1,100 fr.

En outre, pendant les trois mois de désarmement un certain nombre d'hommes sont encore occupés à travailler sur le bateau, ce qui augmente d'autant leur salaire. D'autres se livrent à la pêche fraîche du hareng.

Les équipages des bateaux armés pour la grande pêche du hareng et du maquereau (salaison à bord) reçoivent, pendant la même période, pour un équipage de vingt-deux hommes ;

Saison du hareng, environ . . . .   17,800 fr.
Saison du maquereau, environ   6,800
                                              _____
                              Total . . .   24,600 fr.

Si nous comparions maintenant ces salaires avec
ceux qui sont payés aux marins du commerce, nous
verrions que :

1º Pour le cabotage, en prenant pour type un
navire de 300 tonneaux, monté par un équipage de
onze hommes, le total des salaires pour *douze mois
de navigation* s'élève seulement à 8,760 francs se
répartissant ainsi :

Le capitaine,   par mois . . . .   150 fr.
Le second   —   100
Le maître   —   70
7 matelots à 55 fr. —   385
Le mousse   —   25
                                              _____
                    Total, par mois .   730 fr.

Soit pour l'année de 12 mois 730 $\times$ 12 = 8,760 fr.

2º Pour le long-cours, en prenant pour type un
steamer de 1,000 tonneaux, monté par vingt-deux
hommes d'équipage, le total des salaires pour douze
mois de navigation s'élève à 26,700 francs se décomposant comme suit :

Le capitaine   par mois . . .   300 fr.
Le second   —   . . .   180

	Report . . .	480 fr.
Le lieutenant	— . . .	150
Le premier mécanicien	— . . .	275
Le deuxième mécanicien	— . . .	200
Le troisième mécanicien	— . . .	110
6 matelots à 60 francs	— . . .	360
3 chauffeurs à 80 francs	— . . .	240
2 soutiers à 70 francs	— . . .	140
2 novices à 40 francs	— . . .	80
Le mousse	— . . .	30
Le cuisinier	— . . .	80
Le maître d'hôtel	— . . .	80

Total, par mois. . 2,225 fr.

Soit pour l'année de 12 mois, 2,225 $\times$ 12 = 26,700 fr.

3º Un voilier de 1,000 tonneaux armé au long cours et monté par dix-neuf hommes rapporte à son équipage pour *douze mois de navigation* une somme de 17,820 francs, savoir :

Le capitaine	par mois. . .	300 fr.
Le second	— . . .	150
Le maître	— . . .	125
Le cuisinier	— . . .	70
12 matelots à 60 francs	— . . .	720
2 novices à 45 francs	— . . .	90
Le mousse	— . . .	30

Total, par mois. . 1,485 fr.

Soit pour l'année de 12 mois, 1,485 $\times$ 12 = 17,820 fr.

Ainsi, même en supposant — hypothèse tout-à-fait inadmissible — que les bâtiments du commerce navigueraient douze mois par an sans désarmer, ou bien que leurs hommes trouveraient immédiatement un embarquement sur un autre navire, l'avantage reste encore à nos terre-neuviers qui, pour une période de neuf mois seulement, procurent plus d'argent aux familles de nos pêcheurs que ne le feraient les grands navires armés au long cours ou au cabotage.

III. – **Le Départ**

Les départs de la flottille fécampoise se font par petits groupes de 4, 6, 8, quelquefois même 10 navires, à la même marée ; ils s'échelonnent depuis fin mars jusqu'à la dernière quinzaine d'avril, suivant l'état de la mer, la direction des vents et aussi la rapidité plus ou moins grande avec laquelle se sont opérés les réparations, l'armement et l'engagement de l'équipage.

Aussitôt que tout est paré à bord, une revue de détail du bâtiment et de ses agrès est passée par les capitaines visiteurs du port, qui voient si rien ne manque, si toutes les réparations ont bien été faites, et les précautions prises pour que le navire puisse, sans risque, entreprendre la dure campagne à laquelle il est destiné ; ils délivrent alors un *certificat de visite* sans lequel le navire ne pourrait être expédié par la Marine.

L'équipage recruté pendant l'hiver, par le capitaine ou par le subrécargue, s'il doit y en avoir un à bord, passe au bureau de l'Inscription maritime, où il est fait lecture des conditions de l'engagement qui,

à part celles concernant le capitaine ou le subrécargue, sont les mêmes pour tous les bateaux de
Fécamp, et où chaque homme reçoit de l'armateur
ou de son représentant, les avances qui lui sont
nécessaires pour se *gréer* lui-même et permettre à sa
famille de vivre pendant son absence.

Enfin, une messe est dite à la chapelle de Notre-
Dame du Salut, cet antique lieu de pèlerinage des
marins et de leurs familles, qui élève ses constructions
massives au sommet de la Côte de la Vierge, presque
au pied du phare. A cette messe ne manquent jamais
d'assister, avec l'équipage au grand complet, les
mères, les femmes et les sœurs des marins qui vont
partir.

Puis le jour du départ arrive enfin. C'est un
spectacle grandiose et touchant, qui va au cœur du
plus indifférent, que celui qu'offrent à ce moment
les abords des quais et des jetées qui sont noirs de
monde. Les parents, les amis, et jusqu'aux simples
curieux venus de plusieurs lieues à la ronde ont tenu
à venir serrer la main, souhaiter un bon voyage et
une bonne réussite et, qui sait ?..... peut-être dire
un éternel adieu à ceux qui s'en vont si loin, exposés
pendant six longs mois à tous les dangers qu'offrent la
mer et surtout les parages brumeux de ce Grand
Banc de Terre-Neuve, où un navire reposant paisiblement sur ses ancres peut être coupé et coulé avec

ses trente hommes d'équipage, avant même que le navire abordeur se soit aperçu de sa présence. Sans même se connaître, chacun, dans la foule, échange ses impressions ; on se rappelle les sinistres de l'année précédente, et bien des yeux se remplissent de larmes en voyant arriver un par un, escortés de leurs femmes et de leurs enfants, les pêcheurs qui vont se réunir près du bord en attendant l'ordre d'embarquer.

Ah ! ils ne sont pas gais à ce moment-là tous ces braves marins qui ont pourtant déjà risqué vingt fois leur vie sans peur comme sans regret, et que l'on s'imagine généralement endurcis par la mer et les dangers qu'il ont courus, au point de les rendre insensibles à tout et incapables de toute émotion ! Ils ne pensent pas à eux, mais à ceux qu'ils laissent en partant, et ils se détournent pour ne pas pleurer. Malheureusement, quelques-uns cherchent à s'étourdir en buvant de nombreux petits verres, et l'on assiste çà et là à des scènes tragi - comiques qui jettent une note discordante dans ce concert humain, mais que chacun est porté à excuser. Pour les éviter, les armateurs ont soin de fixer les départs à la marée du matin.

Une heure environ avant l'instant de la pleine mer, les portes du bassin Bérigny sont ouvertes et les navires en partance sont halés dans l'avant-port où va se faire l'embarquement.

L'étale est arrivée, le pavillon blanc, avec croix noire en forme d'X, flotte seul au mât de signaux, le remorqueur fait entendre son sifflet ; un remous se produit dans la foule près des bateaux ; on s'embrasse une dernière fois et les marins sautent à bord où le capitaine commence l'appel. C'est l'instant solennel, car tous ces hommes qu'on voit alignés sur le pont du navire qui n'est plus retenu à la terre que par une simple amarre qu'on commence déjà à larguer, sont maintenant condamnés à vivre pendant six mois complètement séparés du reste du monde, sur ce plancher flottant, bientôt point imperceptible au milieu de l'Océan, et que le vent poussera au gré de ses caprices.

La foule est devenue plus nombreuse encore sur les quais où il est presque impossible de circuler ; chacun veut assister à l'appareillage qui commence pendant que le remorqueur évolue dans l'avant-port, et s'approche du trois-mâts pour prendre sa remorque. Un dernier coup de sifflet retentit ; lentement, le terre-neuvier s'écarte du quai et suit le petit vapeur qui l'entraîne vers le chenal ; les mouchoirs s'agitent, les paroles d'adieu et les derniers souhaits se croisent dans l'air.

Il gagne la haute mer, le pavillon s'abaisse par trois fois saluant la terre de France. Le voilà parti !

IV. — En mer. — Les préparatifs pendant la traversée

Le temps que mettent nos terre-neuviers pour se rendre sur les lieux de pêche est essentiellement variable et entièrement subordonné à la direction du vent, à l'état de la mer et aux qualités du navire. On en a vus qui banquaient douze jours seulement après leur départ de Fécamp, tandis que d'autres, après ce même laps de temps, n'étaient pas encore sortis de la Manche, et mettaient près de six semaines pour arriver sur le Banc. On peut dire cependant que la durée moyenne du voyage est de vingt à vingt-cinq jours ; il faut compter un mois pour se rendre à Saint-Pierre-et-Miquelon.

Dès le départ, les hommes sont répartis en deux bordées qui font le quart alternativement, les *tribordais* sous la direction du second, les *bâbordais* sous celle du saleur. Le quart est de quatre heures, de nuit comme de jour. Le capitaine et les mousses sont exemptés de cette corvée.

Pendant le jour, ceux qui sont de quart et qui ne sont pas occupés à la manœuvre, préparent les agrès pour la pêche sur le Banc, tels que gaffes, piqueux, ancres de doris, avirons, bouées, chaudrettes et mannes; puis, ils gréent les doris de manière à n'avoir pas à perdre un instant et à commencer la pêche aussitôt que le navire sera mouillé.

Quelques jours avant d'arriver sur le Banc, on monte les lignes.

Chaque doris reçoit 24 pièces de ligne de 75 brasses chacune, ce qui représente une longueur totale de 1,800 brasses ou 3 kilomètres de ligne. A un mètre et demi de distance les uns des autres sont attachés les *avançons* ou *pilles* qui ont un mètre de longueur et dont chacun se termine par un hameçon en acier de fabrication anglaise, norwégienne ou française n° 13 1/2 ou 14.

On profite d'une belle journée avant d'arriver pour déverguer les voiles blanches qui ont servi pour faire la traversée, on dégrée le mât de perroquet que l'on met sur la drôme qui se compose de la mâture et des vergues de rechanges attachées solidement entre le mât de misaine et le grand-mât. Puis, l'on met en place les voiles préparées spécialement pour le séjour sur le Banc et que l'on désigne sous le nom de *voiles de battures*.

Pour les garantir contre l'humidité continuelle à laquelle elles sont exposées à cause des brumes qui règnent presque journellement dans ces parages, on fait subir à ces voiles une préparation spéciale qui consiste à les enduire d'un mélange de graisse et de goudron clair très chaud.

Dès que l'on n'est plus qu'à 25 ou 30 milles du Banc, l'apparition des oiseaux, qui deviennent de plus en plus nombreux, indique que l'on arrive : cette présence des oiseaux est un signe certain qui n'a jamais trompé nos marins, et que la sonde, d'ailleurs, ne tarde pas à confirmer.

Généralement, on mouille en arrivant à l'Est du Banc, entre 44° et 44° 30' de latitude nord, 52° et 52° 10' de longitude ouest. Autrefois, quand on allait à Saint-Pierre chercher le hareng frais qui servait à boëtter les lignes en première pêche, on commençait cette pêche par l'ouest du Banc, on faisait ensuite du sud et l'on terminait la campagne à l'est ; maintenant, on commence à l'est pour y revenir finir la pêche avant de *débanquer*. Entre le commencement et la fin, il n'y a plus aujourd'hui d'itinéraire déterminé, les navires parcourent le Banc dans tous les sens, cherchant les places où l'on trouve le bulot ou l'encornet.

V. — La pêche avec les Doris

Lorsque le capitaine croit avoir trouvé un fond à
morue, il fait jeter l'ancre : on dit alors que le navire
est *mouillé*.

Le bâtiment reste ainsi sur son ancre avec trois
maillons de 25 brasses chacun, soit en tout 75
brasses. (Les fonds sur lesquels s'exerce le plus
ordinairement la pêche ayant une profondeur de 36 à
40 et 44 brasses.) S'il y a mauvais temps, on file
davantage de chaîne ; le navire a alors quelquefois à
la mer 250 brasses de chaîne et même plus.

La nature des fonds diffère selon les parties du
banc : à l'est, la sonde ramène du sable blanc ; au
sud, du gravier ordinaire ; à l'ouest, un mélange de
gravier, de sable et de vase ; au nord, du gravier
rouge et de diverses couleurs.

Dès que le navire est mouillé, s'il y a un subré-
cargue à bord, c'est lui qui prend la direction de
l'opération, qui règle le travail, fixe les heures et la
composition des repas, envoie les pêcheurs à la mer
et devient en un mot le véritable commandant, tout

25

en restant sous le contrôle du capitaine qui s'efface
sans disparaître complètement, car lui seul reste
chargé de toute la responsabilité devant la loi. Il en
résulte une situation très délicate et qui crée souvent
un fâcheux antagoniste entre ces deux hommes dont
l'un, trop illettré pour être investi du commandement
par l'autorité maritime est cependant muni des pleins
pouvoirs de l'armateur et exerce la véritable autorité,
tandis que l'autre, n'ayant pas assez d'expérience
dans l'art de la pêche pour diriger l'opération commerciale, est obligé de suivre les ordres de son in-
férieur et répondra seul à l'arrivée des imprudences
que celui-ci aura pu lui faire commettre au cours
de la campagne.

Nous ne voudrions pas certes condamner en bloc
tous les subrécargues pour les fautes que quelques-
uns ont pu commettre, ni pour les abus d'autorité
auxquels ils se sont livrés et dont les capitaines porteurs
ont été les premières victimes ; mais les dangers que
crée cet antagoniste sont si réels qu'il s'est établi un
large courant d'opinion en faveur de leur suppression
absolue.

L'Ecole d'hydrographie de Fécamp, qui existait
depuis 1745, et que le gouvernement avait fermée en
1876 en supprimant le traitement du professeur pour
raison d'économie budgétaire, a été réorganisée en
1892, sous les auspices de la Ville et de la Chambre

de Commerce qui s'étaient, au début, assuré le concours financier des armateurs de la place. Grâce aux subventions qui lui ont été accordées depuis lors par le Ministère de la Marine et le Conseil général de la Seine-Inférieure, cette école est, aujourd'hui, en pleine voie de prospérité, et rend les plus grands services à l'industrie de la grande pêche. Elle prépare une jeune pépinière de capitaines instruits et intelligents, appartenant à notre quartier maritime et formés à la pêche sur ces mêmes bateaux qu'ils sont appelés à commander.

Les plus grandes facilités sont accordées aux marins pour leur permettre de suivre les cours sans leur occasionner les coûteux déplacements devant lesquels un grand nombre reculait quand il leur fallait suivre les cours du professeur d'hydrographie du Havre. Des cours de pratique fonctionnent régulièrement à côté des cours de théorie qui sont suivis pendant tout l'hiver par plus de vingt candidats.

Les subrécargues eux-mêmes ont participé à l'élan qui s'est produit, et chaque année, plusieurs d'entre eux se font recevoir ; on peut donc espérer que cette institution aura bientôt vécu.

Mais ces considérations nous ont entraîné un peu loin des opérations de la pêche que nous voulions exposer ici.

La première préoccupation du capitaine qui banque est de se procurer la boëtte fraîche avec laquelle il faut amorcer les lignes pour prendre la morue. Pour cela, un certain nombre de doris sont aussitôt mises à la mer, munies de chaudrettes dans lesquelles on met comme appât du hareng salé emporté de Fécamp. Au retonr de ces doris, on boëtte les lignes et la pêche ccmmence.

Nous avons déjà vu que pour un équipage de 30 hommes, il est embarqué 18 doris : 10 de ces petites embarcations sont destinées à la pêche proprement dite de la morue ; deux sont réservées pour pêcher les bulots ; les autres restent à bord comme rechange.

Chacune de ces doris est montée par deux hommes, et munie d'une petite boussole pour diriger sa route dans la brume, quelquefois si épaisse qu'il est arrivé à plus d'un pêcheur de passer à moins de 50 brasses du navire sans même l'apercevoir, et d'en faire le tour en le cherchant.

Lorsque la brume s'épaissit ainsi tout d'un coup quand les pêcheurs sont en mer, on tire du navire des coups répétés de pierrier ou l'on fait des appels de corne pour indiquer leur direction aux pêcheurs que ce rideau impénétrable empêche de retrouver leur chemin, et que les courants qui varient si brusquement en cet endroit emportent souvent loin du but. La doris porte également un cornet de détresse. Elle

est aussi pourvue de quelques provisions en eau et
en biscuits; mais ces provisions, qui y sont embarquées, au début de la campagne, sur l'ordre du
capitaine se conformant, en cela, aux instructions
ministérielles, ne tardent pas à s'y avarier par suite
de la négligence coupable des hommes qui montent
l'embarcation et ne voient dans cette précaution
qu'un embarras inutile, de sorte que les vivres font
défaut au moment même où il deviendrait nécessaire
d'y recourir quand la doris séjourne un plus long
temps sur mer. Car, malgré toutes les précautions
prises par les meilleurs capitaines, il ne se passe pas
de saison sans que des doris ne s'égarent sur l'Océan
et restent ainsi jusqu'à quarante-huit heures sans
pouvoir retrouver leur bâtiment; il arrive même que
quelques-unes ne se retrouvent jamais.

Tous les soirs, deux ou trois heures avant le
coucher du soleil, et quand le temps est bon, car
il existe aussi sur le Banc de nombreux jours de
chômage où la brume, le vent ou toute autre cause
ne permettent pas de mettre une embarcation à la
mer, (les pêcheurs appellent ces jours de repos forcé,
des *marées de paradis*,) le capitaine expédie chacune
de ses dix doris dans une aire de vent différente
pour placer les lignes qui ont été préalablement
boëttées à bord. On ne peut mieux comparer le navire
ainsi mouillé sur ses ancres au centre des doris qui

s'en écartent progressivement en filant leurs lignes, qu'à une énorme araignée placée au milieu de sa toile pour guetter sa proie.

Le patron de la doris et son matelot se placent au milieu de l'embarcation ; les lignes sont lovées dans quatre bailles ou quatre mannes placées, deux au milieu, entre les deux hommes, et deux à l'arrière ; à l'avant se trouvent les chaudrettes ou les petites mannes à bulots.

Au début d'un mouillage sur un fond à morue, on commence à filer les lignes à une distance d'environ cent brasses du navire ; mais peu à peu, les détritus jetés du bord et qui, en se décomposant, empoisonnent partiellement le fond, en chassent le poisson, et chaque jour les doris doivent s'écarter davantage, si les pêcheurs veulent obtenir un bon résultat. Il arrive même quelquefois que le capitaine est obligé de modérer l'ardeur de certains patrons qui tendent à trop s'écarter.

On compte environ deux heures pour faire cette opération, mais on comprendra aisément que cette durée peut être augmentée par la distance, le vent contraire et les courants que les pêcheurs ont à vaincre pour rentrer à bord.

A leur retour, les marins soupent et se couchent pour prendre un repos qu'ils ont bien gagné. La nuit, le quart est fait par un seul homme ; il dure une heure seulement.

Le matin, au lever du soleil, les hommes partent pour relever les lignes et rapporter à bord la morue qui s'est prise aux hameçons. Cette nouvelle opération dure environ trois heures et demie et nécessite quelquefois deux voyages quand la morue donne.

Au retour, les pêcheurs qui, au départ, n'ont mangé qu'un peu de biscuit avec du café et de l'eau-de-vie prennent leur dîner qui a été préparé par les mousses ou l'un des novices.

Après le dîner, les hommes se mettent à travailler la morue. Quand ils ont fini, ils collationnent avec du biscuit et du beurre et reçoivent un quart de vin.

Ils se mettent ensuite à boëtter les lignes pour retourner les placer comme ils l'ont fait la veille.

VI. — La Boëtte sur le Banc

On donne le nom de *Boëtte* à l'appât que les pêcheurs accrochent à leurs hameçons pour attirer et
prendre la morue. La question de la boëtte a toujours
été une question capitale pour nos pêcheurs que les
colons anglais de Terre-Neuve avaient cru, un instant,
réduire à l'impuissance en coupant brusquement les
approvisionnements qui s'en faisaient dans cette île.

Il serait trop long d'entrer dans les détails de tous
les essais qui ont été tentés par les pêcheurs des
diverses nationalités pour faire choix de la boëtte la
plus appropriée aux habitudes et aux goûts de la
morue, et qui attirât le mieux ce poisson. Nous avons
d'ailleurs, en faisant l'historique des anciennes pêches, tant à la Côte qu'au Banc, cité un grand nombre
de ces appâts aujourd'hui abandonnés, de sorte que
nous nous contenterons de parler ici de ceux qui
restent employés de nos jours par les pêcheurs des
différents pays, ceux de Fécamp en particulier.

Or, à part certains appâts tout-à-fait occasionnels,
certaines circonstances exceptionnelles dans lesquelles

le pêcheur privé de sa boëtte ordinaire fait usage de tout ce qui lui tombe sous la main, hareng, sardine, ou maquereau salés, têtes ou rogues de morue, chien de mer frais ou salé, chair de *dadain* ou d'autres oiseaux aquatiques, les boëttes qui sont aujourd'hui d'un emploi général par les pêcheurs de morue peuvent être réduites à cinq.

Le *hareng frais* y figure toujours en première ligne chez les pêcheurs norwégiens et terre-neuviens, ainsi que dans certaines goëlettes de Saint-Pierre, qui ont la faculté de s'en procurer à proximité de leurs pêcheries au fur et à mesure de leurs besoins. C'est aussi la boëtte qui leur revient à meilleur compte ; mais les Français ont, depuis longtemps, cessé de l'employer.

Les Américains qui viennent pêcher sur le Grand-Banc, lui préfèrent un mollusque à coquille bivalve, la *Mya arenaria* ou grande *coque de mer* qu'ils trouvent en abondance dans le golfe du Saint-Laurent et sur les côtes de la Nouvelle-Ecosse ; au début de la campagne, ils en font de grandes provisions, ils les salent légèrement pour les conserver. Cet appât a été essayé par nos pêcheurs qui n'y ont pas trouvé les avantages dont se prévalent leurs concurrents d'outre-mer.

Le *capelan*, qui fut pendant longtemps regardé comme l'appât par excellence pour la seconde pêche, est un petit poisson de la même famille que la morue et caractérisé comme elle par trois nageoires dorsales.

Celle-ci en est très friande et lui fait une guerre acharnée au point que, quand le capelan se montre quelque part, la morue dédaigne tous les appâts qui lui sont offerts, et que nos pêcheurs n'en prennent plus que des quantités tout-à-fait insignifiantes à chaque marée tant que dure le passage de ce poisson migrateur. Le capelan (1) se montre sur les côtes de Terre-Neuve en bancs plus serrés que ceux du hareng dans la Manche, et les Terre-Neuviens, ainsi que les pêcheurs de Saint-Pierre et Miquelon, le prennent en grande quantité pendant les mois de Juin et Juillet. La pêche s'en fait au filet flottant ou à la seine par des barques armées à cet effet et appelées dans le pays barques capelanières. Ce poisson est mis en baril avec quelques poignées de sel pour l'empêcher de se corrompre sans le saler entièrement.

C'est dans cet état qu'il est vendu aux navires banquais qui vont à Saint-Pierre en faire provision à mesure qu'ils y débarquent leurs produits de première pêche. Cette manière de procéder était autrefois la règle générale chez les pêcheurs du Grand-Banc ; mais depuis la mise en vigueur du *Bait-Bill* qui a fait

---

(1) On rencontre le **Capelan** jusque sur nos côtes, où les pêcheurs le trouvent périodiquement dans leurs filets ou leurs chaluts. Il n'est pas rare de le rencontrer aux Halles centrales, où les Parisiens lui font un assez bon accueil comme **poisson à frire.**

élever les prix de cette boëtte en la rendant plus rare, la plupart des navires de Fécamp y ont renoncé.

L'*encornet*, connu encore sous les noms de *seiche* ou de *calmar*, est un mollusque de l'ordre des céphalopodes que l'on rencontre, par intervalles, sur le Banc, en quantités si nombreuses, qu'on en fait en peu de temps une ample provision, suffisante pour boëtter toutes les lignes d'un même navire. La morue se montre aussi très friande de la chair de cet animal dont elle suit les migrations. Pour le pêcher, on se sert d'engins appelés *turlutes* qui se composent d'une boule de plomb hérissée de pointes, sur lesquelles le mollusque vient s'accrocher.

Quand un banc d'encornets (1) vient à passer sur un fond, nos marins ne manquent jamais d'en pêcher

---

(1) L'encornet voyage, en effet, en véritables bancs, presque aussi serrés que les bancs de harengs que nous rencontrons dans la Manche et la Mer du Nord. Quand ces voraces animaux font leur apparition .quelque part, ils livrent une guerre acharnée aux poissons tels que le hareng, le sprat, la sardine, etc., dont ils dévorent d'énormes quantités et qui finissent par leur céder la place. C'est ainsi que les débuts de la dernière campagne de pêche du hareng, dans la Mer du Nord ont été contrariés par la présence de nombreux bancs d'encornets devant lesquels le hareng fuyait aussitôt.

Ce mollusque se montre également sur nos côtes, mais en plus petite quantité; il est estimé de quelques gourmets qui en font, paraît-il, des plats exquis; les amateurs de serins lui empruntent l'os de seiche qu'ils suspendent dans leurs cages, et les pêcheurs en font une grande consommation comme appât dans la pêche aux cordes, pour boëtter les lignes, et, tant qu'il donne, il est réputé comme la meilleure boëtte.

Mais l'appât préféré par nos terre-neuviers, celui dont ils font la plus grande consommation, est sans contredit le *bulot*.

C'est un mollusque gastéropode, bien connu sur nos côtes, où on lui donne aussi les noms de *grand vignot* ou *bigorneau*. Il se montre presque partout sur le Grand-Banc de Terre-Neuve, où il semble cependant préférer les fonds hauts et sablonneux, et où on peut le pêcher en toute saison.

Le bulot a été connu de tous temps par les pêcheurs de morue qui s'en servaient accidentellement ; mais son emploi, comme système de boëttage, ne remonte pas à plus d'une dizaine d'années. Cette heureuse innovation, qui a déjà rendu de si grands services, en neutralisant les effets désastreux du Bait-Bill, est dû à plusieurs navires de Fécamp, le *Saint-Jean*, patron Bénard, armateur MM. Monnier; le *Charles-Gustave*, capitaine G. Ledun, armateur Mme veuve Valin, et le *Philémon*, armateur et capitaine Friboulet.

Les mollusques qu'ils employèrent cette année-là pour faire leur pêche avaient été capturés au moyen de mannes qu'ils avaient emportées de France pour effectuer leur chargement de sel à Cadix.

Le résultat avait été si satisfaisant que, dès l'année

suivante, leur exemple fut suivi par les autres capitaines ; mais les mannes trop emcombrantes et difficiles à manier, avaient été remplacées par les *chaudrettes* dont on conserva l'usage depuis lors. Au
début, on amorça ces chaudrettes avec du hareng
salé emporté de Fécamp, puis, au cours de la campagne, on se servit des têtes de morues. C'est toujours ce système qui a été suivi depuis lors, et
aujourd'hui, comme nous l'avons vu, deux doris
sont spécialement affectées à cette pêche. Actuellement, non-seulement les fécampois, mais tous les
banquais français emploient le bulot comme appât.

Cette dernière transformation apportée dans l'emploi de la boëtte sur le Banc, et qui a été opérée si
rapidement et si intelligemment, au moment même
où nos concurrents anglais croyaient avoir donné le
coup fatal à l'industrie morutière française, prouve
surabondamment que nos pêcheurs sont à la hauteur
de leur tâche, et qu'ils ne se laisseront jamais décourager par les obstacles qui pourront leur être opposés
dans l'exercice de leur profession, qui est en même
temps celle de leurs pères.

VII. — **Première préparation de la Morue à bord des navires, au moment de la pêche.**

Tranchage

Toutes les opérations que l'on doit faire subir successivement à la morue vivante décrochée de l'hameçon et amenée à bord pour en faire un bon produit commercial d'exportation demandent les plus grands soins et une certaine habileté de la part de ceux qui en sont chargés. Aussi, dans chaque bâtiment, la préparation est-elle confiée à des hommes spéciaux ayant rang d'officiers, et qui ont déjà fait leurs preuves, au moins comme auxiliaires, dans les précédentes campagnes. En dehors du capitaine ou du subrécargue qui tranche généralement, et qui doit surveiller tout, ces officiers sont le *trancheur* et le *saleur*. Comme le capitaine, ils ne quittent jamais le bord pour monter les doris, si ce n'est quelquefois pour faire la pêche des *bulots,* mais par exception seulement, et quand il n'y a pas de morue à préparer.

Lorsque la morue donne, le trancheur et le saleur sont sur les dents, car ils doivent suffire à préparer dans la même journée tout le poisson rapporté à bord par les doris : il serait impossible de travailler le lendemain la morue laissée la veille sur le pont; il arrive même certains jours que le poisson devient si mou, du matin au soir, qu'on ne peut plus le trancher qu'avec les plus grandes précautions au bout de quelques heures seulement. Dans les marées exceptionnelles où les pêcheurs rapportent à bord jusqu'à cinq ou six mille poissons et plus, on est cependant obligé d'adjoindre des aides au trancheur comme au saleur.

La morue prise par nos marins sur le Grand-Banc n'est pas saignée au préalable dès sa sortie de l'eau et avant qu'elle ne soit morte, comme cela se pratique chez certains pêcheurs étrangers, ceux de Norwège en particulier; le temps manque pour cela aux marins qui vont lever les lignes et décrocher le poisson, et les embarcations qu'ils montent sont de trop petites dimensions pour leur permettre d'y effectuer cette opération.

Aussitôt que les doris sont de retour au navire, après la levée des lignes, après que le poisson est jeté sur le pont et dûment compté, chacun commence par *ébreuiller* les morues qu'il a prises. Pour cela, il lui fend l'abdomen, depuis l'anus jusqu'à la gorge ; il en retire les œufs ou *rogue* qui sont mis à part dans un baril pour être salés, le foie, qui est jeté dans la *fassière*, où il se transformera en huile, et enfin les breuilles ou intestins qui seront ensuite jetés à la mer. Cette première opération terminée, il détache la tête du poisson dont il sépare la langue qui est aussi salée à part, et il jette la morue ainsi vidée et décolée dans un parc près duquel se tient le trancheur.

Celui-ci reprend ce poisson à demi préparé et le fend d'un bout à l'autre, mais en conservant assez de chair sur le dos pour que les deux parties, une fois ouvertes, semblent ne faire qu'un seul et même poisson plat; il coupe ensuite l'arête dorsale, à quelques nœuds au-dessous de l'anus, et enlève la partie supérieure de cet os, dont l'inférieure est conservée pour donner plus de fermeté au poisson. Enfin, avec une cuiller de fer, il presse sur l'arête qui reste pour faire sortir le sang qui séjourne en cet endroit et en retirer le plus possible, afin de rendre le produit plus blanc.

La netteté et le bon aspect du poisson dépendent beaucoup de ce qu'il a été bien tranché; en conséquence, une grande attention doit être apportée dans cette opération de tranchage.

Cette attention doit être plus grande encore, quand il s'agit de poissons qui ont été laissés pendant un certain temps sur les lignes, parce que leur chair est plus molle et se détache plus facilement que celle du poisson frais ; il en est de même du poisson qui a séjourné longtemps sur le pont par un temps humide, comme cela arrive dans les marées abondantes.

Les couteaux-trancheurs doivent toujours être bien aiguisés, de façon à donner une taille vive.

Le couteau doit passer tout le long et très près de la raquette, de façon à n'y point laisser de chair et ne point être enfoncé plus profondément que l'arête, sans quoi l'épaisseur du poisson serait trop faible pour le pressage qui se produit dans les arrimes.

Le poisson doit toujours être fendu jusqu'à la queue. L'épine dorsale doit être coupée obliquement, la tranche prenant au moins trois nœuds, ce qui permet au sang de s'échapper, et à la partie de l'arête qui reste adhérente à la chair d'affermir celle-ci. La coupure ne doit pas aller assez profondément pour endommager les fibres qui s'étendent en arrière de l'épine dorsale, celle-ci devant donner plus de consistance au poisson tout le long du dos.

LAVAGE

Ainsi préparée, la morue tranchée est passée aux mousses qui sont chargés de la laver dans de grandes bailles remplies d'eau de mer que l'on renouvelle aussi souvent qu'il est besoin au moyen d'une pompe installée le long du bord.

Pour obtenir un bon produit, il faut que la morue soit bien lavée en dedans et en dehors avant d'être livrée au salage; cette opération doit porter principalement sur le tour du collet et la partie de la raquette qui reste adhérente au poisson, car c'est en ces deux endroits qu'il est resté le plus de sang coagulé.

Une grande attention dans le lavage des ailerons ou nageoires dorsales doit être également apportée, car là se ramasse toujours une matière visqueuse susceptible de hâter la décomposition de la chair.

Certains pêcheurs étrangers prétendent que le lavage de la morue avant le salage fait perdre au poisson une quantité notable de son poids, et, partant de ce principe, ils ne la lavent qu'avant le séchage, après qu'elle a été salée, ou ils ne la lavent pas du tout, ce qui nuit à sa bonne conservation.

SALAGE

Deux méthodes sont employées pour saler la morue ainsi préparée :

1° Le salage en saumure dans un récipient étanche;

2° Le salage au sel sec en arrimes, qui permet au

poisson de s'égoutter et de perdre ainsi le sang qui peut encore rester dans le corps après le lavage.

La saumure est généralement employée aux Etats-Unis, en Écosse et en Belgique.

Le salage en arrimes est plus usité dans les grands centres de pêche, et, lorsque le poisson est convenablement préparé, ce mode donne un produit de conservation plus durable et meilleur pour l'exportation dans les pays chauds.

Le but de ce système de préparation ou de salage est de permettre à la saumure formée naturellement par le contact du sel avec l'eau de la morue de s'égoutter au fur et à mesure et au poisson de sécher.

Avant de saler le poisson en arrimes ou en piles, on doit le laisser égoutter convenablement après le lavage. La morue doit ensuite être étendue soigneusement en arrimes, afin d'éviter que des plis se forment, car il est très difficile de faire disparaître ces plis quand le poisson s'assèche en piles, et cela occasionnerait beaucoup plus d'ouvrage. L'abdomen ne doit point être mis en contact avec l'épine dorsale. Les arrimes doivent être plus élevées au centre pour permettre à la saumure de s'échapper plus facilement.

Dans la plupart des pays où le poisson est vendu au vert, pris dans la cale du navire, et que la part de l'équipage est réglée sur le poids de la quantité débarquée, comme c'est le cas de tous nos navires de Fécamp, les saleurs habiles font leurs arrimes plus basses au centre, de sorte que la saumure restant dans la pile, le poisson acquiert une pesanteur plus considérable.

Dans l'opération du salage, une grande attention doit être apportée pour que le sel soit étendu en égales quantités sur chaque couche de poisson en proportion de son épaisseur, de façon que certaines parties ne reçoivent pas trop de sel et par suite ne soient *brûlées* et que d'autres, au contraire, ne soient pas assez saturées, car, dans ce dernier cas, la morue deviendrait *douce,* ce qui arrive trop souvent.

Ce que l'on doit s'assurer dans le choix du sel, c'est de sa propreté et de la dimension égale et convenable des grains. Le sel luisant est généralement considéré comme très favorable à la conservation du poisson. Le sel dont les grains ne sont pas de dimensions égales n'est pas recommandable parce que les gros grains ne fondent pas et sont susceptibles de brûler la morue ou de la tacher aux endroits où ils reposent. Pour le poisson qui doit rester un certain temps dans le sel, celui à grains moyens, qui ne se dissout pas aussi facilement que le petit, est toujours préférable.

Malgré toute l'importance qu'acquiert dans ces conditions le choix du sel destiné à la préparation de la morue, la législation, les intérêts particuliers et la commodité de l'approvisionnement ont souvent fait varier ce choix. De nos jours, on peut dire que les pêcheurs français qui vont sur les Bancs de Terre-Neuve emploient des sels de toutes provenances. Quelques-uns les tirent des salines de l'ouest de la France; d'autres vont charger à Sétuval (Saint-Ubes), en Portugal, ou à Cadix, en Espagne; mais les sels de la Méditerranée sont surtout en faveur depuis un quart de siècle environ. A notre avis, ils sont les meilleurs de tous pour la préparation spéciale à laquelle ils sont employés par nos armateurs banquais. Ils nous viennent soit des salins français d'Hyères, de Port-de-Bouc, de Port-Saint-Louis-du-Rhône ou de Cette, soit des Iles Baléares, soit des côtes algériennes, tant par les navires terre-neuviers qui vont porter leur morue à Port-de-Bouc, que par des vapeurs affrétés spécialement par les marchands de sels.

VIII. — Huile de Foie de Morue

La morue verte n'est pas le seul produit qui se prépare à bord de nos terre-neuviers pour être rapporté en France et livré à la grande consommation; nous ne parlerons pas des langues qui sont salées à part dans des barils et forment ainsi un excellent produit très prisé par les gourmets, car de nos jours cette préparation spéciale, est bien tombée et nos pêcheurs n'en rapportent plus guère que pour eux et leurs familles; une mention plus importante devrait être faite des *rogues* ou *œufs salés* en barils sur les lieux de pêche, et qui, à l'arrivée, sont expédiés en Bretagne, pour servir d'appât dans la pêche de la sardine. Mais le produit le plus important et que nous ne saurions passer sous silence est, sans contredit, l'huile de foie de morue.

Cette huile, dont chacun connaît les propriétés curatives dans lé traitement de le scrofule et des affections de poitrine, n'est pas seulement employée par la médecine qui, tout en en faisant une grande consommation, ne constituerait qu'un débouché de peu d'importance. La grande industrie l'emploie concurremment avec les autres huiles de poisson et notamment celle du hareng, dont nous avons déjà parlé, pour le graissage et la préparation des cuirs. Ce sont naturellement les produits de qualités inférieures qui reçoivent cette destination, et il s'en fait de nos jours un très grand commerce. C'est pourquoi nous en dirons quelques mots en passant.

Pour préparer une bonne huile qui puisse servir aux usages médicinaux, le choix des foies doit être la première préoccupation du capitaine qui ne doit employer à cet usage que les meilleurs, les plus sains et les plus gras à la fois. On les reconnaît à leur teinte crème et à leur consistance molle telle qu'une simple pression du doigt suffise à le traverser. Les foies bruns ou tachetés de petits points verdâtres doivent être rejetés ou mis à part pour ne servir qu'à la préparation de l'huile industrielle. Quant aux foies durs et d'une teinte très foncée, ils ne donnent pas assez d'huile pour être employés utilement.

Sur le Banc de Terre-Neuve, la fabrication de l'huile de foie de morue est, en outre, subordonnée aux loisirs que peut laisser à l'équipage la préparation du poisson; on comprend, en effet, qu'on ne négligera pas cet objet principal qui occupe tous les bras dans les bonnes marées, et qu'on ne s'exposera pas à jeter des morues à la mer pour traiter les foies. Il faut aussi tenir compte de la température atmosphérique, car il est impossible d'obtenir un bon produit quand il fait trop chaud ou quand les foies ne sont pas manipulés aussitôt qu'ils sont retirés du poisson. L'espace aussi fait souvent défaut à bord pour y installer convenablement cette industrie.

Toutes ces causes réunies font que la fabrication de l'huile de foie de morue n'est pas pratiquée régulièrement sur nos terre-neuviers, d'autant plus que les prix de vente de cette denrée vont en diminuant d'année en année. Aussi, les armateurs laissent-ils à leurs capitaines toute liberté à ce sujet.

C'est surtout au début de la campagne, quand il ne fait pas trop froid que nos pêcheurs utilisent les foies, et qu'ils en retirent les meilleurs produits, c'est-à-dire une huile très limpide, à peine teintée en rose, et presque sans odeur.

Pour cela, ils installent sur le pont, près des parcs à morue, plusieurs tonneaux à gueule bée, échancrés d'un côté et nommés *fassières*. On y jette les bons foies au fur et à mesure que les morues sont ébreuillées, et l'on attend que l'huile se fasse d'elle-même par le seul tassement de ces foies qui s'y accumulent. L'huile surnage bientôt au-dessus de la masse qui se désagrège au fond ; on la retire avec des poches pour l'enfermer dans des barriques que l'on descend dans la cale aussitôt qu'elles sont remplies.

Lorsque le temps est froid, et que l'huile tarde

trop à se séparer, on aide à la désagrégation des foies en versant dessus quelques pots d'eau chaude ; mais le produit ainsi obtenu n'a pas une aussi belle couleur que celui qui se forme naturellement.

Plus tard, vers le milieu de la campagne, quand la température, qui s'est élevée graduellement, est devenue relativement chaude, la décomposition s'opère très rapidement ; mais l'huile qu'on en obtient a une couleur roussâtre et une odeur désagréable qui la fait rebuter par la médecine : elle ne peut plus être employée qu'à des usages industriels et les prix qu'on en obtient sont peu rémunérateurs.

En Islande, en Norwège, aux Loffoden, en Russie, dans tous les pays, enfin, où la morue est pêchée par de tout petits bateaux qui reviennent chaque jour à terre pour y rapporter le poisson qu'ils ont pêché et qui n'est pas encore ébreuillé, la fabrication de l'huile de foie de morue a pris les proportions d'une grande industrie qui emploie des moyens mécaniques et des procédés spéciaux impossibles à transplanter sur nos bateaux.

Sur divers points de ces pêcheries, on a établi, depuis environ cinquante ans, de grandes usines à vapeur dans lesquelles les foies sont traités de la manière suivante :

Ces foies sont enfermés dans des caisses en tôle à

doubles parois, entre lesquelles circule **un courant continuel** de vapeur d'eau.

La première huile obtenue est très limpide et très blanche, et est livrée au commerce sous le nom d'*huile vierge* ou *huile blanche*. C'est la plus appréciée par la médecine, comme possédant la plénitude de ses propriétés curatives. C'est d'ailleurs celle qui est obtenue à bord de nos terre-neuviers au début de leur campagne.

En remuant les foies à l'aide de spatules mues mécaniquement, on fabrique une huile tirant sur le jaune; c'est *l'huile brune* ou huile de second choix que l'on blanchit très facilement aujourd'hui par des procédés chimiques spéciaux pour être ainsi vendue comme huile blanche.

Si l'on surchauffe la masse qui reste encore dans les chaudières après cette seconde opération, on obtient alors un produit noirâtre et visqueux qui, soumis à l'action de fortes presses, donne *l'huile noire* du commerce. Les Anglais sont arrivés à former avec cette huile de dernière qualité, un liquide très blanc, presque incolore qui est vendu au commerce sous le nom d'*huile anglaise* (English cod oil), mais dont les propriétés curatives sont peu actives.

IX. — Retour en France. — Vente de la Morue verte

Lorsque les débuts de la campagne ont été favorables, et que les premiers mois de pêche ont donné
de bons résultats, un certain nombre de navires de la
flottille fécampoise vont porter, à Saint-Pierre, les
produits de cette première pêche ; ils en profitent
pour compléter leur approvisionnement en sel et
emportent, en quittant cette colonie, quelques barils
de capelan qui leur serviront de boëtte au début de
la seconde pêche.

Le poids de la morue ainsi livrée à Saint-Pierre,
en 1896, tant par les banquais métropolitains que
par les goëlettes armées dans la colonie, s'est élevé
à 660,000 quintaux, dont 460,000 ont été réexpédiés
à Bordeaux, et 40,000 à Port-de-Bouc, par des transports spéciaux. Le reste, soit 160,000 quintaux, a été
séché dans l'île et expédié directement dans les pays
de consommation, les Etats-Unis, la Nouvelle-Ecosse,
les Antilles françaises et espagnoles, la Réunion, etc.

Mais lorsque le navire a emporté de France une
quantité suffisante de sel, et qu'aucune cause ne le

force d'aller faire une relâche coûteuse, et qui constitue toujours une perte de temps, il revient directement en France quand il débanque, c'est-à-dire lorsqu'il quitte le Banc à la fin de la campagne de pêche.
Le capitaine dévergue alors les voiles de batture et les
remplace par la voilure blanche qui lui a déjà servi
pour effectuer son voyage d'aller, puis il lève l'ancre
et met le cap sur La Rochelle, Bordeaux ou Port-de-
Bouc qui sont les principaux marchés de morue en
France. Il est très rare que les banquais reviennent
directement à leur port d'armement avec leur chargement. Certains armateurs semblent, cependant,
avoir pris cette habitude, depuis plusieurs années;
mais cette dérogation aux anciens usages, qui peut
avoir son bon côté, ne semble pas devoir se générale-
liser; car il importe que les produits de la campagne
de pêche soient vendus et livrés le plus promptement
possible, pour que l'armateur puisse faire à son équipage le règlement des parts calculé sur le prix de
vente diminué des avaries communes et que lui-même
rentre dans ses avances pour faire les frais d'un
nouvel armement.

Or, le retour direct du bâtiment à son port d'armement ne peut que retarder ce règlement, à moins
que le poisson ne soit vendu d'avance et que le trans-
bordement n'en soit effectué, aussitôt l'arrivée sur

des transports qui le porteront sur l'un des principaux marchés de cette denrée.

Cependant, si les compagnies de chemins de fer voulaient faire un tarif raisonnable, il serait très avantageux de faire rentrer les navires directement à Fécamp et d'expédier ensuite par wagons de 10,000 kilog. les morues sur la place de Bordeaux, car la *morue verte*, c'est-à-dire la morue simplement salée, telle qu'elle nous arrive du Banc, a besoin de subir à l'arrivée un complément de préparation qu'il n'est plus possible, depuis de longues années, d'effectuer sur notre littoral.

Le séchage de la morue constitue d'ailleurs une industrie spéciale, complètement séparée de la pêche, et à laquelle l'armateur ne participe en aucune façon.

Pour ce dernier, en effet, comme pour les marins qui montent ses bâtiments, l'association à la part qui résulte du contrat d'engagement cesse aussitôt que le poisson rapporté du Banc est rendu en France, et le règlement des parts se fait d'après le produit de vente de la morue verte débarquée et livrée à l'acheteur.

A Bordeaux, comme à Port-de-Bouc et La Rochelle, ce poisson se vend au *quintal de 55 kilog*. Le paiement s'en fait à 30 jours avec escompte de 3 1/2 0/0. Il est dû au commissionnaire qui intervient entre l'acheteur et l'armateur, et qui est dû croire, une commission de 2 0/0 qui se prélève sur le produit brut de la vente.

Les premiers arrivages de nos banquais à Bordeaux se font vers le 15 Septembre ; suivant l'état de la mer et les dates des départs du Banc, ces arrivages peuvent se prolonger jusqu'au 15 Novembre et quelquefois même plus tard, car les derniers navires ne quittent le Banc que vers le 15 Octobre.

Pour se faire une idée de l'importance du commerce qui se fait de cette denrée à Bordeaux, disons qu'en 1896, ce port a reçu par 84 pêcheurs et 105 transports, 746,270 quintaux de morue verte dont les 7/8 environ, soit exactement 646,980 quintaux provenaient de la pêche au Banc.

Un cinquième environ de cet approvisionnement est consommé en vert dans le midi de la France ; le reste est expédié dans les importantes sècheries de Bègles où il est préparé pour l'exportation.

En dehors des équipages terre-neuviers qui procèdent eux-mêmes pour la plus grande part au débarquement de leur morue, la manipulation de ce produit occupe, en outre, à Bordeaux, 50 bateliers dont 5 maîtres gabarriers qui ont l'entreprise du déchargement des navires et 50 peseurs jurés.

Enfin, la préparation pour l'exportation comprend 27 sècheries employant chacune une moyenne de 25 ouvriers.

Au cours de la même année 1896, le port de la Rochelle a reçu 18,345 quintaux de morue verte dont 1,763 quintaux seulement provenaient des Bancs de Terre-Neuve.

Quant au port de Nantes, qui était autrefois le centre le plus important de ce commerce, il n'y est entré en 1896, que 5 navires chargés de morue verte provenant de Terre-Neuve, dont 3 chasseurs et 2 pêcheurs.

X.—Dernière préparation.—Séchage de la Morue en France

A l'exception de quelques produits de première pêche qui sont livrés à Saint-Pierre et Miquelon, la presque totalité des morues prises par les pêcheurs de Fécamp, et salées en arrimes dans leurs cales, est rapportée en France à la fin de la campagne pour y recevoir une seconde et dernière préparation, le séchage, destiné à en faire un produit d'exportation pour tous pays, y compris les îles d'Amérique.

Il y a plusieurs siècles, comme nous l'avons déjà dit, qu'il n'existe plus de sècheries à Fécamp ; aussi, nos navires banquais n'opèrent-ils presque jamais leur retour au port d'armement : les uns vont à Bordeaux, les autres à Port-de-Bouc, où les chargements sont vendus et livrés à des industriels qui s'occupent spécialement du séchage et de l'exportation de ce produit.

La campage de pêche finit, pour les marins, dès l'arrivée des bateaux dans ces ports, où une partie de l'équipage est d'ailleurs congédiée pour être rapatriée par chemin de fer ; mais le règlement des parts ne se fait qu'un peu plus tard, quand toute la cargaison de morues vertes a été vendue, livrée et payée.

Les méthodes employées pour sécher la morue varient suivant les lieux où ce séchage doit être pratiqué. Dans certains endroits, on étend simplement le poisson sur les *graves*, comme nous l'avons vu pour les côtes de Terre-Neuve; dans d'autres, au contraire, on se sert d'échafauds en bois auxquels on suspend les morues à préparer à une certaine distance du sol.

Les avantages obtenus des échafauds comparés aux graves sont :

1o Que l'air passant sous la morue, l'eau qu'elle contient s'évapore plus rapidement, et, par suite, elles demandent moins de pressage dans les contrées humides;

2o Le poisson est moins exposé à être brûlé par le soleil sur les échafauds que sur les graves;

3o L'eau douce a moins de chance de tomber sur le poisson;

4o La poussière et les autres saletés peuvent être facilement écartées;

5o Le poisson séché sur des échafauds produit plus de poids, parce qu'il garde mieux son sel que celui préparé sur des rochers ou sur des graves. Ce dernier demande plus de pressage;

6° Le séchage est plus activé sur les échafauds (1).

Alors qu'ailleurs on se sert de rochers, de graves et de différents genres d'échafauds pour sécher la morue, les industriels qui font la préparation de la morue française à Bordeaux se servent de *vigneaux* en bois sur lesquels le poisson est suspendu par la queue. En France, on trouve ce moyen plus pratique, parce que le séchage s'opère ainsi beaucoup plus promptement, dans l'espace de deux à six jours seulement suivant la saison, les frais de manipulation sont moins coûteux et on obtient un très bon article, quoiqu'il se conserve un peu moins longtemps.

Ces *vigneaux* sont construits comme suit : un certain nombre de poteaux sont enfoncés dans la terre à environ 1 m. 50 de distance les uns des autres en lignes droites orientées de l'ouest à l'est, et sur ces poteaux est fixée une rangée de deux lattes assez distancées l'une de l'autre, pour permettre d'enfoncer la queue du poisson. A environ 0 m. 80 au-dessus de cette première rangée, on en établit une autre de la même façon. Ces lattes ont de 10 à 15 millimètres d'épaisseur et de 4 à 5 centimètres de largeur. La forme de ces vigneaux diffère quelque peu ; les uns ont une forme carrée et des traverses fixées du nord au sud alternativement sur les poteaux ;

(1) Préparation et conservation de la morue et du hareng, par M. Adolphe Nielsen.

un passage de deux pieds de large est réservé entre
chaque compartiment ou rectangle; sur d'autres, les
lattes sont fixées du côté du nord des poteaux, et
chaque rangée est distancée de 2 m. 50 à 3 mètres
de la suivante, dans le but d'empêcher l'ombre de
la première rangée d'atteindre la suivante. Des petits
taquets en bois sont placés sur chaque paire de lattes
pour les maintenir ensemble. La queue du poisson
est poussée entre les lattes du côté du nord, le dos
en dessus; le poids de la morue la fait retomber, de
sorte qu'alors la face est présentée au soleil, tandis
que la queue est retenue entre les lattes.

Dès que la dessication du poisson est commencée,
il reste ainsi suspendu quelque forte que soit la
brise.

Quand le soleil est trop brûlant, les uns recou-
vrent les vigneaux avec des paillassons; d'autres ne
se servent pas de couvertures, mais lorsque la morue
risque d'être brûlée, ils la tordent légèrement, de
façon à ce qu'elle présente, au soleil, le côté au lieu
de la face. Lorsqu'il pleut ou lorsque le soleil est par
trop chaud, on est obligé d'emmagasiner le poisson.

En France, on ne presse jamais la morue; il est
de règle, qu'après une exposition de deux à six jours,
on l'expédie sur les marchés.

XI. — Importance des Armements actuels de la pêche au Banc.

Pour terminer ce chapitre, nous donnerons ici, pour la dernière période décennale qui s'étend de 1887 à 1897, le nombre des navires armés dans les divers ports de France, pour aller pêcher la morue sur le Grand Banc de Terre-Neuve.

Ces chiffres sont extraits d'une petite brochure publiée récemment à Bordeaux, par M. Henri Hamonet, sur le résultat des arrivages de la morue dans ce port, pendant la dernière campagne.

On y verra que Fécamp qui, depuis longtemps tenait la tête, se trouve maintenant atteint par Saint-Malo qui a, pour cette année 1897, mis en ligne, le même nombre de banquais que notre port; mais ses navires sont beaucoup plus petits que les nôtres, leur tonnage moyen ne dépassant guère 150 tonneaux, et leurs équipages sont aussi plus faibles. Par contre, Granville, qui armait à peu près le même nombre de bateaux que nous en 1888, a subi une décroissance constante depuis cette époque.

Tableau des Armements métropolitains

POUR LA PÊCHE DE LA MORUE SUR LES BANCS DE TERRE-NEUVE

1888 - 1897

PORTS D'ARMEMENT	1888	1889	1890	1891	1892	1893	1894	1895	1896	1897
Saint-Malo . . .	31	31	28	28	27	23	23	28	40	45
Saint-Servan . .	16	11	11	11	9	10	12	11	12	14
Cancale	6	9	11	11	11	14	14	14	12	15
Binic.	»	»	»	»	»	»	»	»	»	1
Tréguier.	»	1	1	1	1	»	»	»	»	»
Granville	44	34	33	33	35	31	31	27	29	28
St-Valery-en Cx	4	5	6	6	5	4	3	2	2	2
Dieppe.	1	1	1	1	1	1	»	»	»	»
Fécamp	46	44	43	43	41	37	36	38	42	45
Légué-St-Brieuc	2	»	»	»	»	»	»	»	»	»
Marseille.	»	1	»	»	»	»	»	»	»	»
Brest.	»	»	»	»	»	1	»	1	1	1
TOTAL. . . .	150	137	134	134	130	121	119	121	138	151

Les ports de Saint-Malo et de Saint-Servan ont, en outre, envoyé cette année, 8 navires pêcher à la côte de Terre-Neuve, dont 6 à la côte ouest et 2 à la côte est. Binic a envoyé également 1 navire à la côte est.

Les armements locaux de Saint-Pierre-et-Miquelon se composent de 220 goëlettes, pour lesquelles la colonie a fait venir de France environ 4,000 pêcheurs.

Voici maintenant le tableau détaillé des armements de Fécamp pour la saison actuelle.

Port de Fécamp

ARMEMENTS POUR LA PÊCHE DE LA MORUE SUR LE GRAND BANC
DE TERRE-NEUVE, EN 1897.

Nos D'ORDRE	NOMS DES NAVIRES	JAUGE brute		JAUGE nette		NOMS DES ARMATEURS	EFFECTIF	NOMS DES CAPITAINES
		Tx	C⁰⁰	Tx	C⁰⁰			
1	Alsace-Lorraine	372	63	249	66	H. Chédru	31	Déhais jeune
2	Automne	317	18	199	21	G. Anquetil	31	Le Dluz
3	Baucis	361	94	201	17	A. Friboulet	35	Fortin
4	Bois-Rosé	278	70	174	76	H. Chédru	31	Lécuyer
5	Bretagne	252	61	147	73	Gilles et Bellet	29	Julien
6	César	240	97	168	79	Vasse et Duhamel	27	Legros
7	Charles-Gustave	282	76	193	84	Vᵗᵉ Valin	29	Massé
8	Claire-et-Marie	246	89	163	87	Tranquille Monnier	28	Fouque
9	Cléta	263	67	178	40	Vᵗᵉ Craquelin et Ledun	29	Langanay
10	Duguay-Trouin	324	26	174	92	Vasse et Duhamel	31	Gouël
11	Dugueselin	347	83	200	90	Buisson et Hermel	32	Récher jeune
12	Duquesne	413	95	254	88	A. Le Borgne et ses Fils	31	Vizé
13	Emilie	302	05	179	88	Vasse et Duhamel	28	Collas
14	Ernest	291	50	189	53	Gosselin et Vᵗᵉ Dúneuve	30	Basile
15	Ferdinand	280	40	201	21	Jérôme Malandain	27	Lefauve
16	France	284	27	184	60	Chancerel	30	Déhais
17	France-et-Russie	329	42	198	56	Leber	30	Jeanne
18	Gascogne	355	74	208	44	Gilles et Bellet	31	Aug. Jillet
19	G.-B.	289	86	171	38	Gosselin et Savalle	31	Blondel
20	Jeanne	232	53	165	84	Buisson et Hermel	30	Ledun
21	Jeanne-d'Arc	376	02	222	80	P. Monnier à Rouen	33	Caron
22	Joséphine-Anna	258	68	176	03	Basile	28	Burel
23	Liberté	304	18	188	50	H. Chédru	31	Jillet aîné
24	Louise	299	58	195	71	P. Tougard	31	Recher aîné
25	Louise-Marie	320	71	183	82	H. Monnier	31	Rubion
26	Marie	239	51	155	58	Chancerel	28	Lemesle
27	Mésange	339	62	230	08	G. Anquetil	30	Gilles
28	Mireille	251	76	155	37	Chancerel	28	Robert
29	Para	385	94	232	99	P. Tougard	33	Collinet
30	Patrie	308	65	202	10	Chancerel	30	Savalle
31	Père-Jumée	290	75	188	47	Tougard	29	Larchevêque
32	Raphaël	323	03	223	61	Jérôme Malandain	30	Piat
33	Richelieu	289	01	158	83	H. Monnier	30	Legrand
34	Rollon	316	71	192	75	Leber	30	Jeanne
35	Sadi-Carnot	355	96	216	45	H. Monnier	32	Hennevelt
36	St-Antoine-de-Padoue	356	04	215	50	T. Monnier	32	Cousin
37	St-Hubert	423	45	246	76	Vandaële et Cⁱᵉ	32	Hubert
38	St-Ideuc	388	»	255	55	G. Anquetil	32	E. Hubert
39	St-Jean	347	73	242	14	T. Monnier	32	Maillard
40	St-Louis	414	62	216	40	L. Eudier	32	Cordier
41	St-Pierre	321	65	190	89	Jérôme Malandain	30	Lecœur
42	Ste-Rose	424	67	222	52	Gosselin	34	Dubosc
43	Thémis	242	93	139	64	Lion-Follin	30	Horslaville
44	Vercingétorix	363	94	206	27	Vasse et Duhamel	31	Dumertot
45	Ville-de-Fécamp	375	03	227	04	Pierre Le Borgne et Cⁱᵉ	32	Roulic

CHAPITRE XII

LA PÊCHE DE LA MORUE EN ISLANDE

A quatre cents lieues environ, dans le N.-E. de Terre-Neuve, se trouve l'Islande, cet autre centre de pêcheries de morue non moins importantes pour la France que celles d'Amérique, dont nous venons de faire l'étude détaillée.

Comme Terre-Neuve, l'Islande est une grande île presque déserte, dont la superficie — 104,000 kilomètres carrés — égale le cinquième de celle de la France. C'est une terre glacée, montagneuse et volcanique, située à la limite septentrionale de l'Océan atlantique, entre le 63e et le 66e degrés de lattitude nord, le 18e et le 28e degrés de longitude ouest, à peu de distance du Groënland qui appartient comme elle, au Danemark. Découverte et colonisée par les Northmans dès le IXe siècle, l'Islande est toujours restée au pouvoir des Scandinaves, et les Français n'y ont jamais eu d'autres intérêts que ceux de la pêche qui se fait dans ses eaux. Le pays est très pauvre, le bois y fait presque complètement défaut, et la terre produit à grand'peine , les pommes de terre qui forment la base de la nourriture de ses habitants; par contre, ses côtes sont très poissonneuses. On y rencontre de nombreuses morues plus petites que celles du Grand Banc de Terre-Neuve, mais dont la chair est plus appréciée sur les marchés européens. La pêche y est libre pour tous les peuples, en dehors d'un rayon de trois milles des côtes, et elle pourrait s'y pratiquer à toute époque de l'année, si les glaces ne fermaient ses *fiords* pendant de longs mois, rendant la navigation aussi difficile que dangereuse pour les pêcheurs. Par ses fréquents orages et ses sautes de vent continuelles qui déconcertent les capitaines les plus expérimentés, la mer qui la baigne est souvent très grosse et très dure, et les naufrages y sont malheureusement très fréquents; il ne se passe pas une seule campagne où l'on n'ait à déplorer la perte de plusieurs bateaux.

Tous ces dangers, joints à la rigueur de la température, n'ont cependant pas empêché nos hardis pêcheurs d'aller, depuis plusieurs siècles, exercer leur industrie dans ces parages inhospitaliers.

D'après Pascalet, ce serait vers les ixe ou xe siècles, c'est-à-dire dès le début de leur occupation, que les Norwégiens et les Danois auraient commencé à pêcher la morue sur les côtes islandaises. Mais, en ce qui concerne les premières expéditions des Français dans les mêmes mers, il nous semble à peu près impossible de leur assigner une date fixe. C'est en poursuivant le hareng ou plutôt en allant guetter la première apparition de ce poisson sur les côtes anglaises et écossaises, en remontant chaque année de plus en plus vers le nord pour atteindre les Orcades, puis les Faroë, et enfin les parages islandais que les pêcheurs de Dunkerque, de Boulogne et autres ports du nord de la France y prirent les premières morues qui ne constituèrent d'abord qu'un complément de la pêche principale. L'Ordonnance de la marine, du mois d'Août 1681, parle de cette industrie qui semblait déjà être florissante à cette époque relativement lointaine.

Contrairement à ce qui se passait vers la même époque à l'île de Terre-Neuve, où nos marins, sans s'établir à demeure dans l'île, descendaient cependant à terre pour y faire sécher leurs produits pendant que leurs bâtiments étaient mis à l'abri des coups de vent, les Français n'obtinrent jamais le droit de débarquer à Islande où les Danois, qui en étaient les propriétaires, veillaient avec un soin jaloux sur le monopole du commerce et de l'exploitation de l'île qu'ils s'étaient réservés.

Dans ces conditions, la seule méthode qui leur

restât pour prendre la morue fut la pêche **dérivante** avec les lignes à la main, méthode que nous avons déjà exposée à propos de la pêche errante au Banc.

Pour éviter toute complication internationale qui aurait pu survenir entre la France et le Danemark à la moindre imprudence de nos nationaux, l'exercice de la pêche de la morue, à Islande, fut sévèrement réglementé de part et d'autre dès le XVIIIe siècle.

En 1766, sous le ministère du duc de Choiseul, une convention fut conclue entre le gouvernement de Louis XV et celui de Christian VII, roi de Danemark et d'Islande ; des ordres précis furent donnés pour prévenir toute difficulté entre pêcheurs et indigènes et régler les rapports de nos nationaux avec la Compagnie commerciale danoise concessionnaire du monopole d'Islande.

Tous les capitaines et patrons des bâtiments français expédiés à la pêche de la morue dans les eaux islandaises reçurent, avant leur départ, un exemplaire des instructions suivantes qui furent insérées en même temps à la suite de chaque rôle d'équipage.

AVERTISSEMENT POUR ÊTRE INSERÉ A LA SUITE DU
ROLE D'ÉQUIPAGE

« Le capitaine . . . .

« Ou le maître du dogre le . . . .

. . . . ou de la corvette la. . . . .

« est averti qu'il lui est défendu d'aborder à la côte
« d'Islande, d'y entrer dans aucun port et d'envoïer
« à terre soit chaloupe ou canot, à moins qu'il n'y
« soit contraint par la tempeste ou par quelque urgente
« nécessité.

« S'il est forcé de relâcher ou d'aborder quelque
« part à la côte ou d'envoïer sa chaloupe à terre, la
« relâche doit être aussi courte qu'il sera possible et,
« en ce cas, le dit capitaine ou maître, ou celui qui
« commandera la chaloupe ira sur le champ en
« donner avis au Juge du lieu ou à l'officier de Sa
« Majesté Danoise le plus proche du lieu où il aura
« descendu, et fera sa déclaration, par écrit, de la
« nécessité qui l'aura contraint de relâcher ou d'en-
« voïer à terre, et il fera en sorte d'en obtenir de
« l'officier danois un certificat qu'il déposera à son
« retour au greffe de l'amirauté.

« Dans le cas d'une relâche forcée, le capitaine
« ou le maître et tout homme de l'équipage ne doit
« faire aucun trafic avec les Islandois ou Islandoises,
« soit par vente, achat ou troc de vivres, marchandises
« ou quelques effets que ce puisse être, et s'il étoit
« dans la nécessité d'acheter quelque chose, il ne le
« fera qu'après en avoir obtenu la permission par
« écrit de l'officier danois, et il rapportera la dite
« permission au greffe de l'amirauté.

« Il ne doit laisser venir à son bord aucune yole

« ou chaloupe du païs pour faire aucune vente, achat
« ou troc de quelques effets que ce puisse être.

« Il n'embarquera et ne recevra à son bord, autres
« vivres, vins, eau-de-vie, tabac ou autres effets que
« ceux qui seront mentionnés sur l'état qui lui sera
« remis par son armateur et visé par un officier de
« l'amirauté, et à cet effet, aussitost qu'il aura mis à
« la voile pour faire route vers l'Islande, il fera une
« visite exacte à son bord, et s'il se trouve des mar-
« chandises ou effets autres que ceux spécifiés dans
« le dit état, à qui que ce soit qu'ils appartiennent, il
« les fera jeter à la mer ; lorsqu'il sera requis par les
« officiers de Sa Majesté Danoise, soit à terre, soit en
« mer, d'exhiber le dit état des vivres embarquées,
« il n'en fera aucune difficulté.

« Il est averti et fera connoître à tous les gens de
« son équipage que dans le cas de commerce en
« Islande, soit de la part du capitaine ou de quelqu'un
« de l'équipage seulement, ils encoureront en consé-
« quence des rescrits du Roy de Danmark, la con-
« fiscation des marchandises, le payement du prix
« des dites marchandises, et en outre une amende
« de 200 R/, le tout à payer comptant par le capitaine
« et tout l'équipage ou en une lettre de change tirée
« à vue sur l'armateur qui en sera remboursé par
« celui qui sera reconnu pour avoir commis la fraude
« et dans le cas d'insuffisance de sa part ou d'impos-

« sibilité d'en découvrir l'autheur, par le capitaine et
« les gens de l'équipage, solidairement les uns pour
« les autres, chacun y contribuant au marc la livre,
« mais si le commerce étoit reconnu être fait de la
« part de l'armateur, il y auroit lieu à la confiscation
« du bâtiment et des effets.

« Il est prévenu et il en instruira tous les gens de
« l'équipage que si, lorsqu'un bâtiment garde-côte
« de Sa Majesté Danoise approche le sien pour le
« visiter, il jettoit à la mer quelques effets ou mar-
« chandises, et que le dit jet soit constaté d'une
« manière légale, le capitaine ainsi que l'équipage
« encoureront une amende de 200 R/ païable comme
« ci-dessus. »

De son côté, le roi de Danemark s'était un peu
relâché, en faveur des pêcheurs français, des sévères
mesures de protection qu'il avait précédemment édic-
tées en faveur de la Société danoise de commerce,
concessionnaire du monopole d'exploitation commerciale et industrielle de sa colonie d'Islande. Il avait
notamment supprimé la saisie des bâtiments pour
gage du payement des amendes encourues par les
Français, en autorisant ce payement par lettres de
change. Voici la traduction officielle du *Rescript* qu'il
signa le 20 Juin 1766, à la demande de l'ambassadeur
de France chargé de la défense des intérêts de nos
pêcheurs :

« 20 Juin 1766.

« *Aux Députés du Collège de la Chambre des Finances.*

« Christian VII &a,

« Salut. Vous ayant donné à connoitre, le 16 may
« dernier, de quelle manière notre compagnie géné-
« rale de commerce avoit à se conduire par rapport
« aux navires étrangers, qui, se trouvant dans notre
« isle d'Islande, y feroient un commerce illicite soit
« de la pêche ou de toute autre manière, et comme
« M. le Président Ogier, ci-devant ambassadeur de
« France en notre cour, a représenté, avant son dé-
« part, à l'occasion des ordres que nous avons donnés
« à cet effet, que dans le cas ou en exécution du 2e
« art. des dits ordres, les vaisseaux eux-mêmes de-
« vroient être retenus pour répondre pour les fraudes
« qui seroient commises par les capitaines ou équi-
« pages, des droits de doüanne, consomption ou
« accise, ainsi que les amendes, jusqu'à ce que le
« tout fut acquitté, ou qu'il eut été donné des sûretés
« suffisantes par qui il appartiendroit pour leur paye-
« ment, une détention pareille occasionneroit une
« perte considérable aux armateurs, puisqu'il seroit
« impossible aux équipages de se procurer en Islande

« de l'argent nécessaire en pareil cas, ou de fournir
« les sûretés requises, ce qui, pour cette année, em-
« pêcheroit la pêche du vaisseau et rendroit en pure
« perte les frais de son armement, indépendamment
« de la difficulté qu'il auroit à se pourvoir de nou-
« velles provisions dont il auroit besoin dans le païs.
« C'est pourquoi, nous vous faisons sçavoir par le
« présent rescript que nous avons trouvé bon de
« changer de la sorte le dit 2e art. des ordres sus
« mentionnés, sçavoir que si quelqu'un de l'équipage
« d'un vaisseau étranger destiné pour la pêche dans
« les mers d'Islande était surpris dans tel cas pour
« raison de commerce illicite qu'il dût souffrir la
« confiscation de ses marchandises et païer les droits
« de doüanne et autres, ainsi que les amendes; alors,
« au lieu de retenir, comme il en est dit, le vaisseau
« pour caution jusqu'à ce que le payement soit effec-
« tué, ou qu'il fut fourni des sûretés suffisantes, le
« capitaine et l'équipage devront les païer sans délay
« solidairement un pour tous et tous pour un, ou
« donner pour ces amendes une lettre de change sur
« l'armateur du vaisseau, lequel devra y faire honneur,
« sauf son recours contre l'équipage, laquelle lettre de
« change sera reçue de qui il appartiendra et l'on
« devra s'en contenter aussi longtemps que de sem-
« blables traites seront acquittées promptement; mais
« si, par la suite, il arrivoit jamais qu'une pareille

« lettre de change ne fût pas acquittée promptement
« et en entier, vous aurez à avertir la Compagnie de
« Commerce, qui sera autorisée à se conduire par
« rapport aux peines et amendes sus dites, &a, ainsi
« qu'il est porté dans nos ordres du 16 May dernier.

« De même, nous voulons aussi, qu'au lieu de
« confisquer en conséquence du 4ᵉ art. des ordres
« sus dits au profit de la compagnie, le vaisseau du-
« quel il seroit prouvé, en bonne forme, que peu avant
« ou pendant la visite qui en seroit faite, il auroit été
« jeté quelque chose à la mer ; dans un semblable
« cas, il sera exigé la même amende de 200 R/ qui
« est prescrite par l'ordonnance de la Doüanne, lors-
« que des marchandises sont débarquées ou embar-
« quées dans des lieux non permis, et, pour cette
« amende, il sera aussi donné et reçu une lettre de
« change pour laquelle il sera usé de la même ma-
« nière que ci-dessus.

« Enfin, comme à la fin du 2ᵉ art. des dits ordres,
« il a été fait une évaluation des provisions en tabac,
« eau-de-vie et vin pour un vaisseau d'hukert, en
« estimant la durée du voïage d'aller et de retour à
« deux mois, nous voulons encore, eu égard aux
« représentations de M. le président Ogier sur cet
« art. 5, le changer en fixant les provisions pour 4
« mois. Vous devez, toutefois, avoir égard par rapport
« au calcul et à la fixation précédente pour un pareil

« vaisseau hukert au plus ou moins d'équipage, ainsi
« qu'à la durée plus ou moins longue du voïage et en
« informer la Compagnie du Commerce.

« Et, sur ce, nous prions Dieu, etc...

« Donné en notre château de Friderichsberg, le
« 20 Juin 1766, sous notre Seing et Sceau royal.

« CHRISTIAN R. »

L'année suivante, un Règlement général concernant les armements pour Islande, les conditions
d'engagement des équipages, la liquidation des parts
et le payement des avances, la quantité de victuailles
à embarquer et la répartition des vivres et des boissons
fut établie par le duc de Penthièvre, alors amiral de
France. C'est un document assez curieux en son
genre, et que nous reproduirons dans toute sa teneur
parmi les actes législatifs relatifs à la pêche de la
morue.

Entre autres détails intéressants à noter ici, nous
y trouvons que les équipages devaient faire gras deux
fois par semaine, le dimanche et le jeudi, et, pour
cela, il était alloué à chaque homme, seize onces de
bœuf salé ou dix onces et demie de porc salé. Les
autres jours, qualifiés jours maigres, il leur était
donné, à discrétion, du poisson frais ou du *stockfish*,
mais la morue fraîche était sévèrement interdite.

Comme boisson, il était accordé un pot de bière, et trois distributions d'eau-de-vie devaient être faites chaque jour. Un quart de vin devait être donné tous les dimanches. Il n'y est point encore parlé du tabac.

Il est bon de faire remarquer que ce règlement, élaboré à Dunkerque par les négociants, armateurs et capitaines de cette ville et de la région, avant d'être soumis à la ratification du duc de Penthièvre, visait surtout les armements faits dans les ports du nord de la France, les seuls qui armassent à cette époque pour l'Islande. Bientôt cependant, le cercle de cette industrie s'élargit et gagna les ports normands et bretons.

Fécamp y fut longtemps réfractaire, et ce n'est qu'en 1824, que nous trouvons le premier armement fait dans notre port ayant pour but spécial et exclusif la pêche de la morue à Islande. Jusqu'à cette époque, tous nos pêcheurs avaient été expédiés sur le Grand Banc de Terre-Neuve. M. Chesnée fils, qui, le premier à Fécamp, rompit avec les anciens usages, en armant ce premier *islandais*, le *Saint-Jean* du port de 67 tonneaux, dut même aller chercher à Dunkerque, son capitaine, Pierre Lion, ainsi que les principaux marins de son équipage.

L'année suivante, cet armateur remplaça le *Saint-Jean* par un navire un peu plus grand, la *Jeune-Mère*, de 85 tonneaux, qu'il confia au même capitaine. Il fut suivi, cette seconde année, par M. Couillard qui envoya également à Islande la *Henriette*, sous le commandement du capitaine Dubuisson. Les détails nous manquent sur les résultats de ces premiers essais, mais il semble qu'ils n'aient pas donné toute satisfaction à leurs armateurs, car ils ne sont pas renouvelés les années suivantes.

Il arriva même que la *Jeune-Mère*, revenue de très bonne heure de son premier voyage, fut envoyée à Terre-Neuve la même année pour terminer sa campagne de pêche.

De nouvelles tentatives furent faites, en 1827, par M. Tranquille Collos, qui arma le *Saint-Tranquille*, ainsi que par MM. Tinel et Legrand qui armèrent, en commun, le *Jeune-Emile*. Ils n'eurent probablement pas de meilleurs résultats que leurs devanciers, car ni en 1828, ni pendant les quatre années suivantes, nous ne trouvons traces d'armements pour la pêche d'Islande.

En 1833, M. Louis Coquais y envoie son lougre *Elisa*; en 1834, MM. Nicole et Garnier expédient l'*Intrépide*; en 1835, l'*Intrépide* y retourne avec l'*Invincible* de M. A. Palfray; puis, les armements s'arrêtent à nouveau pour ne reprendre ensuite qu'en 1850.

Les anciens règlements s'étaient pourtant bien relâchés de leur sévérité, ou pour parler plus exactement, ils étaient entièrement tombés en désuétude, et le gouvernement, de son côté, prodiguait tous ses encouragements à la pêche d'Islande qui ne tarda pas à être favorisée au détriment des autres grandes pêches maritimes. La licence la plus complète régnait parmi les équipages islandais et c'était peut-être même ce relâchement qui empêchait cette industrie de prospérer. Tous les commandants des stationnaires se plaignaient des excès qu'ils constataient parmi les pêcheurs. Ceux-ci abusaient à ce point d'eau-de-vié et de liqueurs fortes qu'ils étaient la moitié du temps ivres-morts et hors d'état de fournir le moindre travail, d'effectuer convenablement la plus simple manœuvre même pour sauvegarder leur existence quand un coup de vent venait à s'abattre inopinément sur leurs légers bâtiments.

Les officiers eux-mêmes ne résistaient guère à cette plaie hideuse de l'ivrognerie; d'ailleurs, le recrutement de ces officiers était devenu si difficile, que la loi du 22 Avril 1832 accordait aux simples marins qui avaient fait cinq voyages, dont les deux derniers en qualité d'officiers à la pêche de la morue sur la côte d'Islande, la faculté de commander un navire pour cette même destination, sans qu'ils eussent besoin de passer un examen préalable.

Cette loi avait évidemment été dictée par des nécessités impérieuses; elle eut pour résultat de faire

partir les derniers officiers sérieux et instruits qui
restaient à la tête de la flottille islandaise, et l'on vit
bientôt confier des commandements à des hommes
notoirement incapables et dont la sobriété n'était pas
plus solide que leurs connaissances nautiques.

Aussi, les accidents de mer et les naufrages attei-
gnirent-ils une proportion inconnue jusque là. Pour
donner la note vraie du marasme dans lequel était
tombée notre industrie morutière islandaise, nous
croyons utile de reproduire ici le passage suivant,
extrait d'une notice publiée à Boulogne, en 1863, par
M. Henri Gérard, sur la pêche à Islande :

« Les distributions de liquides, au lieu d'être
« journalières, se faisaient une fois par semaine,
« d'ordinaire le dimanche. En outre, ce qui était
« plus grave encore, chaque matelot avait le droit
« d'embarquer, à ses frais, et en dehors des distribu-
« tions, une certaine quantité de spiritueux. Il en
« résultait qu'à certains jours, tout le monde était
« ivre à bord. Il est rarement arrivé à M. Barlatier
« de Mas (1) de visiter un navire le dimanche, sans
« trouver l'équipage dans un pitoyable état. S'il sur-
« venait alors un coup de vent ou même un grain, le
« navire était exposé à se perdre ou à faire de
« graves avaries.

(1) Commandant la station navale d'Islande, en 1856.

. . . .

« Il suffira de citer l'horrible événement qui s'est
« produit, en 1854, sur le lougre le *Saint-Jean-Bap-*
« *tiste*. Ce bâtiment, en virant de bord lof pour lof,
« dans une très grosse mer, reçut à bord une lame
« qui lui enleva le patron et quatre hommes. Le fils
« du patron, mousse de quinze à seize ans, put saisir
« son père en crochant une gaffe dans sa chemise de
« laine ; peu à peu, le pauvre enfant sentit l'étoffe se
« déchirer ; il implora du secours de toutes ses for-
« ces : tous les matelots étaient ivres !.... Personne
« ne vint à l'aide, et le patron disparut. »

Cet horrible drame, dont la lecture seule nous fait
frissonner, se passait sur un bateau de Boulogne ;
nous n'avons fort heureusement rien de pareil à
enregistrer dans les annales de notre port : cela ne
veut pas dire que nos marins d'Islande fussent beaucoup plus sobres ni leurs patrons beaucoup plus
instruits.

Mais au moment où ces lignes furent écrites, la
situation s'était déjà améliorée sensiblement ; le gouvernement et les armateurs y avaient, chacun de leur
côté, apporté quelques remèdes qui commençaient,
bien lentement avouons-le, à enrayer un mal considéré jusque là comme incurable. Pour relever le
niveau moral et intellectuel des officiers en même
temps que leur prestige et leur autorité, le décret du

15 Janvier 1852 avait imposé un examen de pratique aux marins se destinant au commandement des navires se rendant à la pêche de la morue d'Islande.

Pour combattre l'ivrognerie des équipages, l'embarquement des spiritueux avait été limité en 1861, leur distribution mieux réglée et rendue journalière.

A partir de 1850, nous voyons la pêche, à Islande, s'implanter chez nous d'une manière définitive. Cette année-là, trois petits bateaux jaugeant chacun 35 tonneaux et montés par 12 et 13 hommes d'équipage, sont armés à Fécamp pour aller pêcher la morue tant au Dogger's Bank que dans la mer d'Islande.

En 1851, le nombre des Islandais de Fécamp monte à six : le courant est, dès lors, établi. En 1858, nous en trouvons 14, puis 17 en 1851, et jusqu'à 24 en 1864. Ces 24 bâtiments jaugeaient ensemble 1,857 tonneaux, et étaient montés par 459 hommes d'équipage (1). Le nombre total des bâtiments français expédiés cette année-là s'élevait à 263, jaugeant ensemble 23,603 tonneaux et montés par 4,337 pêcheurs. A cette époque, comme on le voit, notre port tenait une place fort honorable parmi la flottille islandaise.

Mais l'année 1864 avait marqué l'apogée de cette industrie chez nous, et, depuis lors, nous la voyons décroître d'année en année.

---

(1) Cette même année, le port de Fécamp avait envoyé sur le Grand-Banc 22 terre-neuviers montés par 434 hommes d'équipage.

Sans être tout-à-fait abandonnés, les armements pour la pêche de la morue à Islande ne se font plus maintenant qu'accidentellement. Il est possible cependant que les mécomptes survenus à nos armateurs dans les dernières campagnes de pêche du hareng et du maquereau, les décident à reprendre à nouveau la route d'Islande. Les grands et solides dundées qu'ils emploient pour les voyages d'Ecosse et d'Irlande ne tiendront pas la mer moins bien que les goëlettes de Binic, de Granville et de Dunkerque. Une fois débarrassés des tessures de filets qui encombrent leurs cales, ils pourront rapporter autant de morues que leurs concurrents.

La morue pêchée à Islande à la ligne de main est généralement tranchée au rond et salée en tonnes pour être consommée *au vert*, en France, où elle est préférée à celle de Terre-Neuve.

CHAPITRE XIII

LA PÊCHE DE LA MORUE DANS LA MER DU NORD

I. — L'Origine de ces Pêcheries

La mer du Nord, par ses nombreux bancs si poissonneux, son peu de profondeur près des côtes, et
l'abondance des divers genres de gades qu'elle nourrit,
peut, avec juste raison, être considérée comme la plus
importante pêcherie de morue exploitée dans le
monde entier, après celles de Terre-Neuve et des
bancs qui en dépendent. De toute antiquité, les pêcheurs du littoral qu'elle baigne s'y donnèrent rendez-
vous pour en tirer le savoureux poisson qui fut
pendant longtemps avec le hareng la principale base
de la nourriture des populations maritimes de la
Norwège, du Danemark, de la Basse-Allemagne, des
Pays-Bas, de l'Angleterre et de l'Ecosse.

Aussi loin qu'on peut remonter dans l'histoire de
ces peuples, on y trouve, en effet, des traces non

équivoques de la pêche et de la préparation de la
morue sous toutes ses formes.

La France n'y possède que quelques kilomètres
de côtes à l'est et à l'ouest de Dunkerque, et cependant, les marins français tiennent un rang assez
avantageux dans la liste des pêcheurs qui vont y
exercer leur intéressante industrie.

C'est que, non-seulement Dunkerque qui y occupe
une situation exceptionnelle, mais aussi un grand
nombre de ports de la Manche y envoient régulièrement leurs bateaux depuis plusieurs siècles.

Nous avons déjà vu dans la première partie de cet
ouvrage, comment s'y développa la pêche du hareng ;
c'est en chassant ce précieux clupe que nos pêcheurs
y rencontrèrent la morue et ils ne la dédaignèrent
point, tant s'en faut.

Jamais cependant, ni pour les uns, ni pour les
autres, les pêcheries de la mer du Nord n'atteignirent
l'importance de celles du Banc de Terre-Neuve, ni
même celles d'Islande, pour les Boulonnais et les
Dunkerquois. Nous les passerons donc rapidement
en revue en jetant un simple coup d'œil sur chacun
des principaux centres où s'exerce plus particulièrement la pêche.

II. — Pêche aux Loffoden

Les côtes de Norwège abondent en morues, dorshs, colins, seys, égrefins et autres espèces du genre gade qui s'y montrent presque toute l'année, en bandes plus ou moins nombreuses suivant les époques de frai, et dont la pêche et la préparation forment la principale pour ne pas dire l'unique industrie des habitants. Elle pourvoit à leur alimentation, en même temps qu'elle leur procure, par des échanges, les denrées et les produits de première nécessité qui leur sont refusés par un sol ingrat.

Bien qu'elle se pratique sur toute l'étendue du littoral depuis le cap Lindesness jusqu'au golfe de Varenger, c'est principalement autour des nombreuses îles composant l'archipel des Loffoden, et le long des côtes encore plus septentrionales du Finmark que la pêche de la morue présente la plus grande activité.

Les indigènes s'y livrent presque toute l'année ; on peut cependant distinguer deux saisons principales désignées plus spécialement par les noms de *pêche de printemps* et *pêche d'été*.

La pêche de printemps commence aux Loffoden

vers la fin de Janvier, et dure jusqu'à la mi-Avril. Elle
est de beaucoup, la plus importante, car le poisson
arrive à cette époque en bandes serrées pour frayer
sur les côtes; il est alors très gras, et son foie donne
beaucoup d'huile.

A cette pêche prennent part non-seulement les
habitants des districts voisins des Loffoden, mais
aussi un grand nombre de pêcheurs venus des côtes
méridionales de Norwège. Ces derniers retournent
chez eux vers la fin d'Avril, quand la morue, ayant
déposé ses œufs, quitte le voisinage des îles, pour se
diriger vers le nord, le long des côtes du Finmark,
jusqu'au golfe de Varenger.

La pêche dite d'été, qui commence dès les premiers jours d'Avril pour se terminer en Juin, est
surtout pratiquée dans le nord des côtes nowégiennes
par les seuls habitants du pays; elle est de beaucoup
moins importante que la précédente.

Les engins dont les Norwégiens se servent pour
exercer leur industrie sont les filets et les lignes de
fond à flotteurs de verre.

Les pêcheurs sont montés dans de petites barques
où ils prennent place au nombre de quatre ou cinq,
quand ils veulent pratiquer la pêche au filet; l'équipage est réduit à deux ou trois hommes pour la pêche
à la corde ou à la ligne de fond; il n'est même pas
rare de rencontrer des embarcations montées par un

seul marin. On compte, chaque année, plus de huit mille de ces barques autour des îles Loffoden, pendant la pêche de printemps. Elles rentrent tous les soirs à terre pour rapporter le poisson pris dans la journée, et qui est aussitôt vendu à des marchands en gros. Ceux-ci lui font subir sa préparation entière, soit à terre, soit à bord de voiliers qu'ils ont affrétés pour cet usage, et qu'ils mouillent à l'abri pendant les deux mois que dure la saison.

Chaque semaine, l'exercice de la pêche est suspendu depuis le samedi soir à six heures, jusqu'au lendemain soir à la même heure.

La plus grande partie des produits de la pêche norwégienne est transformée en *stockfish*.

Cette méthode de préparer la morue s'opère en plein air, et sans l'emploi du sel. Le poisson, après avoir été simplement débarrassé de ses entrailles, est pendu à l'air pour sécher. C'est le plus ancien mode de préparation, celui qui était uniquement employé par les anciens, et qui existe encore chez les peuples qui font usage de la poudre ou farine de poisson.

Au Finmark et aux Loffoden, cette préparation s'est maintenue jusqu'à nos jours, par suite de la difficulté qu'on a de s'y procurer du sel pour la conservation en barils.

Suivant la saison et la taille du poisson, le stockfish se prépare soit *au rond*, soit *tranché*. Le stockfish au rond, appelé aussi *rondfish,* se fait surtout en hiver avec le dorsh et la morue de petite taille ; le poisson pêché en été est toujours tranché ; une ancienne loi de Norwège veut d'ailleurs que tout poisson qui mesure plus de 28 pouces de longueur soit tranché, alors que les pêcheurs sont autorisés à préparer du stockfish au rond, avec celui de dimension moindre.

Pour préparer le *rondfish,* la morue est saignée aussitôt qu'elle est sortie de l'eau, et pendant qu'elle est encore vivante pour que le sang s'écoule plus facilement et plus complètement. A terre, où elle est ensuite portée, on fend l'abdomen par le milieu des nageoires pectorales jusqu'à l'anus, en laissant le poisson fermé à environ 2 pouces de la nuque ; la tête est décolée suivant la méthode ordinaire ; puis le foie et les entrailles sont enlevés, et le poisson soigneusement lavé dans l'eau de mer. Après ce nettoyage, les morues sont attachées deux par deux par la queue, et placées à cheval sur des tringles de bois exposées à l'air, en ayant bien soin qu'il n'existe aucun contact entre les poissons. On les laisse ainsi suspendus sans aucun autre soin, jusqu'à complète dessication.

Le stockfish tranché, appelé aussi *rodskjor* est parfaitement fendu en deux parties égales et complètement séparées jusqu'à quelques pouces de la queue où on laise assez de chair pour que celle-ci puisse supporter le poids du poisson. La raquette est enlevée à environ trois nœuds au-dessous de l'anus, et le poisson est suspendu sur les tringles, une moitié d'un côté, une moitié de l'autre.

Les foies servent à faire de l'huile, les têtes et les arètes sont utilisées pour la nourriture des chiens et des bestiaux.

Il est d'usage que les pêcheurs et autres personnes intéressés qui ont du stockfish en préparation abandonnent complètement la place aussitôt que la saison de pêche est terminée, laissant le poisson se sécher seul. Ils ne reviennent plus tard que pour rapporter leurs produits dans les magasins ou pour les vendre sur place.

Des lois norwégiennes fixent les dates de ces diverses opérations.

III. — Essais de pêche en Norwège par les Marins de Fécamp

On a souvent accusé nos marins comme nos armateurs de s'être faits les esclaves d'une routine préjudiciable à leurs intérêts et ennemie de tout progrès à introduire soit dans les méthodes et les engins, soit dans le choix des lieux de pêche. Nous avons déjà, à plusieurs reprises, répondu victorieusement à cette opinion erronée en ce qui concerne les procédés et le matériel de pêche dont nous avons suivi pas à pas les transformations. Pour ce qui a rapport au choix des lieux, nous avons assisté dans le chapitre précédent aux nombreux essais qui ont été tentés en Islande ; l'histoire des pêcheries de la mer du Nord nous en montre des nouveaux.

On a vu comment la pêche à Islande est périlleuse, à ses débuts surtout ; il en résulte que les armateurs rencontrèrent souvent les plus grandes difficultés à assurer leurs bâtiments, quand ils voulaient partir avant le 1er Avril, et se trouvèrent ainsi dans la triste alternative ou de partir en Mars à leurs risques et périls sans avoir pu assurer leurs bâtiments, ou d'attendre le mois d'Avril, et d'arriver sur les lieux de pêche quand leurs concurrents, partis bien avant eux, avaient déjà une partie de leurs chargements.

En 1874, M. Charles Besson, armateur à Fécamp, eut alors l'idée de faire partir son navire dès le mois de Janvier, et de le diriger non sur l'Islande, qui est à ce moment entourée par les glaces, mais sur les côtes de Norwège, pour y participer à la pêche de printemps qui, comme on l'a vu, se pratique dans ces parages de fin Janvier à fin Mars. Une fois cette première pêche terminée il relèverait pour Islande, où il arriverait en même temps que ses concurrents partis directement des ports français.

Le point qu'il avait choisi pour cette expédition que tout le monde qualifiait d'aventureuse, était l'archipel des Sondmore situé le long des côtes occidentales entre 62° 27' et 62° 36' de latitude nord, près de la ville d'Aalesund.

Pendant cinq années, jusqu'en 1878, M. Charles Besson fit suivre la même route à ses bâtiments, et chaque année il fit de nouveaux essais pour tâcher d'obtenir les résultats qu'il avait rêvés. Mais la saison de 1878 fut désastreuse pour tout le monde : nous trouvons, en effet, dans les tableaux officiels de statistique des pêches pour 1878, cette note caractéristique : « Pêche extraordinairement mauvaise à cause du mauvais temps. » De ce jour, nos bateaux n'allèrent plus en Norwège.

Dans une petite notice qu'il publia à Fécamp, en 1877 ou 1878, notre compatriote donne des détails très intéressants sur les essais qu'il a tentés au Sondmore et les résultats qu'il en a obtenus. Nous en extrayons les passages suivants :

« Les Norwégiens et les Suédois font usage de très « petits hameçons en acier avec des lignes très fines « qui ne posent pas sur le fond, mais qui sont tenues « à environ quatre brasses du fond à l'aide de flottes « en verre. De cinquante en cinquante brasses, il y « a alternativement une de ces flottes et une pierre.

« A ce système essayé par nos navires, nos mate- « lots préfèrent la ligne de fond de Terre-Neuve. Ils « prétendent qu'elle pêche mieux. A la vérité, on en « perd beaucoup plus ; mais elle se place et se lève « plus vite que la ligne norwégienne. C'est pour le « même motif que nos marins ne veulent pas se « servir d'hameçons en acier avec lesquels il faut « décrocher chaque morue, au lieu de la secouer « pour la faire tomber au fond du canot, ainsi qu'ils « le font avec les hameçons du Banc.

« Mes matelots ont voulu faire usage de canots « norwégiens trop grands pour être embarqués à « bord des navires. Or, chaque année, les canots, « traînés à la remorque, ont été brisés pendant les

« gros temps. En 1877, je suis parvenu à faire prendre
« une doris par navire : l'une d'elles a pêché de 200 à
« 250 morues à chaque marée. Le 15 Mars, mes
« grands canots ont été brisés et mes navires, ne
« pouvant continuer la pêche, ont dû transborder. A
« cette date, ils avaient chacun environ 10,000 mo-
« rues, et avaient une pêche supérieure de 3 à 4,000
« poissons à celle des Suédois. Or, du 15 au 25 Mars,
« ces mêmes Suédois, avec des doris, ont complété
« leur chargement à 20 et 22,000 morues.

« Il est donc indispensable de forcer nos marins
« à se servir de doris pour faire la pêche aux Sond-
« more. Nous croyons qu'il en faut de quatre à cinq
« à bord des lougres et de cinq à six à bord des
« goëlettes. Notre conviction est que, avec ces em-
« barcations, chaque navire pourra pêcher, en Fé-
« vrier et Mars, de 22 à 25,000 morues dans les
« bonnes années, et au moins la moitié dans les
« mauvaises.

« Pendant la pêche, les navires doivent être à
« l'ancre. La température de la mer est de 5 degrés
« centigrades au-dessus de zéro, celle de l'air descend
« souvent au-dessous de zéro. La mer a des lames
« très courtes dans ces parages. Pour ces motifs, il
« est utile de mouiller avec des câbles qui ont le
« double avantage de ne pas se briser par le froid

« comme les chaînes, et de donner beaucoup plus
« d'élasticité aux mouvements du navire.

« Chaque câble doit avoir 140 brasses de longueur
« et environ 8 centimètres de diamètre. En outre, il
« faut un bas-de-fond en chaîne de 50 brasses de
« long. Ce bas-de-fond est indispensable pour empê-
« cher le câble de se couper sur les fonds qui sont
« très durs.

« Il est souvent nécessaire de lever l'ancre très
« vivement pour se mettre à l'abri après avoir tenu
« la mer jusqu'au dernier moment; aussi, chaque
« navire doit être muni d'un guindeau. »

IV. — La Pêche aux Fœroë

A cinquante milles environ à l'ouest de l'archipel danois des îles Fœroë, entre 62° 22' et 61° 19' de latitude nord, 10° 18' et 11° 55' de longitude ouest, se trouve un banc très poissonneux d'environ 120 lieues marines carrées de superficie, sur lequel la profondeur varie entre 90 et 120 mètres.

Pendant longtemps, les navires français armés pour la pêche de la morue à Islande, s'y arrêtèrent, soit à l'aller pour commencer leur pêche, soit au retour pour compléter leur chargement.

M. le lieutenant de vaisseau d'Estremont de Maucroix, qui, le premier, étudia ce banc en 1844, affirme dans sa notice publiée par les *Annales maritimes et coloniales* de 1846, qu'une centaine de bâtiments français s'y arrêtaient à cette époque, ainsi que bon nombre de bateaux, danois, belges et hollandais, et que quelques-uns y faisaient même leur pêche tout entière lorsque le poisson y donnait.

Nous n'insisterons cependant pas sur cette pêcherie dont l'histoire n'offrit jamais rien de saillant.

V. — La pêche d'Ecosse

Les parages des Orcades et des côtes d'Ecosse, où nos bateaux vont dès le mois de Juin commencer la pêche du hareng avec salaison à bord, sont aussi très riches en morues vers cette même époque, de sorte que nos marins se livrent à la pêche de ce poisson lorsque le hareng se fait attendre ou qu'il disparaît momentanément, créant ainsi des loisirs aux pêcheurs.

Mais cette pêche à la morue qui se fait, comme en Islande, à la ligne de main, n'est qu'accidentelle, et nos bateaux ne sont point armés spécialement pour cela. Les matelots n'y sont point obligés par les conditions de leur engagement; elle constitue plutôt un passe-temps pour eux, mais un passe-temps très lucratif, car la morue qu'ils rapportent de leur premier voyage est très renommée sur nos marchés, où elle se vend toujours beaucoup plus cher que la morue de Terre-Neuve.

La moitié de la pêche appartient à l'armateur, et l'autre moitié à ceux qui l'ont faite et qui peuvent en disposer comme ils l'entendent.

Dans d'autres ports, comme à Boulogne, par exemple, il est fait au départ une déclaration d'armement mixte, afin de gagner les primes qui sont accordées par l'Etat à la pêche de la morue, et aussi pour bénéficier de l'embarquement des boissons en franchise, faveur que le Gouvernement a, jusqu'à ce jour, constamment refusée aux pêcheurs de hareng qui font pourtant la même campagne, affrontent les mêmes dangers et rendent les mêmes services que leurs confrères mieux favorisés.

Les morues ainsi rapportées des Orcades et d'Ecosse sont préparées au rond et salées en vert dans des barils. C'est dans cet état qu'elles sont livrées à la consommation sans jamais être soumises au séchage.

VI. — La Pêche au Dogger's Bank

Le Dogger's Bank est un immense banc de sable situé au centre de la mer du Nord, entre l'Angleterre et le Danemark, et qui s'étend entre les 54° 10' et 57° 23' de latitude nord, 1° 21' et 4° 17' de longitude est.

Sa dénomination de *Banc-à-morue*, du vieux mot hollandais *dogger* qui signifie morue, a toujours été justifiée par la présence de nombreuses morues dont la pêche a longtemps suffi à l'activité de nos rivaux des Pays-Bas qui l'avaient baptisé de ce nom caractéristique.

Les Hollandais et les Danois n'ont pas été les seuls à exploiter ce riche banc que la nature a placé presque à leurs portes ; il y a longtemps que les pêcheurs français du nord sont allés réclamer leur part du butin, et y ont fait chaque année des voyages réguliers.

La courte durée des voyages avec des frais généraux beaucoup moins élevés, la facilité d'y faire la pêche mixte du hareng et de la morue dans laquelle les mécomptes survenus par la rareté de l'un des poissons sont le plus souvent compensés par l'abondance de l'autre, les primes et autres faveurs accordées par le Gouvernement à ces armements mixtes, la faculté qu'ils laissent aux marins et aux bateaux de pouvoir, à leur retour, se livrer à la pêche du hareng d'Yarmouth et de la Manche, sont autant d'avantages qui militent en faveur des pêcheries du Dogger's Bank.

Nous devons cependant avouer que les marins de Fécamp n'y ont jamais pris une bien large part; quelques tentatives isolées d'armements mixtes ont été faites à diverses reprises par des armateurs de notre place; mais elles ont été aussitôt abandonnées. Cela n'empêche cependant pas nos pêcheurs de hareng de prendre la morue qui s'offre à eux, et, pour cela, chacun d'eux emporte avec lui des lignes de main qu'il met à l'eau chaque fois que les soins de la pêche du hareng pour laquelle il a été engagé lui en laisse le loisir.

Il suffira, pour se convaincre de l'importance de cette pêche supplémentaire, de se reporter au tableau des produits de la pêche du hareng avec salaison à bord que nous avons publié à la page 187 du tome Ier; on y voit que chaque bateau rapporte en moyenne de son premier voyage dans la mer du Nord (Orcades, Ecosse ou Dogger's Bank) 10 barils de morue et 5 barils de colins représentant une valeur d'un millier de francs.

CHAPITRE XIV

ENCOURAGEMENTS ACCORDÉS A LA PÊCHE DE LA MORUE

I. -- Nécesssité de protéger cette Industrie

Après tout ce qui vient d'être dit sur la Grande Pêche de la morue, nous croyons inutile d'insister davantage sur l'importance qu'a acquise, de nos jours en France, cette intéressante industrie, qui fait vivre directement plus de vingt mille familles, et donne lieu à un commerce général de plus de 40 millions, pour ses seuls produits de consommation qui procurent, en outre, à notre marine marchande, un fret annuel de plus de 60,000 tonnes, dans lesquelles ne sont pas compris les sels destinés à la préparation du poisson.

Si nous la considérions, maintenant, au point de vue plus élevé de la défense nationale, nous verrions qu'elle occupe annuellement près de 12,000 marins dans la force de l'âge et qui y sont maintenus dans un continuel état d'entraînement, formant ainsi le noyau le plus solide de la réserve de notre armée de mer, dans laquelle ils seraient aussitôt incorporés, si un danger venait à menacer notre patrie.

Devant ces considérations, les plus indifférents comme les plus prévenus seront obligés de reconnaître qu'il est de l'intérêt bien entendu de la Nation de ne point laisser péricliter cette branche de l'industrie maritime française, au moment même où l'Allemagne, l'Angleterre, l'Italie et les Etats-Unis font les plus grands sacrifices pour leurs flottes, et quand la crise la plus intense sévit sur notre marine marchande qu'elle menace de ruiner.

Et s'ils veulent rester sincères, les adversaires même les plus acharnés de la doctrine protectionniste confesseront qu'un gouvernement éclairé et soucieux de la grandeur du pays doit protéger et encourager, par tous les moyens, une industrie qui est la véritable pépinière de nos marins, et qui est menacée dans son développement par la baisse graduelle des cours de la morue et l'augmentation sans cesse croissante des frais d'armement.

Certes, le Parlement français obéit à un louable sentiment de patriotisme en se préoccupant de la réfection de la flotte destinée à assurer la défense de nos côtes ; mais il ne doit pas perdre de vue que pour

monter ses cuirassés et ses croiseurs, il faut des
marins éprouvés que l'État ne peut former lui-même
et qu'il ne trouvera que dans la marine marchande,
principalement chez nos pêcheurs qui restent six
mois de l'année au milieu de l'Océan passant alternativement de leurs voiliers dans les frêles doris où
ils acquièrent à la fois la pratique de la mer, l'accou-
tumance aux dangers et l'endurance qui font les
meilleurs matelots.

D'ailleurs, tous les gouvernements qui se sont
succédé en France, depuis un siècle et demi, ont reconnu la nécessité inéluctable de protéger la pêche à
la morue qui ne pourrait d'elle-même résister à la
concurrence des étrangers placés dans des conditions
plus favorables qu'elle, et tous, sans interruption, lui
ont accordé des encouragements qui lui ont permis
de vivre et de se développer normalement. Ainsi
réconfortée, elle a pu résister aux coups qui lui ont
été successivement portés par ses rivaux étrangers
qui, de leur côté, ont fait les plus grands efforts pour
nous supplanter sur ce terrain comme ils l'ont fait
dans presque toutes les autres branches du commerce
maritime. Mais il est hors de doute qu'elle serait
frappée à mort par la suppression des primes, et
qu'elle ne tarderait pas à disparaître entièrement le
jour où l'État lui retirerait son appui, comme quelques-
uns l'ont déjà proposé,

Les encouragements que le Gouvernement français accorde ainsi à notre Grande-Pêche nationale lui sont donnés, soit sous forme de primes en espèces, soit sous forme d'exonération de certains impôts portant tant sur les sels employés à la préparation du poisson, que sur les hameçons étrangers employés pour la pêche, et les boissons, le tabac et les autres consommations du bord.

Il faut y ajouter les droits presque prohibitifs qui frappent le poisson étranger à son entrée en France, et qui ne s'élèvent pas à moins de 48 francs par 100 kilog. de morue salée ou de klippfish.

On a déjà vu dans la première partie de cet ouvrage que des droits identiques sont appliqués aux harengs et maquereaux étrangers.

II. — **Primes**

Les premières primes en espèces qui furent allouées aux pêcheurs de morue remontent au gouvernement de Louis XV. Nous avons vu, en effet, qu'en
1767, ce roi avait accordé une gratification de 500
livres à chacun des navires français allant pêcher la
morue sur la côte de Terre-Neuve comprise entre les
caps Bona-Vista et St-Jean.

Ces encouragements avaient un caractère tout-à-
fait spécial; il s'agissait, en effet, de reprendre possession d'une partie de *French-Shore* sur lequel les
Anglais s'étaient établis à demeure et où ils maltrai-
taient nos nationaux pour les empêcher d'y venir
exercer leur industrie. Les résultats furent négatifs,
car les Anglais, par leur tenacité, restèrent les maîtres
des havres contestés.

Mais à côté de cette question de détail, ne tarda
pas à se poser un problème autrement sérieux, à la
solution duquel était attachée l'existence même de
l'industrie morutière française que les traités de 1713
et de 1763 avaient placée dans un état d'infériorité
ruineuse vis-à-vis de ses concurrents anglais et américains.

C'est alors qu'intervint l'Ordonnance du 18 Septembre 1785, complétée par le règlement du 7 Février 1787, et qui créa les premières primes régulières, tant à l'armement des bâtiments pour la pêche, qu'à l'exportation des morues séchées, soit à Terre-Neuve et à Saint-Pierre, soit en France.

En 1790, le produit de la pêche française de la morue s'élevait à près de seize millions; les primes payées à l'exportation atteignirent le chiffre de 300,000 francs. La quotité de ces primes était de 10 francs par quintal de 100 livres de poisson expédié aux colonies françaises; elle était de 5 francs seulement par quintal pour les morues sèches à destination de l'Espagne, du Portugal, de l'Italie et du Levant.

Un des premiers soins de l'Assemblée nationale fut de confirmer ces encouragements en y ajoutant même une prime additionnelle de 3 francs par quintal pour les morues sèches à destination de l'Espagne, du Portugal, de l'Italie et du Levant.

Par raison budgétaire, le payement de ces primes fut suspendu temporairement en 1793; mais les lois des 17 ventose, 17 prairial et 4 messidor, an X, les rétablirent en les fixant à 24 francs par quintal métrique.

L'Empire n'apporta aucun changement à cet état de choses; la pêche, d'ailleurs, ne fut guère pratiquée sous ce régime.

Mais quand nos pêcheurs purent retourner au Banc après le rétablissement définitif de la paix, le gouvernement de Louis XVIII rendit, le 8 Février 1816, une ordonnance qui fixa, pour ainsi dire, la base sur laquelle les primes furent depuis lors accordées à l'industrie morutière française ; la quotité seule en fut modifiée par les différentes ordonnances et lois qui furent successivement rendues sur la matière.

Cette Ordonnance du 8 Février 1816 créait trois espèces de primes :

1º Une prime d'armement basée sur le nombre d'hommes dont se composait l'équipage des navires armés à la pêche ;

2º Une prime à l'exportation dés produits expédiés dans les colonies et les pays étrangers ;

3º Une prime à l'importation en France des huiles et rogues rapportées des lieux de pêche.

Le montant en était fixé comme suit :

Prime d'Armement

50 francs par chaque homme d'équipage envoyé à la pêche avec sécherie, soit à la côte de Terre-Neuve, soit à Saint-Pierre-et-Miquelon ;

15 francs par homme d'équipage pour les navires expédiés à la pêche sans sécherie sur le Grand Banc de Terre-Neuve, dans les mers d'Islande et au Dogger's Bank.

Cette dernière prime pouvait être gagnée autant de fois que le même navire était expédié sur les lieux de pêche dans le courant de la même campagne.

PRIMES A L'EXPORTATION

24 francs par 100 kilog. de morue sèche expédiée aux colonies soit de France, soit des sècheries de Terre-Neuve ou de Saint-Pierre-et-Miquelon ;

12 francs par 100 kilog. de morue sèche expédiée à l'étranger (Italie comprise).

10 francs par 100 kilog. de morue sèche expédiée de Terre-Neuve ou de Saint-Pierre, pour les pays étrangers.

PRIMES A L'IMPORTATION

10 francs par 100 kilog. d'huile importée en France.

20 francs par 100 kilog. de rogues importées en France.

Il serait trop long de passer en revue toutes les modifications qui furent successivement apportées à ces chiffres avant d'arriver au tarif actuel ; nous nous contenterons donc de noter les changements qui ont intéressé les armateurs de notre port.

C'est ainsi que l'Ordonnance de 1818 a assimilé aux armements directs pour la côte de Terre-Neuve, les armements banquais avec sècheries à la côte qui reçurent, dès lors, 50 francs par homme d'équipage, tandis que les banquais sans sècherie continuaient à ne recevoir que 15 francs.

L'Ordonnance du 7 Décembre 1829 porta à 30 francs par an et par homme, la prime d'armement pour Islande, quel que soit le nombre des voyages effectués dans la même campagne.

Cette même Ordonnance supprima la prime à l'importation de l'huile de foie de morue.

La loi du 22 Avril 1832 porta à 30 francs par an et par homme la prime d'armement pour les navires banquais sans sècherie, qui, depuis l'origine, était restée fixée à 15 francs par homme et par voyage.

Enfin, l'Ordonnance du 25 Février 1842 établit le *minimum d'équipage*, en interdisant aux navires banquais d'aller à Saint-Pierre-et-Miquelon pour y débarquer leur morue, afin de gagner la prime de 50 francs s'ils n'avaient un munimum de 50 hommes d'équipage pour un navire de 158 tonneaux et au-dessus ou de 30 hommes pour une jauge inférieure à 158 tonneaux

Le tarif des primes actuellement accordées à nos pêcheurs a été définitivement réglé par la loi du 22 Juillet 1851 successivement prorogée de dix ans en dix ans jusqu'à nos jours.

Voici ses principales dispositions :

PRIMES D'ARMEMENT

50 francs par homme d'équipage, pour la pêche avec sècheries soit à la côte de Terre-Neuve, soit à Saint-Pierre-et-Miquelon, soit sur le Grand Banc de Terre-Neuve;

50 francs par homme d'équipage, pour la pêche sans sècherie dans les mers d'Islande.

30 francs par homme d'équipage, pour la pêche sans sécherie sur le Grand Banc de Terre-Neuve.

15 francs par homme d'équipage, pour la pêche au Dogger's Bank.

PRIMES D'IMPORTATION

20 francs par quintal métrique de rogues de morues que les pêcheurs rapportent en France du produit de leur pêche.

PRIMES D'EXPORTATION

20 francs par quintal métrique, pour les morues sèches de pêche française expédiées soit des lieux de pêche, soit des entrepôts de France, à destination des colonies françaises de l'Amérique et de l'Inde, de la côte occidentale d'Afrique et des autres pays transatlantiques.

16 francs par quintal, lorsque les mêmes morues sont à la destination des pays européens et des Etats

étrangers sur les côtes de la Méditerranée, moins la
Sardaigne et l'Algérie.

12 francs par quintal, lorsque les mêmes morues
sont à destination de la Sardaigne et de l'Algérie.

16 francs par quintal au lieu de 20 francs, lorsque
les morues sèches, à destination des colonies françaises de l'Amérique, de l'Inde, des côtes occidentales
d'Afrique et des autres pays transatlantiques, sont
exportées des ports de France sans y avoir été entre-
posées.

Pour bénéficier de la prime de 50 francs par
homme, les armateurs pour la côte, comme pour le
Banc, avec sècheries, furent soumis à l'obligation
d'un minimum d'équipage qui varia à plusieurs reprises.

En 1892, un décret présidentiel inséré au *Journal
Officiel* du 14 Février fixait ce minimum pour les
navires armés à la pêche au Banc, avec sècheries à
St-Pierre ou à Terre-Neuve à :

25 hommes au moins, si le navire jaugeait 142
tonneaux et au-dessus ;

20 hommes au moins pour les navires au-dessous
de 142 tonneaux.

Alors, comme tous nos pêcheurs fécampois em-
barquent des équipages supérieurs à ce minimum et
que tous ou presque tous allaient verser à Saint-

Pierre les produits de leur première pêche, les armateurs réclamèrent et obtinrent la prime de 50 francs.

Cette tolérance ou plutôt cette faveur accordée aux banquais sans sècherie ne devait pas être de longue durée. En effet, pendant que notre second volume de l'*Histoire Maritime* de Fécamp est chez l'imprimeur, le Ministre vient de décider que la prime de 50 francs ne peut être accordée qu'aux armateurs qui possèdent réellement soit à Terre-Neuve, soit à Saint-Pierre une sècherie où ils préparent leurs produits de pêche.

En conséquence, à partir de cette année 1897, nos Terre-Neuviers n'auront plus droit qu'à la prime d'armement de 30 francs par homme d'équipage, même s'ils livrent leurs produits à Saint-Pierre, tant qu'ils n'y posséderont pas des sècheries effectives.

III. — Franchise du Sel

De tout temps, comme on le comprendra, la question du sel a joué un rôle très important dans une industrie dont les produits, à cause de l'éloignement des lieux de pêche, doivent nécessairement être salés pour pouvoir être rapportés en France et livrés à la consommation.

Or, on sait que sous l'ancienne monarchie, le sel était frappé des plus lourds impôts et coûtait par suite fort cher, ce qui constituait, pour les armateurs à la pêche de la morue, une charge très onéreuse et souvent accablante contre laquelle ils ne cessèrent de protester dans l'intérêt même de l'industrie française.

Peu à peu, leurs doléances furent écoutées en haut lieu et des ordonnances particulières accordèrent l'exonération des droits à quelques ports. C'est ainsi que M. Hautefeuille, dans son *Code de la Pêche maritime*, cite l'Arrêt du Conseil du 13 Janvier 1739 qui accorde la franchise des sels de Bretagne aux armateurs de Granville, un autre Arrêt de la même année accordant la même faveur aux pêcheurs de

Renneville pour les sels de Brouage. Puis la faveur s'étendit et devint presque générale.

La Révolution, en supprimant tout impôt sur le sel, fit entrer les armateurs dans le droit commun.

Plus tard, lorsque l'Empire rétablit l'impôt du sel qu'il fixa à deux décimes par kilogramme, la loi du 24 Avril 1806 affranchit du payement de cette taxe tous les sels destinés aux pêches maritimes françaises. Cette décision fut confirmée par l'Ordonnance du 30 Octobre 1816.

Mais il ne s'agissait dans tout cela que des sels français qui, suivant l'état de la récolte, coûtaient souvent très cher et étaient parfois défectueux pour préparer de bons produits.

Aussi, la législation ancienne était-elle allée plus loin ; elle avait permis aux armateurs de certains ports français de s'approvisionner de sels en Espagne et au Portugal, tout en admettant leurs produits en franchise de tous droits.

Mais les salines nationales ayant pris un grand développement à la fin du XVIIIe siècle, un arrêt du Conseil, en date du 28 Mai 1779, révoqua cette autorisation.

La Convention nationale, puis le gouvernement de Louis XVIII accordèrent de nouvelles autorisations. Depuis cette époque, la législation a varié bien des fois et les procès-verbaux des séances de notre

Chambre de Commerce sont pleins de réclamations à ce sujet.

La seconde République vint mettre un terme à ce régime de bon plaisir en accordant, par la loi du 22 Novembre 1848, la liberté pleine et entière aux armateurs de s'approvisionner de sels étrangers moyennant le payement d'un droit de douane de 0 fr. 50 par 100 kilog.

CHAPITRE XV

RÉSULTATS GÉNÉRAUX
DES DERNIÈRES CAMPAGNES DE PÊCHE

I. — Commerce général de la Morue
en France, en 1896

Les dernières statistiques officielles qui ont été
publiées pour l'année 1896 par les ministères de la
Marine, du Commerce et des Finances, tant sur le
commerce général de la France, que sur les pêches
maritimes, nous fournissent des renseignements précieux qui nous permettront d'établir, par des chiffres
exacts, l'importance qu'a acquise de nos jours en
France, l'industrie morutière et la place que Fécamp
occupe parmi les ports intéressés à ce commerce.

IMPORTATION

D'après le Tableau général du commerce et de la
navigation en France pour l'année 1896 le poids total

de la morue salée et séchée qui a été importée en France au cours de cette dernière année et provenant tant de l'étranger que des colonies et des lieux de pêche s'est élevé à 55,621,266 kilog. représentant une valeur de 27,810,631 francs.

La presque totalité dé cette énorme quantité de poisson provient des pêcheries françaises qui ont fourni pour leur part 55,572,319 kilog. représentant une valeur de 27,786,160 francs.

Le contingent étranger n'a été que de 48,947 kilog. représentant 24,473 francs, et se répartissant ainsi :

Angleterre.	19,602 kilog.
Allemagne.	22,159　—
Pays-Bas	3,729　—
Autres pays étrangers	3,457　—

Pendant la même période, le commerce spécial du stockfish, alimenté exclusivement par l'étranger, comprenait à l'importation 426,730 kilog. représentant une valeur de 341,384 francs, et se décomposant comme il suit :

Suède	10,890 kilog.
Norwège	122,470　—
Angleterre	44,065　—
Allemagne	175,226　—
Pays-Bas.	60,785　—
Belgique	5,205　—
Autres pays étrangers.	8,089　—

Ainsi complétée, l'importation étrangère de la morue en France ne représente pas même un centième du commerce qui se fait de cette denrée.

Au point de vue du transport, c'est encore la marine française qui l'accapare presque entièrement, et cela se comprend d'autant plus facilement, que la plus grande partie de cette morue est rapportée des lieux de pêche, directement en France, par les pêcheurs eux-mêmes.

Voici d'ailleurs les chiffres officiels donnés par l'Administration des Douanes, pour 1896 :

Transports par navires français . 55,832,605 kilgog.
—   par navires étrangers   202,300   —
—   par terre.   13,089   —

L'importation de l'huile de morue pour le même laps de temps, a été 2,467,418 kilog., représentant une valeur de 2,344,047 francs, dont les cinq huitièmes soit 1,558,401 kilog. proviennent de la pêche française.

Le contingent étranger qui forme les trois huitièmes de l'importation totale, se décompose comme il suit :

Norwège . . . .   56,144 kilog.
Angleterre   304,516   —
Allemagne   70,194   —
Pays-Bas.   437,444   —
Belgique   27,789   —
Autres pays étangers. 12,930   —

EXPORTATION

Le Tableau général du commerce et de la navigation, pour 1896, accuse une exportation totale de 18,783,364 kilg. de morue, représentant une valeur de 10,330,850 francs, et 46,929 kilog. de stockfish valant environ 39,890 francs.

Voici, pour ce qui concerne spécialement la morue française, le détail de ce commerce suivant ses différentes destinations :

1º PAYS ÉTRANGERS

Portugal	198,729 kilog.
Espagne	6,855,443 —
Italie	5,358,149 —
Grèce	824,827 —
Turquie	280,224 —
Autres pays étrangers	363,011 —

2º COLONIES

Algérie.	1,454,274 kilog.
Réunion	1,010,106 —
Guyane.	114,392 —
Martinique	1,429,349 —
Guadeloupe	764,670 —
Autres colonies et pays de protectorats	130,190 —

Comme nous l'avons déjà vu pour l'importation, le transport de la presque totalité de ce poisson est effectué par les navires français.

Si l'on compare maintenant ces chiffres avec ceux de l'importation, on voit que la France consomme à elle seule plus de la moitié de l'énorme quantité de morue que nos pêcheurs rapportent chaque année de Terre-Neuve, d'Islande et autres lieux de pêche. Il ne faut cependant pas en conclure que la totalité des 37,217,700 kilog. que comprend cette différence, ait été consommée par les Français, en 1896, car une partie est allée grossir les stocks qui existent chaque année en fin de saison, et qui ont été plus considérables en 1897 qu'en 1896.

Quant à l'huile de morue, elle a été livrée presque entièrement à la consommation française ; son exportation pour 1896 n'a été que de 20,142 kilog.

II. — Comparaison entre Fécamp et les autres ports d'armements

Pour 1891-92-93

Nous aurions voulu, pour clore cette deuxième partie de l'*Histoire Maritime de Fécamp*, pouvoir établir la comparaison entre les produits de la pêche de nos banquais pendant la dernière saison et ceux des autres ports français qui se livrent à la même industrie, mais les dernières statistiques officielles publiées par le Ministère de la Marine, remontent à 1893, et nous n'avons pu nous procurer, avec une exactitude suffisante, les chiffres des années suivantes.

Or, on a déjà vu qu'en 1893 Fécamp n'avait armé que 37 terre-neuviers au lieu de 42 en 1896 et 45 pour 1897.

Quoi qu'il en soit, malgré cette diminution passagère dans ses armements, Fécamp occupait, pendant la période triennale 1891, 1892 et 1893, le *premier rang* parmi les ports de pêche français avec un chiffre de produits s'élevant à 3,048,603 francs représentant

exactement le quart de la pêche totale française qui
fut de 12,105,057 francs.

Venaient ensuite, par ordre d'importance, le
quartier de Dunkerque, avec un produit de 2,454,517
francs; celui de Paimpol, avec 2,043,492 francs, et
celui de Granville, avec 1,372,407 francs, comprenant, pour chacun de ces quartiers, la pêche totale
des navires envoyés sur les différents lieux de pêche
où ils exercent leur industrie.

Il est bon de noter que nous ne nous occupons
ici, comme la statistique officielle à laquelle nous
empruntons ces chiffres, que des seuls armements
métropolitains, laissant de côté les armements Saint-
Pierrais dont les contingents étaient compris dans les
chiffres reproduits au paragraphe précédent.

Ainsi, en ne tenant compte que des produits de
la pêche des bateaux armés en France, le rendement
pécuniaire moyen des pêcheries françaises a été,
pendant la période de 1891 à 1893 :

Islande	6,040,647 francs
Terre-Neuve	5,461,729 —
Dogger's Bank	556,070 —

Nous compléterons enfin pour le seul port de
Fécamp, la statistique officielle par le rendement
des trois dernières années qui s'établit comme il suit :

Années	Navires	Tonnage	Equipages	Produit de la pêche
1894	36	7,518	1,089	3,145,133 francs
1895	39	7,518	1,098	3,812,081 —
1896	41	8,185	1,216	3,622,903 —

On verra par là que notre port, loin de se trouver en période de décroissance, voit, au contraire, son industrie augmenter d'année en année, pendant la dernière période triennale 1894-95-96.

Il est enfin à prévoir, dès à présent, que la campagne de 1897 continuera ce mouvement ascensionnel et que Fécamp restera longtemps encore le premier port de pêche pour la morue.

NOTE DE L'AUTEUR

————

L'étude que nous avons faite de la pêche de la morue sur le Grand Banc de Terre-Neuve nous ayant entraîné plus loin que nous nous l'étions proposé tout d'abord, nous nous voyons contraint de reporter à la fin du troisième et dernier volume, les Ordonnances, Lois, Décrets, etc... se rapportant aux Pêches décrites dans cette seconde partie.

TABLE DES MATIÈRES

CONTENUES DANS LA DEUXIÈME PARTIE

Fécamp. — Imp. L. MONMARCHÉ

Fécamp. — Imp. L. Monmarché

www.ingramcontent.com/pod-product-compliance
Lightning Source LLC
Chambersburg PA
CBHW061033030726
47504CB00002B/351